사 랑 하 고 땀 흘 리 며 기 뻐 하 자

김
명
주
의

인생

이
야
기

사랑하고 땀 흘리며 기뻐하자

김명주의

인생
이야기

김명주 지음

산수야
My Life Story Book

사랑하고 땀 흘리며 기뻐하자

김명주의 인생 이야기

초판 인쇄　2014년 3월 1일
초판 발행　2014년 3월 5일

지은이　　김명주
발행인　　권윤삼
발행처　　도서출판 산수야

등록번호　제1-1515호
주소　　　서울시 마포구 망원동 472-19호
우편번호　121-826
전화　　　02-332-9655
팩스　　　02-335-0674

ⓒ 김명주

ISBN 978-89-8097-282-1　03810

이 도서의 국립중앙도서관 출판시도서목록(CIP)은
서지정보유통지원시스템 홈페이지(http://seoji.nl.go.kr)와
국가자료공동목록시스템(http://www.nl.go.kr/kolisnet)에서 이용하실 수 있습니다.
(CIP제어번호: CIP2014004159)

나는 우리네 인생은 우주가 우리들에게 준 선물이라고 생각한다. 이 넓디넓은 우주에서 인간의 '정신' 이란 것이 있어 자신, 인생, 나아가 우주에 대하여 생각해 보는 우리 같은 인간으로 태어날 수 있었다는 것 자체가 기적이고 신비이다. 우리 인간은 한 개체로 보면 부모로부터 태어났지만, 먼 우주의 역사로 보면 우주의 진화 과정에서 만들어진 기적 같은 존재이다. 태초 빅뱅의 물질과 에너지의 덩어리에서 지구가 탄생하고, 그 위에 생물체가 나타나 여러 종의 동식물이 나타나 진화를 거듭하는 가운데 인류가 탄생하였으며, 그 인류의 발전과정 속에 나라는 존재가 태어난 것이다.

우리네 인류는 생각하는 존재이다. 그리하여 단순한 돌이나 풀과 달리 자신과 자신을 태어나게 한 이 우주에 대하여 생각할 수 있다. 이 생각할 수 있다는 것이야말로 우주의 어떤 존재와는 다른 특혜 받은 존재가 된 것이다. 그리하여 우리는 단순히 사는 것이 아니라 삶에 대하여 의미를 찾을 수 있고, 아름다움을 느낄 수 있으며, 우주의 법칙과 우리의 생로병사에 대하여 이해할 수 있는 것이다.

이렇게 이 광대한 우주에서 생각할 수 있는 존재인 인간으로 태어난 것은 얼마나 복되고 아름다운 일인가. 그러니 우리네 인생이 우주가 만들어 낸 축복이 아닐 수 없고, 그 인생을 사는 나에겐 우주가 준 선물이나 다름이 없는 것이다. 이런 선물을 받아 일평생을 경험하며 사는 것은 마치 여행을 떠나온 것과 같은 것이다. 출생에서부터 죽음에 이르기까지 우리는 다양한 사람을 만나며 많은 사건을 경험하면서 숱한 사물들을 느끼며 살아간다. 아무것도 없는 곳에서 태어나 이런 일을 겪는 것 자체가 어디 먼 이국의 땅에 잠시 즐거운 여행을 하는 것과 무엇이 다를까.

지난 여름휴가 때 건강하시던 아버님이 갑자기 몇 달 병원에 입원한 것을 계기로 지나온 내 인생을 정리해 보아야겠다는 생각에 정리를 시작하였다. 지난날 적었던 일기장도 다시 보고, 옛날 살았던 집들도 둘러보았다. 그런데 휴가를 마치고 정기적으로 하던 간검사에서 이상이 있다는 의사의 소견에 정밀검사를 해 보니 '간내 담도암'이라는 나로서는 처음 듣는 큰 병을 얻게 되었다는 것을 알았다. 게다가 그 암이 이미 척추까지 전이되어 수술도 불가능하여 지금으로서는 완치가 어렵다는 것도 알게 되었다.

그리하여 하잘 것 없는 생각들이고 보잘 것 없는 인생이나 내 인생 전체에 대해 정리할 필요가 있다고 생각하여 남긴 글모음이 바로 이 책이다. 이 책은 크게 세 가지 이야기로 구성되어 있다. 첫 번째는 인생과 행복에 대한 나의 생각이다. 내 나름의 인생관 혹은 행복론인 셈이다. 두 번째는 내가 도의원, 국회의원을 거치면서 경험한 정치에 관한 이야기들이고, 세 번째는 나의 소소한 인생 이야기들이다. 첫 번째와 두 번째는 공적인 이야기들이니 인생과 행복이란 무엇인가를 생각해 보는 사람들이 한 번쯤은 읽고 생각해 보거나, 정치 현장이 어떻게 돌아가는지 알고 싶은 이들에게 도움이 될 만한 이야기들이다. 특히 두 번째는 내가 정치를 하는 동안 공개적으로 밝히지 않은 이야기들이라 역사의 한 모퉁이를 기록하는 의미가 있다. 그러나 세 번째는 사적인 이야기이다. 그런데도 굳이 내가 이를 남기는 이유는 내 인생이 무슨 영웅적인 삶이라서가 아니다. 그저 한 개인이 남긴 공적인 업적이나 경험에만 삶의 의미가 있는 것이 아니라 그가 아닌 어떤 사람도 경험하지 못한 그만의 일상에 더 큰 삶의 의미가 있다고 생각하기 때문이다.

돌이켜 보면, 내 인생은 전체적으로 하늘이 복을 내려 내가 원하는 것을 거의 다 이룰 수 있었던 복된 것이었다. 아쉬운 점은, 첫째는 어머니께서 일찍 돌아가셔서 내가 한 가정을 이루고 사회에 나아가 일하는 모습을 보지 못하셨다는 것이고, 둘째는 내가 큰 병을 얻어 살아서 아내와 함께 우리 아이들이 모두 가정을 이루어 독립하는 것까지 지켜보아 주지 못할 가능성이 크다는 것이다.

그러나 인류 역사상 한 점 아쉬운 것 없는 인생이 어디 있으랴. 인류 역사상 가장 큰 정신적 영향력을 미친 예수도 인간의 나이로는 30대의 젊은 나이로 십자가에 못 박혀 돌아가셨고, 불가의 부처도 깨달음의 길을 걷기 위하여 가족과 일상의 삶을 버렸으며, 동양 사상의 정수인 유학을 창시한 공자는 자기 인생에서는 자신의 사상이 받아들여지지 않았고, 자신이 원하던 큰 관직도 얻지 못하였다. 이런 인류의 거성들조차 인생에서 다 얻지 못하였는데, 나 같은 사람이 인생에서 100퍼센트 만족을 얻지 못한다 해서 어찌 허물일까.

나와 인연을 맺은 모든 분들에게 감사한 마음으로, 특히 나를 낳아 주고 길러 주신 부모님께 진심으로 감사한 마음을 담아, 또 20년 넘게 나와 함께한 사랑하는 아내와 앞으로 씩씩하게 자신의 인생길을 걸어 나갈 준영, 원영, 자헌, 다은이에게 나의 숨결이 늘 함께하기를 기원하며, 이 글들을 엮어 낸다.

인생은 한바탕 여행
우주의 리듬 속 피었다 지는 찰나
두려워하거나 슬퍼할 것 없다.

내가 이뤄야 하는 것
최선을 다한 나의 인생
그 끝은 하늘의 뜻, 나의 운명이니
옹골진 오늘을 기도하라.
잠든 나를 깨워
삶을 노래하고 헌신하라.

타인 또한 여행객
다만 잠들어 춤출 뿐
미워하거나 노여워할 것 없으니
먼저 인사하고 사랑하라.
이는 고독한 자신을 이긴 징표이니
이해하고 사랑하므로 행복하다.

노동은 내 삶의 줄기

인류가 더불어 숨 쉬는 곳

인생의 참맛은 하는 일에 있으니

할 일을 기뻐하라.

내가 살아 있고 남을 도움이니

땀 흘리고 노력하므로 꽃이 핀다.

인생은 한바탕 여행

우주의 리듬 속 피었다 지는 찰나

사랑하고 땀 흘리며 기뻐하라.

2014년 2월

여러분과 이 우주에서 함께한 시간들에 감사하며

김명주

차례

프롤로그

첫 번째 이야기: 인생은 한바탕 여행 _ 13

두 번째 이야기: 정치의 봉사 현장에서 _ 99

첫 번째 이야기

인생은 한바탕 여행

인생이란 우주의 찰나

인생이란 우주의 찰나이다. 나는 내가 태어나고자 해서 태어난 것이 아니라 부모들의 사랑에 의하여 태어난 것이다. 부모들이 꼭 현재 나와 같은 사람을 낳고 싶어서 낳았을까? 부모들 또한 구체적으로 나와 같은 외모, 성격, 능력을 가진 자식이 태어날 줄도 모르고 사랑을 했고, 사랑의 결실로 내가 태어난 것이다. 부모들은 왜 사랑을 했을까? 신의 뜻이었을까? 운명이었을까?

우리 집에서 키우는 토이푸들인 '꾸미'는 어떻게 태어난 걸까? 그 또한 그 부모개의 사랑으로 태어났을 것이다. 그러나 동물들 사이의 이런 관계는 사랑이라고 하지 않고 단순히 교미라 부른다. 동물들과 사람이 태어나는 이유가 다를까? 꾸미가 태어난 것이 신의 뜻일까? 그 어떤 운명이 있었던 것일까?

나는 우리들 사람의 인생이 동물들의 그것과 근본적으로 차이가 나지 않는다고 믿는 사람이다. 다른 동물이나 우리 사람이나 거대한 우주적 관점에서 보면 마치 소와 돼지의 차이만큼 밖에 나지 않는 것이라 생각한다. 종교를 가진 사람들은 달리 보겠지만, 인류가 발견한 과학적 사실인 진화론에 따르면 우리 인간도 동물들과 같이 지구의 발전과정에서 지금과 같은 생명체로 진화한 것일 뿐이다. 심지어 요즘의 진화론에 따르면 우리 인간도 우리 안에 있는 '이기적 유전자'의 전달자에 지나지 않는다고 한다. 그러니 인생을 너무 거창하게 생각할 필요가 없다.

인생은 우주가 태어나고 팽창하며 소멸해 가는 과정에서 우연히 나타난 거품과 같은 일순간이다. 우리는 우리의 인생이기 때문에 우리 한평생 팔십을 긴 시간으로 보지만, 우주적 관점에서 보면 그야말로 찰나 눈깜짝할 사이에 지나지 않는 것이고, 심지어 인류의 탄생과 지구 폭발(이는 언젠가는 반드시 일어난다)로 인한 인류의 소멸마저도 한순간에 지나지 않을 것이다.

그러니 사람으로 태어남과 죽음을 너무 어렵게 생각 말고 우주의 생성 변화 과정에서 일어난 한 거품이라 생각하자. 태어남도 내가 원하지 않는 것이고 죽음도 내가 원하지 않는 것이지만, 생사란 우주의 한 리듬으로 피할 수 없는 것이다. 인생의 행복은 내 인생의 무게를 너무 많이 느끼지 않는 것에서 비롯된다. 인생은 이렇듯 우주의 리듬 속에 피어나는 찰나라는 사실을 알게 되면 가벼워지고 가벼워지는 만큼 행복해진다.

그렇다면 인생을 어떻게 살 것인가? 어차피 죽을 것 빨리 죽어 버리는 것이 나을까? 이러나저러나 죽을 것 빈둥빈둥 살다가 죽을까? 그러나 이런 식으로 생각하고 막상 그렇게 살려고 하면 자신의 내부에서 저항이 일어난다. 내가 왜 죽어? 한 번뿐인 인생 왜 빈둥대다 가지? 그 내면의 목소리가 우리가 뻔히 죽을 것이라는 사실을 알면서도 아등바등 열심히 살게 한다. 만약 이런 내면의 목소리가 없었다면 이미 인류는 파멸하고 존재하지 않았을 것이다.

그 내면의 목소리가 바로 우리의 삶을 추동하는 원천이다. 이를 쇼펜하우어는 '맹목적인 생존의지'라고도 하고, 니체는 '권력에의 의지'라고도 했지만, 이를 무어라 부르던 그런 욕구가 내 안에 있기 때문에 우리는 태어난 이상 살아 있기를 원하고 더 나은 인생을 원한다. 아마도 우리 인체는 이와 같은 생존 본능(번식 본능을 포함한)과 상승 욕구에 의한 생물학적 시스템이 존재할 것이고, 이로 인하여 우리 정신은 우리를 그런 방향으로 몰고 갈 것이다.

이와 같은 우리 내부의 생존 본능이나 상승 욕구가 존재하므로 나는 끊임없이 살아가고자 하고 남들보다 더 나으려 경쟁한다. 이런 본능과 욕구야말로 내가 원해서가 아니라 내가 태어나면서 내 안에 내재되어 있는 생존시스템이다. 나는 내가 살아 있는 한 이 시스템을 버리지 못한다. 아마도 동물도 이런 생존시스템을 가지고 있을 것이고, 이로 인하여 동물도 또한 자살하지 아니하며 세대를 이어가며 종족을 유지할 것이다.

그러고 보면 인생은 거대한 우주적 관점에서 보면 한낱 찰나의 거품이나 미세한 우리의 입장에서 보면 생존 본능과 상승 욕구가 결합된 생명체의 활동이다. 따라서 인생을 우주의 한낱 거품이라고 하는 관점도 일면적이고 인생을 생존 본능과 상승 욕구에 의한 활동의 총체라고 하는 말도 일면적 진리에 지나지 않는다. 인생은 이 둘을 합친 것보다 더 다양하고 입체적인 것이다.

그러나 우리가 끊임없이 돌아가야 하는 관점은 '인생은 우주의 찰나'라는 사실이다. 왜냐하면 우리의 일상은 너무나 생존 본능과 상승 욕구에 의하여 자연스럽게 움직이기 때문에 이런 관점을 벗어나 우리네 인생이 우주의 찰나에 지나지 않는다는 엄연한 사실을 알아내기 위해서는 부단한 노력이 필요하기 때문이다. 인류의 모든 종교가 이러한 사실을 말하여 왔고, 현대 과학도 결국 우리네 인생이란 우주의 한 찰나에 지나지 않는다는 것을 너무나 명백히 보여 주었다. 그러나 이를 알아차리기 위해서 우리는 기도를 하고 수행을 해야 하며 우주에 대하여 한번씩 깊이 생각해 보아야 하는 것이다.

　우리가 동물과 다르게 된 것은 우주적 관점에서 우리네 인생이 찰나에 지나지 않음을 알아차린 점에 있다. 동물들은 이런 능력이 없어 끊임없이 생존 본능이나 번식 본능에 의하여 무반성적으로 자신의 삶을 살고 그렇게 또 세대를 이어 종족을 유지하는 것이다. 그러나 인간이 인간인 것은 우주가 만들어 낸 인류가 그 눈으로 다시 자신을 만들어 낸 우주를 본다는 것이다. 그러니 부디 인생이 너무 무겁게 생각되거나 힘들 때는 먼 우주를 보고 우리네 인생은 우주의 한 찰나에 지나지 않는다는 점을 되새기자. 그리하여 내가 부질없이 집착하는 오늘의 일상이 지나고 나면 한낱 모래성이 될 날이 있음을 기억하자. 내가 볼 때 이런 깨달음이야말로 행복의 첫걸음이다.

우주에서 인간의 위치

우리가 살고 있는 시공간의 가장 큰 단위는 우주이다. 우주는 비단 우리 자신뿐 아니라 이 지구, 태양 및 태양계의 모든 행성, 태양계를 안고 있는 우리 은하뿐 아니라 우리가 알고 있는 모든 시공간의 물질을 총합하는 시공간체이다. 그래서 우리는 오랫동안 이 우주 공간은 끝이 없고, 시간은 무한대 전으로부터 존재하였다가 무한대로 흘러간다고 생각하여 왔다. 그런데 요즘 과학에서는 이런 상식을 가차 없이 뒤집고 그것이 우리의 착각일 뿐이라고 한다.

현재 공인된 과학적 우주론은 현재의 우주가 약 137억 년 전 우주를 이루는 모든 물질과 빛에너지가 한 점에 갇혀 초고온, 초고밀도의 상태에서 대폭발을 하여 지금에 이르렀다고 한다. 그리고 지금의 우주는 팽창해 가고 있다고 한다. 우리의 상식으로서는 쉽게 믿어지지 않는 일이지만, 현재 과학계는 이를 정설로 받아들이고 있다. 이와 같은 학설은 마치 성경에서 신이 빛이 있으라 하니 빛이 있었고 이후 7일에 걸쳐 온 우주를 창조하였다는 이야기보다 오히려 더 허무맹랑한 이야기 같다. 만유인력의 법칙을 발견하여 오늘날 과학의 초석을 놓은 뉴턴조차도 다시 살아나 우주가 이와 같이 발생되었다는 이야기를 들으면 이게 무슨 말일까 하고 충격을 받을 것이다.

사실 우주 창조의 신화는 모든 문명의 기본적 요소이다. 왜냐하면 인간은 늘 주위의 세계가 어떻게 탄생되고 운행되는지 물어 왔기 때문에 그에 대한 나름대로의 답을 가져야 했고, 그 답을 신화나 종교로서 내렸기 때문이다.

고대 이집트인들은 태초에 이 세상에는 아무것도 없었고 오로지 어둠에 싸인 무질서한 혼돈만 있었다고 한다. 그러다 여기서 태양신 아톰이 스스로 태어나 대기의 신인 슈와 물의 여신인 테프누트라는 쌍둥이 남매를 만들어 이들이 최초의 부부가 되었다. 이 부부 사이에서 땅의 신 게브와 하늘의 여신 누트가 태어났다. 이 두 신을 갈라놓아 하늘과 땅이 나뉘게 되었다고 한다.

고대 인도인들은 시간이 시작되기 전에는 세상은 어둡고 검은 무(無)의 바다가 있었고 그 표면에 거대한 뱀이 도사리고 있었다고 믿었다. 그 뱀의 똬리 위에서 비슈누 신이 자고 있었는데, 그 신은 무의 바다에서 들려오는 그윽한 소리에 눈을 떴고 그의 배꼽에서 연꽃이 피어났다. 그 연꽃 중앙에 브라마 신이 앉아 있었다. 비슈누 신이 브라마 신에게 천지창조를 명하여 한순간 모든 세상을 창조하였다고 한다.

중국인들에겐 반고 신화라는 것이 있다. 태초 우주는 캄캄하고 어두운 한 덩어리의 혼돈으로 마치 계란과 같은 모습이었다. 여기에서 반고가 탄생하였는데, 그것이 수면에서 깨자 세상이 너무 어두워 이 혼돈의 달걀 같은 우주를 깨뜨려 버렸다고 한다. 이에 가벼운 것은 위로 올라가 하늘이 되었고 무거운 것은 밑으로 내려가 땅이 되었으며, 이 둘을 분리하기 위해 반고가 위로는 하늘을 이고 밑으로는 땅을 밟고 있었다. 이후

반고가 쓰러져 죽으면서 왼쪽 눈은 태양이 되고, 오른쪽 눈은 달이 되었다고 한다. 그리고 사지는 동서남북의 높은 산이 되고, 피는 강물이 되었으며, 핏줄은 길이 되었다고 한다.

그러나 이러한 신화는 대개가 스스로 존재하는 신을 설정하고 그 신이 어떤 과정을 거쳐 우주를 만든 것이라고 설명하는 것이다. 그래서 그 신의 존재를 믿으면 일사천리로 이해가 되나 믿지 않으면 그저 상상해 낸 이야기로 그칠 수밖에 없다.

그런데 빅뱅 우주론은 현재 몇 가지의 확실한 증거를 가지고 과학자들이 정치하게 만들어 놓은 우주 모형이다. 즉 현재 우주는 팽창하고 있는데(이는 미국의 과학자 허블이 먼 은하들을 관측한 결과 은하의 후퇴속도는 외부 은하까지의 거리가 멀어질수록 일정한 비율로 빨라진다는 것을 발견함으로써 입증되었다), 이를 거꾸로 해 보면 어느 순간에는 한 점에서 시작했을 것이라는 점, 빅뱅의 초기 상태에서 처음에는 빛이 입자와 뒤엉켜 빠져나오지 못하다가 우주의 온도가 낮아져 입자의 수가 절반으로 줄어들면서 그 사이로 빛 입자들이 자유로이 우주로 퍼져 나갔는데 그 빛들이 우주 전역에 현재에도 퍼져 있을 거라고 예측되다가 이를 실제 측정할 수 있게 되었다는 점(이를 우주 배경 복사라고 부른다), 빅뱅 이론으로 우주에 퍼져 있는 수소와 헬륨의 질량비를 설명할 수 있다는 점 등으로 현재 우주론의 정설이 되고 있다.

이 이론에 의하면 우주는 지금부터 137억 년 전에 탄생되었다. 그렇다면 이 이전에는 무엇이 있었는가 하는 질문이 자연스럽게 나온다. 그러나 시간조차도 이 빅뱅의 순간부터 발생하였으므로 이전에 무엇이 있었느냐는 무의미하다. 이를 영국의 세계적 물리학자인 스티브 호킹은 "우주 역사의 초기에는 사실상 공간 차원이 네 개였고, 시간 차원은 없었다. 아주 이른 시기의 우주에는 우리가 아는 시간이 존재하지 않았다. (중략) 시간은 지구 표면의 위도와 구실이 같고, 우주의 시작은 지구의 남극과 유사하다고 상상해 보면, 북쪽으로 이동할수록 우주의 크기를 나타내는 원은 확대될 것이다. 그러나 우주의 시작인 남극점 이전에 무엇이 있는가는 의미가 없다. 남극보다 더 남쪽은 없기 때문이다."라고 설명하고 있다.

그리고 빅뱅 이후 우주가 팽창하는 과정에서 처음 빛과 물질이 뒤섞인 상태에서 기본 입자, 양성자, 중성자 등이 생성되고, 수소 헬륨 등의 원자가 생성되었으며 빛이 물질로부터 분리되었고, 수소 헬륨에 중력이 작용하여 별이 생성되고 별 내부의 핵융합으로부터 무거운 원소들이 생겨났다. 그런 별들이 만들어지면서 은하계가 생성되고, 그 와중에 약 90억 년 전 우리의 태양이 만들어지고 약 46억 년 전 우주의 입자들이 뭉쳐 지구를 만들어 내었다. 그리고 지구 환경에 따른 진화로 약 38만 년 전 최초의 생명체가 탄생한 이래 약 800만 년 전 인류의 조상이 침팬지 계통에서 갈라져 나와 인류로 진화하여 약 20만 년 전에 현재 우리의 직접적 조상이 되는 호모 사피엔스가 나타나 현재에 이르렀다.

한편 우주의 크기는 현재로서는 정확히 알 수 없다. 다만 우주의 크기는 빛이 1초간 달리는 거리인 30만 킬로미터로 재는데(빛의 속도는 상대성이론에 의하면 어떠한 경우에도 변하지 않는다. 이 속도의 빛은 1초간 우리 지구를 일곱 바퀴 반을 돈다) 우주가 137억 년 전에 만들어졌다면 최소한 반지름이 137억 광년(즉, 빛이 137억 년을 달린 거리)은 넘을 것이다. 게다가 우주 초기에는 빛의 속도보다 빨리 팽창하였고, 또한 지금도 우주가 팽창하고 있으므로 우주의 크기를 정확히 확정짓는 것은 어렵다.

다만 지금 밝혀진 바에 의하면 우리 태양계는 우리 은하계 안에 있는 수많은 태양계의 하나이고 우리 은하계는 약 12만 광년의 길이인데, 우주에는 이런 은하계가 1,000억 개(1,000개가 아니다) 이상이 있다 하니, 가히 우주의 크기는 우리의 일상적 경험의 크기를 훨씬 벗어나 버린다.

그러고 보면 우리가 이 광대한 우주에서(심지어 일부 과학자들은 우리가 인식하고 있는 우주 외에도 다른 우주가 있을 수 있다고 한다) 유일한 지적인 생명체라고 하는 것이 오히려 이상한 것 같다. 우주적 관점에서 보면 넓디넓은 모래사장에 흩어져 있는 하나의 모래알 같은 것이 지구이다. 그런데 그 위에 우리 같은 생명체가 있다고 한다면 다른 모래알 위에 이와 같은 생명의 진화가 없었다고 하면 오히려 이상한 일 아닐까? 비록 엄청난 거리(빛의 속도로 달려도 기본적으로 수억 년 걸리는 거리) 때문에 인류가 멸망한 그날까지도 서로 존재를 확인할 방법은 없을지라도.

이런 현대 과학이 밝혀낸 우주의 역사를 보면, 우리 인류가 오랫동안 가지고 있던 우리 인간 중심의 우주관이 얼마나 허무맹랑한 것인지 하는 생각을 하게 된다. 인류가 20만 년 전에 이 지구상에 태어난 이래 우리가 이 우주에서 어떤 위치에 있는지 전혀 몰랐다. 그러다가 약 5,000년 전 인류 문명이 탄생함으로써 이 우주를 신화적으로 해석하였고 그 중심에는 항상 우리가 사는 이 땅 곧 지구가 있었다. 그리하여 우리를 중심으로 별들과 태양, 달은 뜨고 지기를 반복한다고 생각하였다. 그러나 15세기 코페르니쿠스에 의하여 태양이 지구를 도는 것이 아니라 지구가 태양을 중심으로 회전한다는 것을 알게 되었고, 이후 그 태양마저도 우리 은하의 한 귀퉁이에 놓여 있으며, 우리 은하도 우주에 흩어져 있는 수많은 은하의 하나에 지나지 않는다는 것을 20세기 들어 알게 되었다. 그리고 이 땅(지구)마저도 약 46억 년 전에 형성된 것이며 약 50억 년 후에는 저 태양도 폭발하여 더 이상 존재하지 못한다는 것도 알게 되었다. 그야말로 인류가 이 세상의 전부라고 여겼던 지구가 거대한 우주의 티끌과 같은 존재에 지나지 않는다는 것을 알게 된 것이다.

그리고 보면 이 우주는 우리를 위해 존재하는 것이 아니라 우리의 존재에는 전혀 관심 없이 자신의 내재적 원리에 따라 장엄하게 진화해 나가고 있는 것이다. 그러니 우리네 팔십 평생이 일장춘몽과 같다는 옛말이 하나도 틀리지 않는다. 종종 인생의 불행과 고통이 다가오면 이런 광대한 우주의 한낱 것에 지나지 않는 우리를 한번쯤은 돌아보아 위로 받을 일이다.

인류의 집, 지구의 생성과 소멸

　우리가 우리의 인생이 거창하지 않다는 것을 알려면 나는 굳이 종교적 수행을 통하여 알 것까지 없다고 생각한다. 우리가 태어나고 살고 있는 큰 집인 지구를 한 번 생각해 보면, 우리의 일생이라는 것이 얼마나 찰나인지 알 수가 있다.

　인간에게 지구란 필수 불가결한 생존 조건이다. 우리는 지구라는 큰 우주선 위에 우리의 삶을 기대고 있다. 지구라는 환경이 없다면 우리는 생존할 수조차 없는 우리 존재의 기초가 바로 지구이다. 그래서 흔히 지구를 어머니라 하기도 한다.

　지구는 언제 생성되었을까? 과학자들은 방사능의 반감기를 이용하여 생성 연대를 측정한다. 예를 들어 238우라늄은 206납으로 붕괴되는데, 이 우라늄의 절반이 납으로 변하는(붕괴되는) 반감기는 44억 4600만 년이다. 이런 방사능 붕괴 속도를 이용하여 지구상에 있는 암석의 나이를 잴 수 있다. 그래서 현재 알려진 지구의 나이는 46억 년이다. 이와 같이 인류가 자신이 살고 있는 지구의 나이를 알게 된 것은 지금으로부터 약 100년 정도밖에 되지 않는다. 그 이전에 인류는 지구의 나이를 알 수 있는 방법이 없어서, 지구를 영원불멸의 신(神)으로 보기도 하였다. 1654년 제임스 어셔 대주교는 성경에 있는 아담 가문의 계보를 토대로 지구의 나이를 계산했다. 그 결과 지구의 탄생 나이는 서기전 4004년 10월 23일 일요일 오전 9시라는 결론을 냈다고 한다.

한편 지구의 지질 속에 있는 원소의 구성이나 기타 자료에 의하면 지구는 탄생 때부터 지금까지 꼭 같은 환경으로 있었던 것이 아니라 여러 차례 시대에 따라 변화하여 왔다. 과학자들은 지구의 역사를 선캄브리아대, 고생대, 중생대, 신생대로 나눈다. 지구가 탄생한 약 46억 년 전부터 약 5억 7천만 년까지의 선캄브리아대에서는 최초의 생물체인 박테리아(균류)가 나타났고(이 시기가 지구 역사의 85퍼센트를 차지한다), 5억 7천만 년 전부터 약 2억 3천만 년까지의 고생대에서는 여러 가지 생물이 나타났다. 2억 3천만 년 전부터 6천 5백만 년까지가 중생대인데, 이때가 바로 공룡의 시대이다. 영화 '쥐라기 공원'으로 유명한 쥐라기가 바로 중생대의 한 시기로서 공룡이 가장 번성했던 때이다. 이후 6천 5백만 년 전부터 현재까지가 신생대인데, 이 시기에 인간이 출현하였다.

이와 같이 지구의 역사 속에는 우리 인간 외에도 숱한 생물들이 태어나고 멸종되었다. 우리에게 가장 잘 알려진 공룡이라는 거대 종은 약 2억 년 전에 나타나 약 6천 500만 년 전에 갑자기 멸종하기까지 1억 5천 년이 넘는 동안 지구의 지배자로 있다가 외계 소행성과의 충돌로 멸종되었다. 우리 인간도 어쩌면 이 지구가 없어지기 전에 다른 이유(외계 소행성 충돌이나 빙하기의 도래 등)에 의하여 소멸될 종족일지도 모른다. 아니면 인간 스스로 핵폭탄이라는 무시무시한 무기를 발명하였으므로 서로 간의 핵전쟁으로 자멸할지도 모른다.

지구의 긴 역사와 그 속에 명멸했던 여러 생물들을 보자면, 우리 인간이라는 종족은 어쩌면 그중 한 단막극을 맡고 있는 역할에 그치고 있는 지도 모른다. 지구의 나이 46억 년이고 우리 인류의 나이가 300만 년이라면, 1억 년을 1년으로 환산하여 지구 나이가 46살이라면 우리는 겨우 태어난 지 11일 남짓한 핏덩어리에 지나지 않는다(1억 년을 1년으로 환산하자면, 지구 중생대 시절을 지배했던 공룡은 한 1년 반 정도 살다가 죽은 생물이 된다).

그리고 우리가 만든 인류 문명이라는 것도 긴 시간의 눈으로 보자면 한 번의 밀물과 썰물로 없어지는 어린아이가 모래사장에 지어 놓은 모래성과 같은 것인지도 모른다. 개미의 눈에는 개미 자신을 중심으로 모든 세계가 해석되 듯, 우리 인간도 우리의 눈으로 세상을 쳐다보기 때문에 우리가 우주의 중심이고 우리의 문명이 거창한 것으로 스스로 생각하는 것이다. 그러나 우리 인간이 차지하는 우주에서의 공간과 시간으로 계산하자면 우리는 한낱 부질없는 먼지나 찰나에 지나지 않는 것이다.

한편 이 지구도 영원히 존재하는 것이 아니다. 태양도 이 우주 속에 수십 억 개가 넘는 항성 중 하나로서, 다른 항성들과 마찬가지로 태양 안의 수소가 다 타 버리고 나면 소멸된다. 태양의 소멸 과정에서 자연스럽게 지구 또한 태양으로 빨려 들어가 폭발하고 만다.

태양의 중심에서 수소 연료가 완전히 사라지는 날, 태양은 적색거성이 되어 화성궤도까지 부풀어 오를 것이다. 적색거성이 아주 빠르게 구성 물질을 잃게 되면 항성풍이 지구까지 불어온다. 적색거성으로부터 벗어나기 위한 반대작용으로 지구는 자기궤도로 끌어들이려는 태양에 대항해 어마어마한 조석 융기 현상을 일으킨다. 태양의 표면이 빠른 속도로 회전하는 동안 지구의 속도는 느려지고 계속해서 안쪽으로 이동한다. 태양이 지구를 삼키려고 할 때면 태양 속으로 증발이 일어날 테고, 그러면 마지막은 그리 멀지 않을 것이다. 앞으로 50억 년 정도가 흐르면 하늘은 붉은 색으로 바뀌고 펄펄 끓는 지구에서 수증기는 모두 증발하고 말 것이다. 결국 흙에서 났으니 흙으로 돌아가리라.

(이언 프리머 저, 『지구의 기억』, 김소정 옮김, 삼인출판사)

과학이 예견하는 지구의 종말이다.

나는 이러한 지구의 생성, 그 위의 숱한 생물들의 생멸, 지구의 폭발을 생각해 보면, 우리의 인생이 우주의 한낱 찰나에 지나지 않음은 너무나 명백하다고 생각한다. 그런 까닭에 일상에 지친 우리들은 하늘의 수많은 별들을 보고 우리들의 처지가 별것 아니라는 데서 큰 위안을 얻는 것이다.

인간의 세 가지 근본 욕구

인생이 우주의 한 찰나에 지나지 않는 것이라고 하더라도 그 인생을 살아가는 우리에게 인생은 너무나 소중한 것이다. 사람의 인생이 우주가 만들어 낸 숱한 우연적 사건 속의 하나에 지나지 않는다는 것은, 우리의 주관적 관점을 완전히 벗어나 오로지 우주적 관점에서 볼 때만 가능한 것이다. 그러나 우리는 이 시각 이 자리에서도 살아 있는 한 어떤 생각과 행동을 요구당하고 있다. 그런 생각과 행동들이 인생의 내용을 채우고 다른 사람에게 영향을 주며 살아간다. 그리하여 우리는 또다시 우리 인생을 어떻게 살 것인가? 하는 의문으로 되돌아온다.

인생이 우주의 한 찰나에 지나지 않으면서도, 우리에게 엄청나게 중요한 것은 당연히 우리 자신이 이 인생을 살아가고 있는 주체이고, 이렇게 살아가는 동안에 무엇을 할 것인가, 어떻게 살 것인가를 끊임없이 고민하여야 하는 바로 그 자신이기 때문이다.

내가 보기에 인간도 여느 동물과 같이 존재하는 근본적인 욕구가 태생적으로 있다. 바로 그것은 생존과 번식하려는 본능이다. 살려는 본능과 자신과 닮은 후세를 남기려는 본능이다. 이것이 어떤 생물학적 메커니즘을 통하여 우리 의식을 조정하는지는 잘 모르겠으나, 이 본능이 우리 인생의 근본에 있기에 우리가 태어나고 우리의 인생을 죽음과 파괴로부터 보호한다. 그리고 개인은 죽음에 이르나 인류라는 종족은 대를 이어 생존해 나간다.

생존의 본능은 우리가 먹고 자고 일하는 일상을 살아가는 추동력이다. 우리는 무의식적으로 아침, 점심, 저녁이 되면 이 본능에 따라 음식을 섭취하고 섭취된 음식은 우리 몸 안에서 소화되어 영양분으로 만들어져 내 몸을 지탱하게 만든다. 그리고 적당한 휴식과 수면을 통하여 다시 살아갈 힘을 얻는다. 또한 이런 음식과 자신이 생존할 여러 방편들(옷가지, 주택 등)을 구하기 위하여 일자리를 얻고 일을 한다.

번식하려는 본능은 우리가 성인이 되면 우리의 짝을 찾아 가정을 이루게 한다. 그것은 우리 인간에게 가장 아름다운 사랑의 시간들이 되지만 그 밑바탕에는 모든 존속하는 동물들(아니면 모든 생물들)은 다 가지고 있는 이러한 본능이 있다. 나아가 우리가 가정을 이루고 자신의 자식들을 끔찍이 아끼는 행동들 또한 이런 본능의 소산일 것이다.

이런 생존과 번식의 본능이 우리의 인생을 쉼 없이 끌고 간다. 그렇다면 이런 본능을 벗어나 살아갈 수 있을까? 나는 없다고 생각한다. 그 본능을 벗어나는 순간 우리는 생존을 잃어버릴 것이고(생존 본능의 극단적 거부가 자살인데 이는 죽음을 의미한다) 번식을 못하게 될 것(번식하지 못하면 인류는 멸종한다)이기 때문이다. 우리는 이 본능을 인간의 근본 욕구로 이해하고 이를 어떻게 멋지게 사용할 것인가를 고민하여야 한다.

그런데 나는 이런 생존과 번식 본능과 같이 자명한 인간 본성 외에도 인간에게는 자신의 현재를 뛰어넘으려는 상승 욕구가 있다고 생각한다. 이를 니체는 '초인에의 의지' 혹은 '권력에의 의지' 라고 명명하였지만,

그렇게 거창한 이름까지는 필요 없다고 하더라도, 사람이라면 누구나 이런 상승 욕구가 있다고 생각한다. 그렇기에 인간은 끊임없이 자신의 현재에 만족하지 못하고 더 나은 내일을 위해 준비하고 애쓴다. 이런 상승 욕구야말로 인간이 동물과 달리 인간 특유의 문명, 문화를 만들어 낸 원동력이다. 심지어 이런 상승 욕구는 생존과 번식의 본능을 뛰어넘어 대의를 위해 자신을 희생하기도 하고 치욕스런 상황에서는 이를 모면하기 위하여 자살을 감행하기도 하게끔 우리를 유도한다.

상승 욕구는 우리의 자아 정체성 내지 자부심의 근거가 되는 욕구이다. 또한 타인과 끊임없이 비교하면서 자신이 다른 사람보다 어떤 점에서는 더 낫다는 것을 확인하려는 욕구이다. 이 욕구 때문에 우리는 경쟁하고, 내가 얼마나 가졌는가가 아니라 다른 사람에 비하여 내가 얼마나 가졌는가에 따라 행복을 느끼는 것이다. 인류 문명이 끊임없는 개인 간의 경쟁으로 말미암아 발전한 것이 맞는다면, 그 원동력은 우리 내면에 새겨져 있는 이 상승 욕구이다.

또한 이 상승 욕구가 우리가 우리의 삶에서 의미를 찾으려고 노력하게끔 만든다. 동물과 같이 단순히 생존하는 것이 아니라 생존을 넘어 의미를 찾아내려는 인간의 모든 활동, 철학적 종교적 과학적 활동이 바로 이 인간의 현재를 뛰어넘으려는 이 상승 욕구에 기인한 것이라 생각한다. 어쩌면 인간의 가장 특이한 생활방식인 '영적인 삶'도 바로 이 욕구에 기인한 것이 아닐까 한다.

결국 인생이란 우주의 한 찰나에 지나지 않으면서도 살아가는 우리 자신들에겐 이런 생존과 번식의 본능, 상승 욕구가 있기 때문에 죽을 때까지 그 무엇인가를 해야만 할 운명에 처해 있다. 죽을 때까지 우리가 하는 생각과 행동 때문에 우리는 또한 희로애락의 감정을 느끼게 되고 행복과 불행을 경험하지 않을 수 없는 것이다. 그렇다면 우리는 인생을 어떻게 살 것인가?

이에 대하여 동양에서는 인간의 천성은 하늘의 천성에 맞닿아 있으므로 하늘의 천성에 따라 그 도를 실현하는 인간이 되어야 한다고 한다. 불가에서는 이런 생존 및 번식, 상승 욕구가 집착을 낳고 모든 고통의 근원이 되니 속세를 떠나 부처가 되어야 한다고 한다. 또 기독교에서는 이런 본능과 욕구 때문에 인간은 죄를 짓게 되고 죄의 결과 사망에 이르게 되는 것이니 예수를 믿어 구원을 얻어야 한다고 한다.

나로서는 이런 인류가 역사상 인간 행동 규범으로 삼은 종교나 사상들의 진위 여부는 잘 모르겠으나, 한 가지 명백한 것은 인생은 우주에서의 한 찰나이면서도 동시에 우리가 인간이기에 가질 수밖에 없는 본능과 욕구에 따라 움직이며 삶을 영위한다는 점이다. 따라서 인간을 다른 동물이나 우주의 다른 존재에 비하여 턱없이 우월하거나 특별한 존재로 보는 것은 오로지 자기 자신의 시각에서만 타물을 보는 함정이고, 우리가 가진 본능과 욕구를 무시한다는 것은 마치 끊임없이 자신이 지구의 중력에 붙들려 있으면서도 중력이 없다고 상상하는 것과 다를 바가 없는 것이다.

그러니 어떻게 살 것인가의 문제는 우리가 가지고 있는 본능과 욕구를 인정하면서도 그것이 우리가 보기에 올바른 방향(타인과 더불어 발전하고 자연과 함께 생존하는 삶)으로 사용될 수 있도록 하는 것이다. 우리의 본능과 욕구는 지구 중력과 비슷한 것이다. 지구 중력이 우리를 끌어내려 지구에서 못 벗어나게 하지만 그 중력이 또한 우리를 지구에서 편하게 살 수 있게 하지 않는가. 이와 마찬가지로 우리의 생존과 번식의 본능 또한 우리를 인간이기 때문에 어쩔 수 없는 한계로서도 작용하지만 그 본능으로 말미암아 우리는 생존하고 번영할 수 있는 것이다. 나아가 중력을 역이용하면 중력을 벗어난 우주선을 쏘아 올릴 수 있듯이 우리의 본능과 욕구를 잘 이용하면 오히려 이런 본능과 욕구를 넘어선 그 무엇을 쟁취할 수도 있을 것이다.

영적 존재로서의 인간

오늘날 인간의 정신 작용은 뇌 활동에 기인한다는 사실이 밝혀졌다. 예전에는 육체와 완전히 다른 인간의 영혼이 있어 이것이 육체와 상관 없는 정신적 작용을 하는 것으로 여겨왔다. 그러나 과학이 발전함으로써 우리가 흔히 정신 작용이라고 여겼던 것도 사실은 육체적 작용의 결과임이 하나씩 밝혀지고 있다.

우리가 느끼는 행복이라는 감정도 오감(보고 듣고 냄새 맡고 맛을 보며 느끼는 감각)과는 다른 정신 작용이라고 생각하였으나, 근래의 뇌 과학에 따르면 우리가 행복감을 느낄 때는 우리 뇌의 왼쪽 앞부분이 반응을 하고, 심지어 그 뇌에 전기적 자극을 주면 행복감을 느끼기까지 한다고 한다. 그리고 정신적인 병이라고 생각했던 것도 이제는 약물로 화학적 반응을 일으킴으로써 어느 정도 치유가 가능하며, 우리의 기분을 좌우하는 많은 것들이 사실은 정신 작용이라기보다는 생물학적 반응(따라서 신체적 화학반응)이라는 것이 속속 밝혀지고 있다.

그렇다면 우리는 이와 같은 두뇌를 가진 우수한 생물학적 기계에 지나지 않는가? 그럴지도 모른다. 그러나 문제는 우리가 자신을 밖에서 보지 않고 안에서 본다는 것이다. 즉, 설령 우리 의식이 극단적으로 생물학적 반응일 뿐이라고 하더라도 우리 스스로는 생물학적 반응을 느끼는 것이 아니라 나라고 하는 자아가 느끼고 의식하고 생각하며 결단하는 것으로 본다는 것이다. 그래서 우리는 글자를 쓰고 싶으면 그렇게 생각한 이후 손가락을 움직여 타자할 수 있는 것이지, 그 생물학적 메커니즘을 전부 이해하고 사용하는 것이 아니다.

언젠가는 정신 작용 전체를 생물학적으로 이해할 날이 올지도 모른다. 그러나 이는 훗날의 일이고(심지어 완전히 이해하지 못할 수도 있을 것이다), 현재로서 정신 작용은 정신적 용어로 이해하고 사용하더라도 하등 이상할 것이 없다. 포탄이 포물선을 그린다는 것은 뉴턴이 중력법칙을 발견하기 전에도 이미 존재하는 현상이었고, 그 현상을 인류는 경험칙으로 이해하고 이를 이용해 온 것이다. 다만, 과학에 의하여 생물학적 차원에서 설명되고 이해될 수 있으며 따라서 그 문제를 해결할 수 있는 현상을 엉뚱하게도 정신 작용으로 오해하지는 말아야 할 것이다.

그래서 인간의 정신 작용을 생물학적 관점이 아니라 우리 내면의 전통적인 정신 활동이라는 개념으로 해석해 본다면, 인간이 정신적 차원에서 다른 동물과 명백히 다른 것은 합리적 이성이 있어 세계를 체계적으로 해석할 수 있는 능력이 있는 것이다. 그리하여 이 이성에 의하여 도구를 발견하고, 과학을 발전시킬 수 있었기 때문에 인간을 일찍이 이성적 동물이라고 하지 않았던가. 과학을 하는 개나 말을 상상이라도 하겠는가!

그런데 인간은 이런 이성 외에도 영성이 존재한다. 영성이 무엇인가? 그것은 우리의 자의식일 수도 있고, 영혼일 수도 있다. 합리적으로 따지고 계산하는 것이 아니라 존재의 밑바닥에서 울려 나오는 '나' 라는 것을 완성시키는 하나의 통일적 자아이다.

인간이 감성, 지성을 넘은 영성을 가짐으로 말미암아 진정으로 인간은 인간됨을 구현한다. 인간은 이와 같은 영성으로 말미암아 외부의 자극에 대하여 즉자적으로 혹은 기계적으로 반응하는 것이 아니라 선택의 자유를 가진다. 저명한 정신분석 학자인 빅터 프랭클이 깨달았다던 죽음의 수용소에서 나치가 빼앗을 수 없었던 인간의 마지막 자유, 즉 자신의 태도를 선택하는 인간의 자유라는 것도 바로 인간의 이 영성에서 나온다.

인간의 영성은 자신을 외부나 과거의 퇴적된 물리적 산물로 보는 것이 아니라 이에 대하여 미래를 예측하면서 자신의 자존을 지키기 위한 인간으로서의 결단을 하게 만든다. 그리하여 영성은 자의식, 독립의지, 상상력, 양심 등으로 표현되면서 기계적 반응이라면 당연히 그러하여야 할 의무를 뛰어넘는 창조적이고도 긍정적인 반응을 하게 하는 것이다.

따라서 인간의 인간됨은 바로 이 영성에 있다. 주위 환경이나 자신의 과거에 구애됨 없이 자신의 현재를 선택함으로 말미암아 자신의 미래를 개척해 나갈 힘도 바로 이 영성에 있다. 이 영성을 발견하고 이를 연마하여 더 높은 자아를 가지려고 노력하는 사람, 이것이 바로 인간 본연의 모습이다. 그리하여 많은 사람들이 종교를 갖고 그 안에서 자신의 영성을 발견하려고 한다. 하지만 종교를 갖지 않는다고 하여 인간의 영성을 부정할 일은 아니라고 생각한다. 영성의 생물학적 메커니즘이야 아직 알 수 없는 노릇이지만, 분명 이런 영성이야말로 우리 자신을 자신답게 하는 인간 고유의 본성이기 때문이다. 그런 까닭에 오늘날 과학의 시대라 하여 인간의 영적 존재로서의 측면을 무시할 것은 아니라고 본다. 오히려 이 영성을 강조함으로써 인간이 인간으로서의 도리와 품위를 지키며, 나아가 인간 존재 특유의 초월적 삶을 누릴 수 있도록 하는 게 바람직하다고 생각한다.

삶의 의미

내 고향 통영 출신인 김춘수 시인의 '꽃' 이란 시가 있다.

내가 그의 이름을 불러 주기 전에는
그는 다만
하나의 몸짓에 지나지 않았다.

내가 그의 이름을 불러 주었을 때
그는 나에게로 와서
꽃이 되었다.

내가 그의 이름을 불러 준 것처럼
나의 이 빛깔과 향기에 알맞은
누가 나의 이름을 불러 다오.
그에게로 가서 나도
그의 꽃이 되고 싶다.

우리들은 모두

무엇이 되고 싶다.

너는 나에게 나는 너에게

잊혀지지 않는 하나의 눈짓이 되고 싶다.

이와 같이 우리는 우리 자신이 다른 사람에게 무언가 의미 있는 사람이 되고 싶어 하고, 나아가 내 삶이 단순한 생로병사의 거품이 아니라 의미 있는 것이 되기를 기도한다. 이러한 욕구는 나는 그것을 무어라고 부르든 간에 인간의 근본 욕구 중 하나라고 생각한다(나는 이를 인간이 가지는 근본 욕구 중 하나인 상승 욕구라고 이름 지었다).

사람이 동물과 근본적으로 다르지 않다는 것에 동의한다. 우주의 거대한 움직임을 생각해 본다면, 인간이 우주의 다른 존재에 비하여 특별한 위치를 가진다고 생각하는 것은 우리들의 철저한 자기중심적인 사고의 산물인 것 같다. 그럼에도 인간이 그 존재가 문제인 까닭은 그 무엇보다 우리 자신이 인간이라는 동물이기 때문이고, 내가 한 인간으로서 살아가기 때문이다. 다른 행성의 어떤 존재가 있어 우리가 공룡을 그렇게 묘사하듯이 인간을 한낱 지구 위에 한때 살다간 종족이라고 간단히 정의해 버리는 한이 있더라도, 우리 인간들로서는 우리의 인생을 그렇게 한 문장으로 단정할 수는 없는 노릇이다. 우리가 한 인간으로 살아가기에 우리의 인생은 철저히 자기 주관적일 수밖에 없는 것이다.

그런 까닭에 우리는 우리의 인생에 대하여 의미를 찾을 수밖에 없는 것이다. 이런 의미를 찾는 작업은 우리가 이 우주의 찰나적 존재에 지나지 않는다고 해도 없어지는 것은 아니다. 인간은 누구나 살아 있는 한 자신의 삶의 의미를 찾아 나선다. 그리하여 우리는 종교를 찾고 철학을 하며 시를 쓰고 소설을 통하여 인생의 의미를 탐구한다.

그렇다면 우리에게는 우리가 존재하기 이전에 부여된 삶의 의미가 있을까? 종교를 가진 사람들은 종교적 관점에서 신으로부터 부여된 인생의 소명이 곧 인생의 의미가 될 것이다. 그러나 비종교적 관점에서는 삶의 의미는 처음부터 부여된 것이 아니라 내가 살아가면서 만들고 찾아내는 것일 뿐이다.

생물학적 관점에서 보면 나는 인류라는 한 종족의 개체로 태어나 종족을 유지하기 위하여 태어나고 수명이 다하면 죽음을 맞이할 뿐이다. 그러나 그런 생존 동안에 나는 특정한 배우자를 만나며 특정한 자녀들을 낳아 기르고 특정한 일을 하며 특정한 활동을 통하여 다른 사람들과 이 우주와 관계를 맺는다. 나는 바로 내가 인연을 맺는 이 특정한 사람과 일, 활동을 통하여 우주의 그 어떤 존재도 대신하지 않는 내 나름의 삶의 의미를 가진다. 삶의 의미는 추상적이나 일반적으로 다른 사람과 같이 내가 사랑하고 결혼하며 아이를 낳고 일을 했던 것이 아니라, 내가 구체적인 한 사람인 나의 아내 염유경을 사랑하고 결혼하였으며 준영, 원영, 자헌, 다은이를 낳아 길렀으며, 변호사로서 정치인으로서 봉사했던 데 있다.

에리히 프롬은 『사랑의 기술』이라는 책에서 내가 한 여인을 사랑하는 것은 이 우주의 모든 존재를 대표해서 한 여인을 사랑하는 일이라고 지적했다. 나는 비단 사랑뿐만이 아니라 내가 인연 맺는 모든 사람들에 대하여 나는 전 우주를 대표해서 그와 관계를 맺는다고 생각한다. 우주적 관점에서야 누가 누구를 만나 관계를 맺는 것은 우주의 자연법칙에 따라 당연히 그러하여야 할 것이 그러한 것뿐이니 아무런 문제가 될 것이 없다. 그러나 개인은 특정한 개인을 만나 우주의 법칙을 실현하는 것이니, 그 특정 개인들의 만남이야말로 그들에겐 우주를 대표하는 만남이고 그 만남이 삶의 의미가 되는 것이다.

결국 삶의 의미는 어떤 일반 법칙이나 추상성에 있는 것이 아니라 내가 구체적으로 살아가면서 관계 맺는 사람, 일, 역할에서 찾아지는 것이다. 삶의 의미는 추상적인 것이 아니라 구체적인 것이다. 따라서 인류 개개인은 그 개개인마다 다른 삶의 의미가 있는 것이지, 모두를 총괄하는 일반적이고 추상적인 삶의 의미란 없는 것이다. 일반화, 추상화를 시도하면 할수록 우리의 삶은 구체성을 상실하고 나의 삶이 아닌 우주의 티끌 같은 존재로 환원될 뿐이다.

그렇다면 삶의 의미는 어디 먼 우주에서 찾아지는 것이 아니라 우리의 일상에서, 우리가 만나는 사람에서, 우리가 하는 일에서 찾아져야 한다. 내 삶이 무슨 의미가 있었냐고? 나는 우리 부모의 자식으로 태어나, 나의 아내를 사랑하고 결혼하였으며, 나의 네 아이를 낳아 길렀고, 나의 일을 하면서 다른 사람들과 어울려 살았다. 그 과정 전체의 하나하나가 내 삶의 의미였다. 이것이 내가 찾은 내 삶의 의미이다.

그런고로 삶의 의미를 어디 먼 곳이나 높은 곳에서 찾을 일이 아니다. 자신이 인류의 빛나는 거성들과 같이 인류 역사에 커다란 족적을 남긴 사람이 되어 인류가 존재하는 한 그 이름이 영원히 남는 사람이 되지 않는다 하여 자신의 삶이 무의미한 것이라고 생각할 필요는 전혀 없다. 설령 그 이름이 영원히 남는다 하여도, 그 사람은 이미 한 줌의 재가 되어 자신의 이름이 인류에 어떻게 기억되는지도 알지 못한다. 오로지 살아 있는 사람이 그로부터 영향을 받고 그의 이미지를 소비할 것이지만, 이미 그것은 그의 손을 떠난 일이다. 그리고 인류 자체도 이 큰 우주의 한 모퉁이 지구라는 행성의 길손에 지나지 않는 존재인데, 또 그 인류가 존재하는 한 자신의 이름이 남아 있다 한들 그것이 무슨 소용인가.

누구나의 삶은 그 어느 존재도 대체할 수 없는 귀한 것이다. 설령 그 삶이 인류 전체로 보아 혹은 사회적 위치로 보아 하잘 것 없는 것이라도 그것은 그런 시각 안에서만 그렇다는 것이지 결코 그 개인의 시각에서 하잘 것 없는 것이 될 수 없다. 우주가 나를 만들었지만, 내가 없으면 이 우주 전체도 아무 소용없는 일인 것이다. 그러니 삶의 의미를 내가 아닌 먼 곳에서 찾을 일이 아니라, 내가 살아가는 동안 내가 하는 일에서 내가 만난 사람들과 사물들과의 귀한 인연에서 찾을 일이다. 그렇게 되면 우리 삶은 어떤 순간에도 아름답고 의미 있는 것이 될 것이다.

자존감, 행복의 기초

모든 행복의 시작은 자기 자신을 사랑하고 존중하는 감정을 회복하는 것이다. 따라서 자기 자신을 사랑하지 못하고 자신을 존중하지 못하면서 남을 사랑하고 남을 믿을 수는 없는 노릇이다. 자신이 어떠한 처지에 있던 어떤 상황에 놓이던 자신에 대한 자존감을 가진 사람은 그 어느 누구도 그의 행복을 파괴할 수 없다.

자존감의 근본은 이 우주에서 가장 중요한 존재는 바로 자기 자신이라는 깨달음에서 비롯되는 내적 자기 확신이다. 기실 객관적으로 보면 우주에서 나의 위치는 티끌과 같다. 우주가 아니라 지구의 생존 주기만으로 생각하더라도 나의 인생 길어야 100년이란 수치는 지구 나이를 하루로 환산하더라도 찰나에 지나지 않는다. 그러나 나로 보아서는 만약 내가 이런 의식을 가지지 않았다면 이 우주는 내게 아무런 의미가 없는 단순한 물질적 진화의 거대한 소용돌이 외에 아무것도 아닐 것이다. 우주에겐 나란 존재는 한낱 순간의 존재인지 몰라도, 내겐 나란 존재는 우주 전부와 같은 것이다.

그리고 사람들과 관계에서도 나란 존재는 다른 사람들에게 이 지구상의 70억 인구 중 한 사람에 지나지 않을지 몰라도 내겐 70억 인구 전체와 맞먹는 절대 유일의 존재이다. 만약 내가 없다면 지금 이 지구상에 있는 모든 사람들, 심지어 인류 전체도 아무런 의미가 없다. 빛이 있어 온 세상이 밝아지듯이, 내가 있어 비로소 이 우주와 주위 모든 사람들이 의미가 있게 되는 것이다.

그런데 이와 같이 이 우주와 인간들 속에 유일 절대적 가치가 있는 나란 존재를 사랑하고 존중해 줄 사람 중 첫 번째는 바로 나 자신이다. 의식을 가진 이 우주 안의 모든 생명체, 다른 사람들 모두는 내가 나에게 그러하듯이 그들도 그들에겐 각자 모두 유일한 절대적 가치가 있으므로 나를 먼저 신경 쓰는 것이 아니라 그들 자신을 먼저 신경 쓰게 되어 있다. 그래서 이웃 사랑을 절대적 가치로 생각하는 기독교에서조차 "네 자신을 사랑하듯이 남을 사랑하라"고 하지 "남을 사랑하듯이 너를 사랑하라"고 하지는 않는 것이다.

이렇게 보면 내가 나를 사랑하고 존중하는 것은 어쩌면 당연할 것 같은데 실제적으로 보면 많은 사람들이 이런 자존감을 잃고 살아가고 있다. 그 까닭은 나를 남과 비교하기 때문이고, 우리가 살아가는 사회에서는 사람을 평가하는 기준을 우주와 인류의 절대 유일자로서가 아니라 사회적 관계 속에서 그가 가진 사회적 지위, 돈, 명예, 인간성 등으로 잡기 때문이다. 그리하여 우리는 다른 사람들에 대한 열등감을 갖기도 하고, 다른 사람보다 내가 낫다는 우월감에 휩싸이기도 하면서 불행과 행복 사이를 부초처럼 떠다닌다.

인류가 각 개인마다 혼자 살아가지 않고 공동체를 구성하고 함께 어울려 살아가는 동안은 어쩔 수 없이 각 개인이 공동체의 유지와 발전에 기여하는 정도에 따라 사회적 지위, 돈, 명예를 불평등하게 배분할 수밖에 없을 것이다. 심지어 만민평등을 내세웠던 공산국가에서도 돈에 관해서는 평등을 실현하려 하였으나, 사회적 지위와 명예 등은 결코 평등하게 나누지 못하였다. 나아가 결국 공산국가가 무너짐으로써 사회에서 돈의 불평등 분배도 지금으로서는 어쩔 수 없는 인류 생존의 한 방식임이 밝혀졌다. 따라서 인류 생존 동안 사회적 지위, 돈, 명예를 얻기 위한 각 개인들 사이의 경쟁은 불가피할 수밖에 없을 것이다. 그리고 어떤 사람은 이 경쟁에서 이겨서 남들보다 높은 지위, 많은 돈, 큰 명예를 얻을 것이고, 또 어떤 이들은 경쟁에서 뒤쳐져 낮은 지위, 적은 돈, 이름 석 자에 만족할 수밖에 없을 것이다.

그러나 사회적 관계 속에서 평가받는 내가 나의 전부는 결코 아니다. 앞서 지적한 바 대로 나는 이 우주 전체와 온 인류와 동일한 가치가 있다. 내가 없으면 우주와 인류도 없다. 그런 까닭에 나는 내 자신을 결코 남들의 평가에 의존하여 틀 지울 필요는 전혀 없다. 내가 사회적 경쟁에서 이기거나 살아남아 남들이 나를 사랑해 주고 존중해 준다면 두말할 나위 없이 좋은 일이나, 설령 그러지 못하였다 하더라도 나만은 나 자신을 사랑하고 존중해 주어야 한다. 이것이 모든 행복의 출발점이고, 인생에 대한 기본적인 최고의 지혜이다. 그래서 공자는 나를 알아주지 않아도 화내지 않음(人不知而不慍)이 군자의 기본이라고 하지 않았는가?

우리는 끊임없이 우리의 자존감을 지키기 위하여 노력하여야 한다. 남들의 그릇된 시선, 평가로부터 나 자신을 지켜내어 이 우주의 절대 유일자로서의 독자적 가치를 긍정하여야 한다. 사회적 경쟁에서 졌다고 해서 나의 존재 가치가 없어지는 것은 결코 아니다. 나는 나름대로의 내 능력에 따라 이 사회에 기여하고 나의 삶을 영위해 나가면 되는 것이다.

인류 모두가 대통령이나, 재벌 회장, 탁월한 명성을 가진 사람이 될 수는 없지 않겠는가. 우리 사회의 가장 밑바닥에서 일을 하더라도 그 일 또한 이 사회를 유지 발전시키는 데 없어서는 안 되기 때문에 존재하는 일이므로 나는 내 나름의 위치에서 사회를 위해 노력하는 것으로 남들에게 전혀 위축될 필요가 없는 것이다.

행복은 높은 사회적 지위, 많은 돈, 큰 명예에서만 나오는 것이 아니다. 산이 높으면 골도 깊은 법이고, 천석꾼은 천 가지 걱정 만석꾼은 만 가지 걱정이 있는 법이다. 높고 멀리 있어 마치 그들은 천국에서 살고 있다고 우리는 착각하지만, 그들도 또 다른 경쟁에 항상 내몰리고 있고 그들 또한 우리와 똑같은 일상에서 고민하고, 고통 받고 행불행을 같이 느끼는 것이다. 히말라야 높은 곳에서 그림 같은 집에 살고 있는 사람들이라고 모두 자신이 천국에 살고 있다고 하겠는가. 그들도 인생이 가져다주는 이런저런 문제로 고민하고, 아웅다웅 살고 있는 것이다. 심지어 인류에게 가장 큰 영향력을 미친 기독교를 창시한 예수마저도, 다음날 십자가에 못 박혀 죽게 될 것을 알고는 하나님께 간절히 기도하였다. 할 수만 있으시면 이 잔을 내게서 치워달라고, 그러나 나의 뜻대로가 아니라 하나님의 뜻대로 하시라고. 신의 아들마저 자신의 소명을 이루기 위한 이런 엄청난 내적 갈등을 겪었는데, 한갓 갑남을녀에 지나지 않은 우리들이야 오죽하겠는가.

행복한 인생의 첫걸음은 나에 대한 자존감을 키우는 것이다. 외부에서 어떤 똥물을 내게 던지더라도 나는 소중하고 귀하다는 자존감이 있을 때 우리는 똥이 아니라 좋은 향기가 나는 꽃이 될 수 있고, 진정한 평화와 행복을 느낄 수 있다.

인생을 즐길 줄 아는 능력

우리 인생 최대의 목표는 행복한 삶을 사는 것이다. 여기에 대하여 아무도 이의를 제기하지 않을 것이고, 심지어 우리 헌법에서도 행복추구권은 국민이 누려야 할 기본적 인권이라고 명시하고 있다. 그런데 행복한 인생을 살기 위하여 무엇을 얻고 어떻게 살아야 할 것인가 하는 것은 사람마다 다르고 인류가 없어지기 전까지 영원한 화두가 될 것이다.

내가 생각하기에 우리가 행복해지기 위해 반드시 필요한 것은 인생을 즐길 줄 아는 능력이다. 우리가 인생을 즐길 줄 아는 능력을 가지고만 있다면, 우리가 반드시 재벌 회장이나 대통령이 되지 않더라도 얼마든지 행복할 수 있다. 그리스의 디오게네스라는 철학자는 통 속에 살면서도 유유자적하였고, 알렉산더 대왕의 "원하는 것이 무엇인가"라는 질문에 "당신이 가리고 있는 햇빛"이라고 말했다고 한다. 이런 사람이야말로 자신의 인생을 제대로 즐길 줄 아는 사람 아니겠는가.

인생을 즐기기 위해 가장 먼저 해야 할 일은 내가 하는 일에 대하여 즐길 줄 알아야 한다. 우리 인생 전체를 삼등분하면 그중 삼분의 일은 우리가 맡은 일을 하며 보낸다. 나머지 삼분의 일은 먹고, 쉬는 시간이고 마지막 삼분의 일은 자는 시간이다. 그런데 자신이 하는 일을 즐기지 못한다면 우리 인생의 삼분의 일 그것도 깨어 있는 시간의 절반을 불행하게 지내는 셈이니 이 어찌 인생이 행복할 것인가. 일을 즐기려면 제일 좋은 것은 자기가 좋아하는 일을 하면 될 것이나 그렇게 되기는 쉽지 않은 일이니, 자신의 일이 남을 돕는 일이라고 생각하고(분업화된 오늘날 사회에서 모든 직업은 다른 사람을 돕는 일이다) 좋아하면 즐길 수 있을 것이다.

다음으로 여가 시간을 즐길 줄 알아야 한다. 요즘 우리나라는 아웃도어 열풍이 불고 있다. 등산도 가고, 각종 스포츠 경기에 직접 참가하며, 전국 유명 관광지를 둘러보기도 하고, 캠핑족도 늘어나고 있다. 불과 십여 년 전 여가라고 해봐야 술 먹고 노래하던 데서 장족의 발전을 한 것이다. 이런 여가 활동의 증가야말로 우리 국민들의 행복도를 끌어 올리고 있다고 확신한다. 예를 들어 등산 활동은 뜻만 있으면 누구나 전국의 명산들을 오를 수 있다. 여기에 많은 돈이 필요할까? 돈 많고 권력 있는 사람들은 대개 주말조차도 이런 여가 시간을 가질 수 없이 바삐 돌아다닌다. 도대체 누가 더 행복한 것일까.

그리고 나는 행복은 다른 사람과 사물과의 관계를 즐길 줄 알아야 한다고 생각한다. 나는 한 때 절대적 행복을 위해서는 나의 밖이 아니라 우리 내면을 깊이 쳐다보아야 한다고 생각했다. 그래서 그에 관한 책도 읽고 명상도 해보았다. 그러나 내가 본 것은 텅 빈 것이었다. 그러던 중 거울이 아니라 창문을 보아야 한다는 것을 깨달았다. 거울만 보고 있으면 자기 자신만 보일 뿐이다. 그러나 창문을 보면 다른 사람들이, 아름다운 풍광들이 보인다. 행복은 자기 자신만 바라보는 것이 아니라 내 가족 내 이웃과 아름다운 자연과 어울림으로써 오는 것이다. 물론 한 번씩 거울을 보고 자신의 내면을 들여다볼 필요는 분명 있다. 그러나 오로지 그렇게 해서는 진정한 행복을 얻기 어렵다. 따라서 다른 사람과의 관계를 즐길 수 있고 나아가 우리가 살고 있는 이 우주를 즐길 수 있는 사람이야말로 가장 행복한 사람이 될 것이다.

만약 신이 있어 내게 아이들에게 꼭 하나만 남겨 줄 선물이 있다면 무엇을 주겠냐고 묻는다면, 나는 서슴없이 자신의 인생을 즐길 줄 아는 능력을 선물로 주고 싶다고 말할 것이다. 그리하여 우리 아이들이 자신이 하는 일을 즐기고, 여가 시간을 현명하게 즐기며, 다른 사람과 자연과 더불어 즐길 수만 있다면 무엇을 달리 바랄 것인가. 인생을 즐길 줄 아는 능력만 있다면, 설령 이 세상이 지옥으로 변할지라도 그 안에서 행복을 찾아낼 것이다. 영화 「인생은 아름다워」(1999, 로베르토 베니니 감독)에서 유태인으로서 홀로코스트의 현장인 강제수용소에서 갇혀서도 자신의 아이 조수아에게 인생의 즐거움과 희망을 주었던 우리의 주인공 귀도처럼.

경쟁이라는 사슬

사람살이의 가장 큰 딜레마는 나는 다른 사람의 도움이 반드시 필요하면서도 또 한편으로 그로 말미암아 치열한 경쟁을 피할 수 없다는 것이다. 사람은 혼자 살지 못한다. 사람은 가정을 이루고 사회를 구성하며 나아가 국가를 만들고 종국에는 국경을 넘어 인류라는 협력 체제 안에서 살아간다. 인간의 이런 능력이야말로 인류가 다른 동물과 달라진 원동력이다. 인간은 자연 그대로 살아가는 것이 아니라 인류가 이루어 낸 문명과 문화, 사회 체제라는 인공적인 환경 안에서 끊임없이 배우고 소통하며 영향을 받고 영향을 미치며 살아간다. 그리하여 우리들은 동물들이 상상도 못하는 풍부한 내용을 가지며 삶을 영위할 수 있다.

그런데 문제는 우리가 태어나면서부터 이런 환경에 살아가기 때문에 어쩔 수 없이 타인과 경쟁하지 않을 수 없다는 것이다. 사회가 구성되면 불가피하게 만들어지는 높은 자리, 많은 돈, 큰 명예는 누구나 원하는 것이지만 이를 모든 구성원들에게 평등하게 나누어 줄 길이 없는 것이다. 그리하여 인류 역사 대부분은 이를 핏줄을 통한 고정적 신분관계로 분배했다. 왕의 자손은 왕이 되고, 귀족의 자손은 귀족이 되며, 농민이나 상공인의 자손은 그 또한 농민이나 상공인이 되었고, 노예의 자손은 노예가 되었다. 조상이 하던 일이 곧 자신이 하는 일이 되었고, 조상의 지위, 부, 명예가 곧 그 자신의 그것이 되었다. 그리고 이것은 신이나 하늘의 섭리로 이해되었고, 이런 불평등은 이생에서가 아니라 죽음 이후의 내세에서 왕, 귀족, 농민, 상공인, 노예와 같은 신분 차별 없이 천국(천당)과 지옥의 심판을 받거나 다른 신분으로 환생한다는 종교적 관념으로 보상 받았다.

그러나 17세기와 18세기 동안의 일련의 시민혁명(영국의 명예혁명, 미국 독립혁명, 프랑스 혁명)을 통하여 이런 봉건적 신분 체제가 와해되고, 인간은 누구나 평등하고 자유롭다는 이념이 등장하였다. 그리하여 지위, 돈, 명예는 신분 관계가 아니라 경쟁을 통한 획득에 의하여 분배되는 시스템이 만들어졌다. 왕과 귀족 제도는 폐지되고 대신 '선거'라는 경쟁을 통하여 대통령, 국회의원, 지방자치 단체장, 지방의원들을 선출한다. 사농공상과 노예제를 폐지하고 대신 자유로운 직업 선택에 의한 경쟁을 통하여 돈(자본)을 분배하고, 신분이 아니라 시민들의 지지와 인정에 의하여 명예가 얻어지게 된다. 결국 오늘날 우리가 살고 있는 자본주의 사회에서 우리 모두는 태어나면서 갖는 신분적 불평등은 없어졌지만 평생을 남들과 경쟁하면서 자신의 가치를 입증해야 하는 처지에 빠져 버리게 되었다. 봉건적 신분의 사슬에서는 풀려났지만, 이제는 경쟁의 사슬에 묶이게 된 것이다. 이념은 인간은 모두 평등하고 자유롭지만 현실은 경쟁을 통해 불평등하고 자유롭지 못하게 되는 모순적 상황에 처하게 된 것이다.

그리하여 19세기 말부터 20세기까지 지구상에는 이런 경쟁의 사슬과 모순을 직시하여 경쟁을 통한 사회적 가치(지위, 돈, 명예)를 분배하는 자본주의 사회를 타파하고 자신의 능력껏 일하고 원하는 만큼 가져가는 공산사회를 건설하자는 공산주의 혁명이 일어나기도 하였다. 그러나 이 시도는 더 큰 문제를 야기하여 내부에서 무너져 버렸다. 즉, 높은 지위, 많은 돈, 명예가 평등하게 나누어지는 것이 아니라 공산당원에게만 쏠려서, 공산당원 내부에서 권력투쟁이 피비린내 나게 벌어졌고 재화의 생산과 분배는 비효율성의 극치를 달려 자본주의 사회와 경쟁에서 뒤처져 버린 것이다. 그 결과 20세기 말 공산주의 종주국인 소련을 위시하여 전 세계의 공산주의 국가들은 적국의 침략이 아니라 내부적 혁명으로 붕괴되고, 살아남은 국가도 중국과 같이 자본주의 시스템을 대대적으로 받아들이고 있는 실정이 되었다.

결국 현 인류는 신분이라는 사슬은 없어졌지만 경쟁이라는 사슬은 피할 수 없게 된 것이다. 그리하여 10대에는 공부라는 경쟁에 20대에는 더 나은 직장이라는 경쟁에 30대에서 50대 사이는 더 나은 지위와 더 많은 부라는 경쟁에 내몰릴 뿐 아니라, 자식들이 있으면 이런 경쟁 체제에서 자식들이 뒤처지지 않을까 하는 경쟁에 또 몰린다. 심지어 은퇴한 60대 이후에도 더 나은 노후 생활을 위한 경쟁에 몰리기도 한다.

물론 경쟁이 결코 나쁜 것은 아니다. 앞에서 보았듯 태어나면서 빈부 귀천이 갈리는 터무니없는 신분제도를 없애고 능력에 따른 사회적 가치의 분배가 가능하게 한다. 게다가 이런 경쟁을 통하여 인류는 새로운 발견과 발명을 하게 되었고, 우리 삶을 더 풍요롭고 편리하게 하는 점은 두말할 나위가 없다. 심지어 이런 경쟁을 통하여 우리 사회가 가지고 있는 모순점들을 해결하기도 한다. 사회와 국가 발전, 어쩌면 인류 진보를 위해서도 경쟁은 필수적인 요소이다.

그러나 이런 경쟁은 필연적으로 경쟁에서 이기는 20퍼센트, 중간의

60퍼센트 외에도 뒤처지는 20퍼센트가 반드시 생긴다는 것이다. 우리는 이기는 20퍼센트에 들면 기뻐하고 중간의 60퍼센트에 들면 안도하지만 뒤처지는 20퍼센트에 들면 어쩔까 하는 불안을 떨쳐 버리지 못한다. 게다가 이기는 20퍼센트에 들었다 해도 안심하지 못하는 것은 그 20퍼센트 안에서도 또다시 이기는 20퍼센트, 중간의 60퍼센트, 뒤처지는 20퍼센트가 생긴다는 것이다. 이런 분화는 끊임없이 반복된다.

그렇다면 이런 경쟁에서 뒤처지는 20퍼센트가 과연 당연히 있어야 할 자리에 있는 것일까. 반드시 그렇지 만도 않을 것이다. 사람의 능력이란 것도 자신의 노력에 의하여 얻어지는 것도 있겠지만, 타고난 천성이나 사회적 환경에 영향을 받지 않는다고 누가 말할 수 있겠는가. 심지어 승패가 갈리는 결정적 순간에 그 개인의 능력이라고만 딱히 말할 수 없는 행운이나 불운도 있을 수 있다. 그러니 뒤처진 20퍼센트는 자신의 능력 때문에 그런 것이니 그런 자리에 있어도 당연하다는 생각은 타고난 핏줄이 그러니 그런 자리나 위치에 있어도 당연하다는 생각만큼이나 비합리적이고 터무니없는 것이다. 그런데도 우리는 뒤처진 20퍼센트는 그렇게 대우받아도 된다고 강요당하고 있고, 또 스스로도 그렇게 생각한다.

그러면 이 경쟁의 사슬을 풀 수 있는 방법은 없을까? 아쉽게도 나는 인간이 더불어 살아가는 한 경쟁의 사슬은 피할 길이 없다고 생각한다. 현재로서는 경쟁에 의한 성취 외에는 공동생활을 하면서 누구나 남들보다 먼저 많이 갖고자 하는 사회적 가치(지위, 부, 명예 등)를 합리적으로 분배할 방법이 없기 때문이다.

그러나 분명한 것은 경쟁이 우리들 인생을 풍요롭게 하기 위해 우리들 사이의 협력을 위해서 필요한 수단이지 경쟁 그 자체를 위해 존재하지는 않는다는 것이다. 인류가 서로 협력하기 위한 수단으로 경쟁이 있는 것이 아니라 경쟁을 위한 경쟁이 있는 것이라면 진흙탕에서 볼썽사납게 싸우는 개들과 무엇이 다를 것인가. 따라서 경쟁은 협력을 위한 경쟁으로 엄격히 제한되어져야 하고, 그 경쟁에 따른 사회적 가치의 분배도 그 한계가 잘 정하여져야 한다. 예를 들어 대통령이라는 국가권력 최고의 자리도 선거라는 경쟁의 룰을 통하여 선출되어야 하고, 선출된 이후에도 헌법과 법률에 정한 권한 이외는 함부로 권력을 행사할 수 없도록 해야 한다. 또 기업 활동도 법이 정한 공정한 경쟁에 의하여야 함은 물론이다. 그리고 경쟁에 뒤쳐진 개인도 사회적 안전망을 촘촘히 마련하여 그 나름 인간의 존엄성을 지키며 행복한 삶을 영위할 수 있도록 하여야 한다. 이것이 우리가 반드시 정의로운 법과 사회적 제도를 가져야 하는 이유이다.

그리고 개인적 차원에서도 피할 수 없는 경쟁은 어쩔 수 없는 일이지만, 한시도 놓치지 않아야 하는 관점은 경쟁이 인류의 협동을 위한 것이지 경쟁 자체를 위한 것이 아니라는 사실이다. 만약 우리가 경쟁 자체를 위한 경쟁에 내몰리게 된다면 우리는 모래 위에 허망한 바벨탑을 짓는 것이나 마찬가지이다. 많은 돈과 권력을 가져도 더 많은 돈과 권력을 가지고 싶고 높은 지위에 있음에도 더 높은 지위를 갈구함으로 결국 경쟁에서의 승리가 더 큰 경쟁을 위한 발판밖에 되지 않음으로 말미암아 우리는 죽음에 이르기까지 경쟁의 노예가 될 뿐이다.

그러므로 경쟁에 있어 최선을 다하되(경쟁에서 최선을 다하는 것 자체가 인류 발전에 공헌하는 것이다), 승리하면 그 승리가 당연한 것이 아니라 다른 사람을 위한 것임을 깨닫고 패배자를 배려할 일이고 패배하면 그 패배가 우리네 인생 자체의 패배가 아님을 깨닫고 그 안에서도 행복을 찾을 일이다.

다행스러운 것은 우리네 인생에 경쟁은 어쩔 수 없는 것이라 하더라도, 인생에서 늘 경쟁만 있는 것이 아니라 다른 사람과 더불어 어울려 행복을 나눌 시간들이 훨씬 많다는 것이다. 10대의 나이에 공부로 치열하게 경쟁하지만 학창 시절이 어디 공부 경쟁만으로 이루어진 것인가. 그 안에 친구들과 잊지 못할 학창 시절이 있고, 10대 소년소녀의 꿈과 즐거움이 있지 않는가. 20대 취업의 경쟁에 내몰리지만 어디 그 시절이 취업 경쟁만이겠는가. 대학의 낭만과 방황이 있을 것이고, 이성에 대한 깊은 사랑과 번뇌도 있을 것 아닌가. 게다가 30, 40대가 넘어가면 경쟁을 통한 사회적 지위 다툼은 거의 끝나 대개의 경우는 어느 정도 자신의 생활 규모가 정해지니 그 안에서 우리는 얼마든지 가정을 이루고 직장 생활을 하며 행복을 이루어 낼 수 있지 않은가.

경쟁은 오늘날 자본주의 사회에서 우리의 숙명과도 같은 것이다. 그러나 늘 경쟁이 우리를 인간이 아닌 괴물로 만들지 않게 경계할 일이요, 경쟁은 협력을 위한 것이지 그 자체를 위한 것이 아님을 새길 일이고, 경쟁의 승패를 떠나 언제나 행복할 수 있는 능력을 기를 일이다.

일은 인류와 함께하는 호흡

오늘날 많은 사람들이 일(노동)이란 '돈을 벌기 위한 수단'이라고 생각한다. 그리하여 돈을 벌기 위해 일을 하여야 하고, 돈만 벌면 이 일을 당장 때려치울 것이라고 생각한다. 그 결과 우리는 우리의 일에서 재미를 느끼기보다는 고통을 경험한다. 마치 대부분의 학생들이 공부가 재미있어서 하는 것이 아니라 마지못해 하는 것과 같다.

이런 우리의 태도가 근본적으로 잘못된 것은 아니다. 사농공상의 계급이 확실히 정해져 있었던 봉건사회에서는 출생 신분에 의하여 그 사람이 일평생 일할 직업이 정해져 있었으니 그것이 운명이려니 하고 받아들였다. 그러나 오늘날과 같은 사회에서는 누구나 직업 선택의 자유가 있고 돈만 있으면 많은 문제가 해결된다. 더욱이 누가 어떤 일을 하라고 강제하지 않지만, 돈이 없으면 먹고살 수 없으니 어쩔 수 없이 자기가 좋아하든 아니든 일을 하게 된다. 그러니 사람이 돈 때문에 일한다는 생각을 떨쳐 버릴 수가 없는 것이다.

그러나 이렇게 생각하고 살면 우리네 인생은 비참해진다. 우리의 일상 대부분이 일을 하고 보내는데(통상 하루 8시간을 일한다고 한다면, 잠자는 시간 8시간을 제외하면 깨어 있는 시간의 절반을 일을 하고 산다) 이 일이 내가 즐거워서 하는 것이 아니라 돈 때문에 의무적으로 한다고 생각한다면, 우리가 옛날 봉건 시대의 노예와 무엇이 다를 것인가. 주인이나 상전이 사람이 아니라 돈이 된 것 외에 달라진 것이 없는 것 아닌가.

그러니 사람들은 자기가 좋아하는 일을 하면서 살라고 조언한다. 시를 좋아하면 시인으로, 음악을 좋아하면 음악가로, 운동을 좋아하면 스포츠 선수로, 과학을 좋아하면 과학자로, 정치를 좋아하면 정치가로, 사업을 좋아하면 사업가로 살라고 한다. 이보다 더 지당한 말이 어디 있을까. 어차피 한 번뿐인 우리네 인생 우리가 하고 싶은 것, 좋아하는 일을 하다가 죽지 왜 하기 싫은 일을 하며 살 것인가 말이다.

그러나 문제는 자기가 좋아하는 일을 하면서 살려고 해도 남들도 그 일을 좋아한다는 것이다. 그리하여 자신이 좋아하는 일을 할 수 있으면서 자기가 생각하는 정도의 돈을 벌기 위해서는 다른 사람과 치열한 경쟁을 할 수밖에 없다. 그 치열한 경쟁에서 이겨 자신이 하고 싶은 일을 하면서도 돈을 벌 수 있으면 좋겠지만, 그러기가 쉽지 않다는 것이다. 야구를 좋아한다고 해서 누구나 메이저리그에 진출해서 큰돈을 벌면서 인기를 누리는 사람이 될 수는 없는 일이고, 노래를 좋아한다 해서 누구나 조수미나 조용필은 될 수 없는 일 아닌가.

결국 어떤 일을 시작할 때는 자신이 좋아하는 일인지를 잘 판단하여 정할 일이지만(특히 처음으로 직장을 갖는 사람들에겐 이보다 더 중요한 일은 없을 것이다), 일단 어떤 직업을 가지게 된 다음에는 그 일을 좋아하는 방법을 배우고 그 일에서 삶의 보람과 의미를 찾는 지혜를 가져야만 한다. 내가 그 일을 좋아서 시작한 것은 아니지만 그 일을 해보니 좋아져야 내 인생이 행복해진다.

나는 이런 관점에서 일은 단순히 어떤 재화나 서비스를 만들어 내는 것이 아니라 이를 통하여 전 인류와 협력하고 소통하고 있다는 점을 깨닫는 것이 중요하다고 생각한다. 불법적인 일이 아니라면, 내가 하는 일은 분명 다른 사람의 어떤 필요를 충족시키기 위하여 하는 것이다. 의사는 아픈 환자를 치료하기 위하여, 변호사는 법적인 곤란을 겪는 사람들을 돕기 위하여, 심지어 청소부도 깨끗한 환경을 위하여 하는 일이다. 오늘날과 같이 글로벌화된 세상에서는 경북 구미에서 휴대폰의 부품을 조립하는 사람들은 전 세계인들이 편리한 휴대폰을 사용할 수 있도록 돕고 있는 것이다.

그러므로 내가 돈의 노예로서 일을 하지 않기 위해서는 내가 하는 일이 남을 돕는 일이고, 이를 통하여 인류의 한 사람으로 전 인류와 함께 호흡하는 것이라는 생각을 끊임없이 견지하여야 한다. 그래야 일하는 데 기쁨을 느끼고, 보람을 느끼며 산다는 의미를 찾을 수 있을 것이다. 그러면 돈은 자연스레 따라올 것이다. 남을 돕는 일에 열심이고, 또 좋아하는 사람을 누가 좋아하지 않을 것이며 누가 그 일에 대하여 그 사람을 쓰지 않을 것인가.

그러니 자신이 좋아하는 일을 하되, 일단 일을 하게 되었으면 그 일을 좋아하라. 그 일을 통하여 남을 돕고 전 인류와 함께 호흡하게 된다. 자신이 하는 일이야말로 인생의 참맛을 알게 하는 것이니, 땀 흘려 일한다는 것은 살아 있음이요 기쁨이다.

비교 의식

재미있는 통계가 있다. 우리는 통상 소득이 높아지면 행복할 것이라고 생각하는데, 미국의 통계에 의하면 1950년대에 비하여 실질 소득은 두 배 이상 높아졌는데도 국민이 행복하다고 느끼는 비율은 약 35퍼센트로 거의 그대로라는 것이다. 그리고 여러 국가를 비교해 보니, 1인당 국민 소득이 2만 달러가 될 때까지는 실질 소득의 상승이 국민 전체의 행복도를 증가시키는데, 2만 달러가 넘어가면 행복을 증가시키지 못한다고 한다.

이런 통계는 첫째, 소득의 증가는 빈곤을 벗어날 때까지 행복에 밀접한 관계가 있다. 둘째, 일정 수준 이상의 소득이 되면 소득의 증가가 곧 행복의 증가로 이어지지 않는다는 것을 의미한다. 왜 일정 정도의 소득 이후에는 소득이 증가하는 데도 행복이 증가하지 않는가 하는 데는 우리 인간이 자신의 소득과 다른 사람과의 소득을 비교하고 또한 자신의 소득 수준에 익숙해지면 이를 당연한 것으로 받아들이기 때문이라고 한다.(리처드 레이어드, 『행복의 함정』정은아 옮김, 북하이브)

나는 이 통계와 해석을 읽으면서 우리가 행복에 대해서 반드시 알아야 할 객관적 진실을 담고 있다고 생각했다. 가난하여 빈곤하면 물질적 소득 증가가 행복에 중요한 요소가 되지만, 어느 수준(통상은 중산층)에 이르면 이제는 소득수준이 중요한 것이 아니라는 사실이다. 그런데 우리는 그럼에도 불구하고 더 소득이 높아지면 행복해질 것이라고 굳게 믿고 돈을 한 푼이라도 더 벌어보려고 악다구니 같은 인생을 산다. 나도 솔직히 그런 부류에서 벗어나지 못하였으니, 스스로 자신의 행복한 인생을 갉아먹고 산 셈이다.

어느 수준의 소득이 있으면 이제는 삶의 행복을 위해서 보는 관점을 달리해야 한다. 나와 내 이웃의 소득을 비교하지 말고, 내가 가진 소득에 감사하는 마음부터 가져야 한다. 이것이 쉽지 않다는 것을 안다. 왜냐하면 우리 내면에는 상승 욕구가 있어 끊임없이 나와 남을 비교하고 나의 현재에 불만을 품지 않을 수 없기 때문이다. 그러나 이런 욕구가 소득이 아니라 다른 것을 비교하도록 함으로써 자신의 행복을 가져다주는 방법을 배워야 한다. 예를 들어 나보다 돈 많은 사람도 생각을 바꾸지 않으면 끊임없이 돈의 노예가 된다. 종종 우리나라의 손꼽히는 재벌 총수가 돈 때문에 감옥에 가는 것을 보면 돈이 많다고 돈에서 해방되는 것은 결코 아님을 알 수 있다. 인생을 즐길 줄 모르고 남에게 베풀지 못한다. 그렇다면 나는 그보다 돈이 적어도 적은 돈 안에서 인생을 즐기고 적은 돈이나마 다른 사람을 돕고 산다고 한다면 오히려 나는 그보다 더 행복할 수 있는 것이다. 돈 때문에 구속된 재벌 총수와 봉사 단체에서 봉사하는 평범한 사람 중 어떤 사람이 더 행복을 느낄 것인가.

사람으로 태어나 왕후장상이 되고 재벌이 되며 영웅호걸이나 스타가 되고 싶지 않은 사람이 어디 있겠는가. 그러나 그 자리는 누구나 탐하는 것이기에 한정될 수밖에 없고 만약 그것이 인생 행복의 척도라면 인류의 99퍼센트는 불행할 수밖에 없을 것이다. 그런데 공평하게도 하늘은 그 자리에 오른 사람도 반드시 그 자리에서 내려올 수밖에 없도록 만들어 놓았고, 그 자리에 오르기 위해서 또 그 자리를 지키기 위해서 감내할 고통들을 다 예비해 두었다. 그러니 치열하게 살아가되, 혹 자신이 그에 못 미치면 그것에 낙담할 것이 아니라 자신이 이루었고 가지고 있는 것에 감사하고 행복을 느끼는 지혜를 가져야 할 것이다. 천하를 호령한 알렉산더, 칭기즈칸, 나폴레옹의 인생도 한평생이요 나의 인생도 한평생이다. 내가 그들만큼의 인생을 안 살았다고 나의 인생이 불행했다고 한다면 나의 인생에 대한 예의가 아니다. 나는 평범한 인생을 살았지만, 그들이 꿈도 꾸지 못할 인생을 살았다. 세계를 비행기로 날아다녔고, 인터넷으로 온 지구의 지식을 접할 수 있으며, 심지어 자동차를 매일 타고, 우리가 살고 있는 지구가 어떻게 생겼는지도 잘 알고 있다. 게다가 어느 누구도 내가 나의 아내와 사랑에 빠지고 결혼하여 네 아이를 낳고 기를 때의 행복이 얼마나 컸는지는 결코 나와 같이 알 수가 없을 것이다.

사람이 불행해지는 가장 큰 이유는 남과 비교를 하기 때문인 것 같다. 내가 이룬 것과 가진 것을 남이 성취하고 소유하고 있는 것과 비교함으로써 자신을 초라하게 만들고 그래서 자신은 불행하다고 생각한다. 이런 비교 의식은 내가 보기에 인간의 근본적 욕구 중 하나인 상승 욕구에서 비롯되는 것이고, 이 의식이 경쟁심을 불러일으켜 인류 문명을 발전시킨 원동력이 된 것도 사실이다. 심지어 우리가 살고 있는 자본주의 사회에서는 이런 비교 의식에 뿌리를 둔 이기적 욕망과 경쟁을 시장 작동의 근본 원리로 보고 있기도 하다. 그러니 인류가 생존하는 한 이런 의식은 없어지지는 않을 것이다. 심지어 죽음이 얼마 남지 않았다고 생각하는 나 자신도 내 아이들이 다른 아이들보다 조금 더 나은 성적과 인품을 가졌으면 하는 바람과 소원을 가지니, 어찌 이런 비교 의식을 불행의 원천이니 이를 깡그리 무시하고 사시오 할 수 있겠는가. 이런 조언은 사람이 사람이 아니라 돌이나 풀로 살아가라고 하는 엉터리 말일 것이다.

그러나 우리 인간은 그런 현실을 무시할 수는 없지만 다행스럽게도 다른 측면에서 이를 생각해 볼 수도 있는 마음의 능력이 있다. 즉 내가 남과 비교하여 이루지 못하고 가지고 있지 못한 것에 대하여 생각하는 것이 아니라 내가 이루었고 내가 가진 것에 대하여 초점을 맞추어 생각할 수 있다. 그리하여 내가 이 우주에서 나에게는 유일무이한 존재이므로 다른 어떤 존재보다도 소중하다는 자존감을 회복하고, 자신이 가지고 이룬 것 내에서 인생을 행복하게 살 수 있는 능력을 기를 수가 있다. 이런 마음, 내게 없는 것이 아니라 내게 있는 것을 귀하게 볼 줄 아는 마음이야말로 하늘이 우리 인간에게 준 가장 큰 선물이다.

빅터 프랭클이라는 사람이 있다. 유태인 의사였는데, 제2차 세계대전 당시 나치에 의하여 아우슈비츠 강제수용소에 갇혀 유태인 학살의 현장에 있던 사람이다. 그 속에서의 유태인은 인간이 아니라 언제든지 학살될 처지에 있는 동물들과 마찬가지였다. 내일 당장 끌려가 죽을지 언제 가스실로 끌려가 죽을지 모르는 처지에 있던 그야말로 죽음을 선고 받은 사람들이었다. 그러니 오로지 자기 자신이라도 살아남기 위하여 동물적인 이기심을 발휘하여 사람 이하의 행동을 하는 것도 이해되는 상황이다. 그러나 그곳에서 그가 보고 깨달은 사실은 인간이란 그와 같은 절망과 죽음의 공포 속에서도 인간으로서의 품위를 유지하며 인간답게 사는 이웃들이 있었다는 것이다.

강제수용소에 있었던 우리들은 수용소에도 막사를 지나가면서 다른 사람들을 위로하거나 마지막 남은 빵을 나누어 주었던 사람들이 있었다는 것을 기억하고 있다. 물론 그런 사람이 아주 극소수였는지도 모른다. 하지만 이것만 가지고도 다음과 같은 진리가 옳았다는 것을 입증하기에 충분하다. 그 진리란 인간에게서 모든 것을 빼앗아 갈 수 있어도 단 한 가지, 마지막 자유, 주어진 환경에서 자신의 태도를 결정하고, 자기 자신의 길을 선택할 수 있는 자유만은 빼앗아 갈 수 없다는 것이다.

(빅터 프랭클, 『죽음의 수용소에서』 중, 이시형 옮김, 청아출판사)

우리의 경우는 단지 유태인이라는 이유로 죽음을 기다릴 수밖에 없던 그들보다 얼마나 더 행복한 경우인가. 그들조차 품위 있는 죽음을 맞이하기 위하여 자신의 온갖 고통을 이겨 내며 다른 사람을 배려하고 살았는데, 우리는 마음먹기에 따라 아직도 많은 걸 할 수 있으니 얼마나 축복받은 일인가. 그러니 이웃과 나를 비교하여 내가 가지고 있지 못한 것에 대하여 불만을 품고 불행한 인생을 살 것이 아니라 내가 가지고 있는 것을 다시 셈하여 얼마나 내 인생이 축복받은 것인가를 늘 생각해 볼 일이다.

왜 하필 이익에 대하여 말하는가

중국의 춘추전국시대는 각 지역의 나라들이 중국의 패권을 둘러싸고 하루가 멀다 하고 전쟁을 일으키던 시대였다. 결국은 우리에게 진시황제로 잘 알려진 진나라에 의하여 중국 전체가 통일되면서 이 시대는 마감되었으나, 그동안 어찌하면 나라를 부강하게 만들어 전국을 제패할 것인가에 대한 끊임없는 논의가 일어났다. 그리하여 동양사상의 원류가되는 도가, 유가, 병가, 법가 등의 사상들이 나타나 나라가 어떻게 부강하게 되느냐에서 한 걸음 더 나아가 사람이 어떻게 살아야 하는지에 대한 동양적 사상이 형성되었다.

그 시절, 위나라 왕이던 혜왕이 명성이 높았던 맹자를 불러 어떤 정책을 쓰면 위나라에 이익이 될 것인가를 물었다. 이때 맹자가 한 말이, 하필왈리(何必曰利)이다. 왜 하필 말하기를 이익에 대한 것이냐 뜻이다. 그리고 나아가 나라를 다스리는 것도 결국 사람의 일이고 사람의 근본은 인의예지(仁義禮智)이거늘 이에 대하여 묻지 않고 이익에 대해서 묻느냐는 것이다. 맹자에 제일 처음에 나오는 에피소드이다.

내가 이 에피소드를 가슴 깊이 새기게 되었던 것은 2008년 총선에 패배하고 나서이다. 2006년 지방 선거 때 공천을 주었던 사람들도 내가 공천에서 탈락하자 하루아침에 돌아서서 상대방을 돕는 것을 보고, 사람이 어찌 저럴 수 있을까 하는 깊은 회의에 빠져 있었을 때였다. 마음을 달래려고 든 책이 맹자였는데, 그 책 처음에 나오는 에피소드가 바로 이 하필왈리이다.

그런데 내가 하필왈리를 보고 무릎 친 것은, 내가 옳고 돌변한 사람들이 의리를 안 지켰으니 나쁜 사람이란 것이 아니라 사람이 얼마나 이익 앞에서는 어쩔 수 없는 것인가를 깨달았기 때문이다. 돌이켜보면 '나 자신도 나의 이익을 위하여 의리와 염치를 끝까지 지키지 않았는데, 어떻게 남들에게만 그것을 지키라고 할 수가 있단 말인가' 하는 깨달음이다. 이익을 좇아 간 사람을 탓할 것이 아니라 (이는 어쩌면 당연한 일이거니와) 오히려 이익을 떠나 의리를 지킨 사람을 대단하게 생각해야 한다는 것이다.

오늘날은 봉건시대가 아니라 자본주의 시대이다. 사람들은 태어난 곳에서 죽을 때까지 같은 일을 하면서 거의 다 아는 사람들 속에 살아가는 것이 아니라, 끊임없이 돌아다니며 생면부지의 사람들과 최대의 이익을 얻기 위하여 이해관계를 맺으며 살아간다. 자본주의 사회는 사람들의 이기심을 근본으로 놓고 사람들이 자신의 이익을 최대한 얻으려고 하는 행동이 결국은 더 나은 재화, 서비스를 만들어 낸다는 것을 전제로 하고 있는 사회이다. 불법이 아닌 한 사람들은 자신의 이익을 좇아 행동하는 것을 나무라지 않을 뿐 아니라 이를 조장하는 사회가 오늘날의 사회이다.

이러한 사회에서 사람들이 자신의 이해관계를 떠나 인간적인 의리를 지키라는 것은 나무에 올라가 생선을 구하는 것과 같이 어려운 일이다. 또 인간적 의리를 지키라고 하는 강요 속에는 어쩌면 어느 일방이 타방의 희생을 전제로 자신만의 이익을 챙기려는 속셈도 있을 수 있기도 하다. 따라서 나는 사람들이 자신의 이익을 따라 행동하는 것에 대하여 우리가 도덕적 관점에서나 인간적으로 나무랄 일은 아니라고 생각한다. 그것은 당연한 일이다.

그러나 맹자가 예를 들었듯이, 우리가 우물에 빠진 아이를 구하는 것은 내가 그 아이를 구해 주면 어떤 이익이 있어서 하는 행동은 아니다. 우리의 본디 선한 성품이 아무런 생각 없이 그런 옳은 행동을 하게 하는 것이다. 우리들 중에는 분명 자신이 손해를 보는 한이 있어도 그것을 뛰어넘어 의리를 지켜나가는 사람들이 있고, 그런 사람들이야말로 사막의 오아시스처럼 우리가 인간에 대하여 절망하지 않고 인간으로서의 자부심을 느끼게 해주는 희망의 등불인 것이다.

곰곰 생각해 보면, 하루도 멀다 하고 전쟁을 통하여 자신의 나라를 지키고 나아가 더 큰 나라가 되려고 했던 맹자 시절의 중국이나, 자본주의 시대에서 개인의 생존과 번영을 위해 끊임없이 경쟁해야 하는 오늘날의 사회나 다를 바 없는 것이 아닐까 하는 생각도 든다. 맹자의 사상이 경쟁에서 이기는 사상으로 기능하지는 않았지만 그럼에도 오늘날까지 울림이 있는 것은 우리 인간들이 설령 그렇게 살지는 못하지만 그래도 그렇게 살아야만 한다는 당위에 대한 노스텔지어가 아닐까. 그러니 자신의 이익 앞에서 나를 배신하는 사람을 나무랄 일은 아니지만, 나만은 자신의 이익을 손해 보면서도 의리를 지켜나가려고 노력해 봄 직하다. 항상은 아니라도 한번쯤은.

남을 측은하게 여기는 마음

나는 측은지심이란 단어를 좋아한다. 다른 사람을 측은하게(가엾고 불쌍하게) 느끼는 마음이다. 본디 이 말은 중국의 사상가 맹자가 사람의 선한 본성을 이야기하기 위해 만든 말이다. 아이가 우물에 빠지면 사람은 누구나 이해관계를 따지지 않고 먼저 아이를 구하려고 하는데 이는 우리 마음에 어려움에 처한 그 아이를 불쌍하게 여기는 선한 본성이 있기 때문인데 그것이 바로 측은지심이라는 것이다. 그 외에도 맹자는 사람의 본성에는 측은지심 외에도 나쁜 것을 미워하는 수오지심, 사양할 줄 하는 사양지심, 옳고 그름을 가리는 시비지심이 있어 이것이 사람이면 응당 갖추어야 할 인의예지(仁義禮智; 어짊, 의로움, 예의, 지혜)를 가능하게 한다는 것이다.

그런데 내가 측은지심이란 말을 좋아하는 것은 맹자와 같이 거창하게 인간의 본성이 어떠하다고 생각하기 때문이 아니라 어찌 보면 우리 인간 모두가 불쌍한 존재가 아닐까 하는 생각 때문이다. 우리는 부모로부터 태어난 순간부터 우리 내부에 갖추어진 생존 메커니즘에 따라 성장하며 생로병사의 사이클을 탄다. 우리는 우주 진화의 한 과정에서 만들어진 찰나적 존재인 것을 까마득히 잊고 영원히 살 것 같이 조금 더 가지고 조금 더 높은 지위에 오르기 위해 기를 쓰고 경쟁한다. 그런 과정에서 다른 사람을 해치기도 하고 심지어 자기 자신을 해치기도 하며 '그것이 인생이다'고 생각한다. 불을 향해 뛰어드는 불나방 같기도 하고, 불난 호떡집 같기도 한 것이 우리의 처지이다.

그런데 문제는 우리 누구나 살아 있는 한 이런 번뇌를 벗어날 길이 없다는 것이다. 우리를 생존하게 하는 그 생물적 메커니즘이 우리를 그렇게 밀어내고 있기 때문이다. 소위 생존 본능, 번식 욕구, 상승 욕구 등이 우리가 살아 있는 한 우리의 생활방식을 좌우하기 때문에 이를 벗어나는 순간 곧 우리는 죽음을 맞기 때문이다. 그래서 우리가 할 수 있는 것은 이런 욕구를 인정하되, 이 욕구의 방향을 내가 생각하기에 옳고 멋진 방향으로 트는 것이다. 특히 상승 욕구를 다른 사람을 이기기 위한 것이 아니라 자신의 인간적 한계를 벗어나려고 하는 방향으로 사용한다면 우리는 남과 경쟁하거나 남을 해치지 않고도 도리어 다른 사람에게 도움이 되는 일을 해낼 수 있다. 그것을 해낸 사람들이 우리가 말하는 성인군자요, 도인이며, 부처이다. 그들은 세속적 경지를 벗어나 자기가 목표한 인간적 이상향을 자기 스스로 실현하였기 때문이다. 이들에게 현재를 벗어나 더 나은 내일을 만들려는 상승 욕구가 없었다고 할 수는 없다. 그러나 이들은 세속적 상승 욕구란 보잘 것 없음을 간파하고 자기 자신과 싸워 이겨 내 자신을 극복하고 초월한 사람이 되었다. 세속적으로는 예술가도 이런 범주에 속한 사람들이 아닐까 싶다. 자신의 욕망을 현실적 투쟁에서 얻는 것이 아니라 이를 승화시켜 예술로 만드는 까닭이다.

그러나 우리와 같은 평범한 장삼이사에게 이와 같은 자기 초월이나 예술적 경지가 허락되지 않으니 이게 문제이다. 한순간 잠시 내가 왜 무엇 때문에 이렇게 아등바등 사냐고 싶어도, 어느 순간 현실의 수레바퀴에서 눈뜬 봉사처럼 살아남기 위해 혹은 더 많은 돈과 더 높은 지위를 위해 그것이 없으면 당장이라도 온 세상이 무너질 것 같이 달려가고 있는 나를 발견할 뿐이다. 깨달음은 한순간에 그치고 현실은 여느 사람과 다를 바 없는 일상을 살아가고 있을 뿐이다.

그리하여 나는 측은지심을 생각하는 것이다. 내 스스로도 인생이란 우주의 덧없는 찰나에 지나지 않는다고 여기면서도 하루하루 또 내 속에 있는 근본적 욕구들의 노예로 살아가고 있다. 그렇다고 세상을 등지고 나갈 수도 없고, 인류의 빛나는 별과 같은 성인군자들처럼 나를 초극해낼 수도 없다. 나 또한 이러한데, 다른 사람들에게 이를 벗어나라고 어떻게 요구할 수 있을 것인가. 그러하니 나나 다른 사람이나 모두 가엾고 불쌍한 것이다. 측은지심이 생기지 않을 수 없는 것이다.

내가 측은지심을 가지면 다른 사람을 최소한 이해하고 나아가 용서할 수 있다. 자신의 이익에 눈이 멀어 나를 배신하거나 짓밟은 사람들도 다 이런 불난 호떡집 같은 세상에서 자신을 벗어나지 못했기 때문이다. 나 또한 나의 이익을 모두 버리고 의리를 지키지 못했으니, 그들이라고 별 수 있겠는가. 그러나 그렇게 취한 이득이 언젠가는 다 없어질 것이니(모두가 죽지 않을 수 없기에) 불쌍하기 이를 때 없고 우리 모두 대개가 그리 살아가니 더없이 가여운 일이다. 그러니 어찌 다른 사람을 이해하고 용서하지 않을 수 있을 것인가. 내가 다른 사람에 대해 측은지심을 가짐으로써 다른 사람을 이해하고 사랑할 수 있다.

우리 인간은 우리 스스로 예수나 부처가 되지 못하는 한, 더없는 인생의 수레바퀴를 벗어날 길이 없다. 그리하여 희로애락의 롤러코스트를 매일 타고 있는 것이다. 어떤 종교를 가져 신실한 믿음으로 이를 극복한 사람들은 별 문제 없겠지만, 그렇지도 못한 우리네 보통사람들에겐 너나 나나 다 같이 불쌍한 존재라는 인식은 다른 사람을 이해하고, 용서하며 사랑할 힘을 준다. 그래서 나는 측은지심을 미워하거나 원망하는 마음에 대한 해독제로 종종 사용하는 것이다.

남을 좋아하고 사랑하기

　사람을 좋아하고 사랑하지 않고서는 행복할 수 없다. 물론 사람이 때로는 동물보다 더 무서울 때가 있다. 심지어 신문을 보면 금수보다 못한 사람들이 악행을 저지르는 경우도 있다. 변호사 일을 하다 보면 믿었던 사람으로부터 배신을 당하여 자기의 전 재산을 날리는 사람들도 종종 본다. 우리 한국 사람은 아직도 정이 많고 사람을 믿는 편이라, 동업을 하면서 그냥 믿는 친구이기에 어떤 계약서도 작성하지 않고 덜렁 전 재산을 투자했다가 한순간 부도를 맞고 친구를 원망하는 경우도 허다하다. 이런 사람이 어찌 사람을 믿고 좋아할 수 있을 것인가? 그러나 다른 사람을 좋아하고 사랑하지 않는 한 우리 스스로가 행복한 인생을 살 수가 없다. 종교, 사상 혹은 어떤 방법으로든 사람을 좋아하고 사랑할 줄 알아야 우리의 인생이 구원을 받고 행복을 얻는다.

　나는 원래 사람을 좋아하는 편이었고, 무턱대고 사람을 믿는 성격이었다. 중학교 시절에는 그 당시 가장 핫한 코미디언 이주일을 전교생 앞에서 흉내를 잘 내는 바람에 한순간에 응원단장으로 낙점된 경험도 있다. 이후 고등학교 RCY 단장을 하면서도 그저 사람이 좋고 친구가 좋았고, 이후에도 사람들을 싫어 해본 적이 없었다. 그래서 어린 나이에 정치에 뛰어들 수 있었던 것 같다.

그런데 2008년 국회의원 선거의 낙선 경험은 너무나 내게 큰 정신적인 상처를 주었다. 내가 국회의원 시절에 공천 주었던 사람들이 하루아침에 상대방 후보 편을 드는 것을 보고 세상인심을 처음 알게 되었다. 심지어 어떤 사람은 지방 선거 당시 원래 내가 밀려고 했던 후보를 포기하고 지역의 통합이라는 입장에서 다른 당에 있던 사람을 한나라당 후보로 만들어 시장 재선에 엄청난 도움을 주었다. 그런데도 하루아침에 돌아서서 상대방의 첨병 노릇을 하였다. 통영 발전이라는 명분이었다. 한나라당 출신이 대통령이 되었으니 한나라당 후보를 도와야 통영시가 발전된다는 논리였다. 정치가 그런 것이려니 해도 인간적으로 너무나 큰 상처를 받았다. 더구나 우리 지역구 내 다른 지역의 수장은 당연히 공천 줄 사람을 공천 주었음에도 4년 동안의 정리 때문에 인간적인 배려를 잊지 않은 것과 비교해서 너무 가슴 아팠다.

사람이 싫어졌고, 정치가 원망스러웠다. 그래도 4년 동안 선배님이라고 국회의원의 입장이 아니라 후배 입장으로서 최대한의 예의와 배려로 대했건만 내가 어려워지자 바로 돌아서나 하는 서글픔이 밀려왔다. 심지어 나의 도의원 자리를 물려받아 공직에 진출하였음에도 상대방 후보를 수행하고 있던 사람을 선거 기간 중 시장통에서 만나니 울컥 울음이 쏟아져 나왔다. 이 사람만은 끝까지 나와 함께 갈 줄 알았던 것이다.

선거 패배보다 그런 인간적인 아픔이 더 컸다. 1994년 사법시험 합격 후 승승장구하던 시절이라 한 번도 내 앞에서 돌아서는 사람을 보지 못하다 그런 일을 당하니 사람이 미워졌다. '공천 받지 못한 내가 바보지, 사람이 자신의 이해를 좇아가는 것을 어쩔 수 있나, 끝까지 그래도 의리를 지켜주는 사람들이 고마운 일이지' 하면서 자신을 다독여도 인간적으로 받은 상처는 컸다.

그런 상처가 아무는데 4년이 걸렸다. 특히 2012년 예비후보 기간 중 만난 유권자들에게서 나는 치유의 힘을 얻었다. 정치하는 사람들이야 2008년 당시 정치적 이해에 따라 내게 인간적 상처를 남겼지만, 우리 지역 주민들은 그 자리 그대로 아직도 따뜻한 품성을 가지고 있었다. 그분들은 그대로인데 나만 상처받고 웅크리고 있었던 것이다.

결국 나는 깨닫게 되었다. 내가 사람을 좋아하고 사랑하지 않으면 한 발자국도 나갈 수 없다는 사실을. 비록 우리를 아프게 하고 상처를 주는 사람들이 있다고 하더라도 이 세상에는 아직도 다른 사람을 믿고 사랑하는 많은 사람들이 있다는 것을 알게 되었다. 그리고 만약 우리 인간 사회가 서로를 신뢰하지 못하고 만인에 대한 만인의 투쟁으로만 거친다면 인류가 이 지구상에 존재할 이유가 무엇이겠는가? 또한 우리의 한 번밖에 없는 인생이 얼마나 처참한 것이 될 것인가? 그래서 예수는 너희 이웃을 네 몸과 같이 사랑하라 하였고, 석가는 대자대비의 마음을 갖는 것이 곧 부처라 하지 않았는가.

사람을 좋아하고 사랑하라. 비록 사람으로부터 상처를 받았다고 하더라도 떨쳐 일어나 다시 사람을 좋아하고 사랑하라. 주위에는 우리가 눈을 감아서 그렇지 눈을 떠 찾아보면 좋아하고 사랑할 사람은 너무나 많다. 그리고 내가 사랑받기보다 먼저 사랑하려 노력하자. 그래야 이런 상호작용 가운데 우리 인류가 더 행복한 사회를 만들어 나갈 뿐 아니라, 우리 자신의 마음속에서도 행복이 웃음 지을 것이다.

이미지와 실제

우리는 누구나 스타, 영웅 등 유명인이 되기를 바란다. 그래서 많은 사람들이 나를 알아봐 주길 바란다. 이런 욕망은 아마도 인류가 생존하는 한 없어지지 않을 것이다. 일종의 명예욕이라 할 이런 욕망은 우리의 식욕과도 같이 우리 인간의 유전자에 깊숙이 새겨져 있다. 그리고 이런 욕망(나는 이를 인간이 가지고 있는 근본 욕구 중 하나인 상승 욕구라고 본다)이 있음으로 해서 우리는 현실적인 권력이나 실제적인 돈을 뛰어넘어 자기를 희생해 가며 더 큰 사회와 국가를 위해 살아갈 수 있는 힘이 생기는 것인지도 모를 일이다.

그런데 우리를 불행하게 만드는 것은 대개의 사람들은 유명인이 아니라는 것이다. 그래서 나도 저렇게 되었으면 좋겠다는 욕망을 가지지만, 그 욕망이 실현되지 못함으로 말미암아 절망하고 불행하다고 생각한다. 그러나 그 유명인들의 실제 생활을 보면 그들도 우리와 같은 인간으로서 우리가 안고 있는 많은 고통들을 또한 안고 살아가고 있다. 그들도 우리처럼 돈 때문에 고민하고, 가족들 문제로 아파하며, 건강 때문에 힘들어 한다. 심지어 인기라는 것도 거품과 같아서 어떤 때는 한창 주가가 올랐다가도 언제 그랬냐는 식으로 잊히기도 한다.

얼마 전 SK그룹의 총수가 횡령 사건으로 구속되었다. 우리나라 재벌 순위 3위 그룹의 총수이다. 그런데도 개인 돈을 더 불리기 위해 회사 돈을 사용하다가 구속된 것이다. 종종 TV에서 잉꼬부부로 유명했던 사람들이 어느 날 난데없이 이혼하였다고 한다. 사실은 불화가 심하였는데, 대중들 앞에서는 잉꼬부부로 연기해 왔던 것이다. 웃으면 복이 온다고 웃음의 건강학을 전 국민에게 세일즈하던 유명한 연세대 교수도 갑자기 사망하였다. 게다가 한창 인기를 얻다가 얼마 후 대중의 뇌리 속에 잊혀진 다음 생계를 못이어 나가는 사람들도 허다하다.

그런데도 우리는 유명인은 우리와 달리 행복할 것이라고 생각하고, 나는 유명인이 아니라 불행하다고 생각한다. 그들은 왜 늘 행복해 보이는가? 그것은 우리가 그들을 보는 것은 실제 그 사람 자체를 보는 것이 아니라 매스 미디어를 통하여 이미지만을 보기 때문이다. 우리는 그들과 실제 생활하지 않음으로 인하여 단편적인 영상과 글을 통하여 이미지만 얻을 뿐이다. 그리고 그 이미지라고 하는 것은 통상 그들이 가장 잘나갈 때 대중들부터 인기를 얻고 있을 때 형성된다. 인기가 없는데 대중매체에서 그들을 다룰 이유가 없기 때문이다. 그리하여 우리가 보는 것은 유명인들이 그들의 인생에서 산의 정상에 있을 때만 본다. 산을 내려오거나 골짜기를 헤매고 다닐 때는 그저 한 줄 기사로 처리되기 때문에 우리가 그들을 만날 수 있는 기회가 거의 없다. 우리는 산의 정상에 갑돌이가 있다가 그가 내려가면 그를 좇아가는 것이 아니라 다시 산의 정상에 오른 을돌이를 볼 뿐이기 때문에 늘 유명인들은 산의 정상에만 있는 줄 착각하는 것이다.

이름 있는 명사로 사는 것은 결코 나쁜 일은 아니다. 사람들이 자기를 알아봐 주고 인정해 주는 데 이를 기분 나빠할 사람은 없다. 또 그 인기를 이용하여 돈을 벌 수도 있고, 높은 지위에 오를 수도 있으며, 최소한 명예를 얻어 자신에 대한 자긍심을 느낄 수도 있다. 그러나 산이 높으면 골도 깊은 법이다. 돈도 없고 소위 말하는 '빽'도 없는 사람이 잘못을 저질러 사는 징역 1년과 재벌 총수가 사는 징역 1년 중 어느 것이 더 혹독한 것일까? 이른바 명사들이 감옥에 가게 되면 대개 중병에 걸리거나 정신적 혼돈을 심하게 겪는데 그것은 그 자신이 그렇게 되었다는 것을 믿을 수 없기 때문이다. TV에서 매일 같이 권력의 핵심이라며 일거수일투족이 화제가 되던 사람들이 정권이 바뀌자 하루아침에 쇠고랑을 차는 것을 비일비재하게 보고, 한때 잘나가던 사람들이 초라한 모습으로 대중에게 다시 나타나 우리를 깜짝 놀라게 할 때도 많다.

따라서 남들은 거의 완벽하게 행복한 데 나만 불행하다고 생각하는 것은 순수한 착각이다. 특히 유명인들은 우리와 달리 희로애락의 감정 변화 없이 늘 행복할 것이라고 생각하는 것은 엄청난 오해이다. 우리 모두 인간인 이상 모두 그 나름의 고통과 애환이 있다. 그들이 그렇게 보이는 것은 그들의 잘나갈 때 행복한 모습만을 멀리서 보기 때문이다. 우리는 우리 자신의 인생을 너무나 구체적으로 살고 있기 때문에 자신의 기쁘고 행복한 순간뿐 아니라 슬프고, 화나고, 아프며 불행한 순간들을 생생하게 체험하며 산다. 그래서 남들은 행복한 데 나만 왜 이렇게 불행한가 하는 생각에 빠져든다. 그러나 불행해 하지 마시라. 그들도 우리와 같이 다 불행한 순간들을 견뎌내며 살고 있다. 우리가 페이스북이나 카카오스토리와 같은 SNS에 나의 행복한 순간들을 올리지 불행한 순간들을 올리지 않는 것과 같이 남들도 우리에게 행복한 모습만 보여 주려 하지 그들의 불행한 모습을 보이려고 하지는 않는다. 영웅과 범인(평범한 사람)은 99퍼센트가 같고 1퍼센트가 다르다고 한다. 그 1퍼센트가 영웅을 영웅이게 하지만, 우리가 잊지 말아야 할 것은 그 영웅도 결국 99퍼센트는 우리와 다를 바 없다는 것이다. 유명인들의 이미지를 벗겨낸 자리에는 우리와 똑같은 또 다른 사람이 있을 뿐이다.

자연과 하나 되기

나는 1998년 1월 2일 울산 판사 시절 새벽 일찍 눈이 뜨여 하루가 늦었지만 신년 해맞이를 위해 가지산에 간 적이 있었다. 석남터널 부근에 차를 세우고 하늘을 보니 별들이 너무나 총총히 박혀 있었다. 새벽 5시 45분경. 여섯 번째 오르는 길인데도 어둠 속에서 어디가 어딘지를 분간하기 어려웠다. 다행히 야간 산행용 랜턴을 가져갔으나, 얼마 못 가 불빛이 희미해지는 것이 건전지가 다 되어가는 모양이었다. 어둠이라는 것이 얼마나 사람을 무섭게 하는지, 계곡의 물소리, 바람소리 심지어 내가 움직이면서 내는 바스락거리는 소리도 무섭게 들렸다. 오늘날 전기의 혜택으로 어둠에 대하여 오히려 더 낭만적으로 생각하는 현대인이지만, 전기가 없었던 시절 우리의 선조들이 어둠에 대하여 느꼈던 공포와 두려움, 어둠과 관련한 온갖 미신과 괴담을 가히 짐작할 만했다.

가지산 오른쪽 날갯죽지 쪽의 능선에 오르자 어느 정도 어렴풋하나마 오솔길이 감각적으로 느껴지기 시작했다. 그 자리에서 총총히 박힌 별들을 보았고, 그중 북두칠성을 찾았으나 나머지 별들은 그 이름을 알 수 없었다. 우리가 얼마나 별과 멀리 떨어진 생활을 하고 사는지……. 인공위성인지 유성인지가 북두칠성 부근에서 짧게 선을 그었다.

쉼 없이 올라 가지산의 가운데 능선을 타기 시작하자 동쪽으로 붉게 여명이 밝아 올라와 사물이 그 모습을 드러내기 시작했다. 내 발길에 부딪히는 돌덩이조차도 그 모습이 완연히 드러났다. 드디어 태양이 자신의 세계를 선언하기 시작하였고 다시 산이 익숙한 모습으로 내게 다가와 안도감을 주었다. 태양이라고 하는 것이 얼마나 우리 지구상의 자연과 생물들에게 큰 의미를 가져다주는 것인지를 절감하는 순간이었다. 한마디로 생명의 근원이었다. 태양은 자신의 존재를 드러냄으로 말미암아 다른 모든 사물들로 하여금 어둠이 가져다주었던 두려움을 걷어내고 생명의 숨소리를 내게 하는 것이다.

가지산 정상이 바로 보이는 건너 봉우리에서 보니 동쪽은 온통 붉은 띠를 둘러놓고 모든 존재의 왕인 태양의 등장을 준비하고 있었다. 사물들도 그 여명으로 자신의 잠에서 깨어 부산하게 아침을 맞을 준비를 하고 있었다. 그 자리에서 해돋이를 볼까 하다가 해가 그 모습을 드러내려면 아직 시간이 남아 있을 것 같아 정상으로 가기로 하였다.

가지산 정상에 서서 보니, 여태껏 보지 못하던 장관을 볼 수 있었다. 가지산 서쪽 편으로 널려져 있는 산들 사이로 운무가 내려 앉아 마치 그쪽은 산들이 하얀 바다 위에 떠 있는 섬처럼 느껴졌다. 또한 동쪽에만 있을 것이라고 생각했던 붉은 띠가 그쪽뿐 아니라 사방을 빙 둘러 싸고 있었다. 그리하여 산들을 둥글게 빙 둘러 싸서 포위한 느낌이었다. 한순간 구름이 끼어 일출을 볼 수 없는 것인가 걱정하면서 하얀 바다 위에 떠 있는 섬들을 보다가 갑자기 뒤로 돌아섰는데 그야말로 밤톨만 한 것이 빨갛게 붉은 띠 위로 솟아오르고 있었다. 그 시각이 7시 25분경이었다. 처음에는 그대로 눈으로 그 붉은 원을 응시할 수 있었는데, 나중에는 그 원이 커지면서 동시에 원 주위로 빛을 내뿜기 시작하여 원이 흐트러지더니 결국에는 더욱 강렬하게 변하면서 더 이상 눈으로 응시할 수 없을 지경이 되어버렸다. 이 시각 그 가지산 정상에는 나 혼자였다. 한마디로 산, 하늘, 태양 사이에 나 혼자 존재하였던 것이다. 나는 인간이라기보다는 그 자체로 자연과 하나 되어 있었던 것이다. 감격에 겨워 사방으로 손을 모아 크게 소리를 지르며 춤을 추다가 "나는 자연이다"라고 외쳤다. 그제야 산을 수묵으로 담담하게 표현했던 동양의 마음을 알 것 같았다. 일평생 잊지 못할 자연과 하나 되는 체험이었다.

인간은 자연에서 나서 자연에서 살다가 자연으로 돌아간다. 오늘날 우리들은 인간이 만들어 놓은 인공적인 문화, 문명이 너무나 고도화 발달된 나머지 우리가 우리의 진정한 어머니라고 할 자연으로부터 떨어져, 오히려 너무나 많은 인간들 내지 그 생산물들 속에 파묻혀 살다보니 인간관계만이 인생의 전부라고 믿고 살게끔 되었다. 그래서 인간들 사이에서 성공하고, 남들보다 앞서 나가며, 사회적 지위, 금전, 명예 등을 최고의 가치로 삼고 나아간다.

그러나 우리는 근본적으로 이 우주 내지 자연의 일부이다. 우리는 우주 진화의 한 단계에서 꽃처럼 피어난 존재이다. 광활하고 끝이 없는 우주의 맥박에 비하면 우리의 존재는 그야말로 긴 모래사장의 한낱 모래한 톨만도 못하다. 우리 인류라고 하는 종 전체도 어쩌면 이 모래 알갱이보다도 작고 짧은 생존 주기를 갖고 있을지도 모를 일이다. 그러니 우리의 시각을 인간들 문제에만 국한시키지 말고 더 넓고 긴 우주로 넓혀 보자.

자연을 이해하고 그와 교감하는 것은 인간이 자기 한계를 이해하고 전우주적 생명과 분리되지 않는 자아를 설정하는데 있어 너무나 중요한 일이다. 우리 주위에는 아직도 인간의 손때가 묻지 않은 많은 자연이 있다. 당장 해와 달, 이 지구, 별들이 그러하며, 산과 들, 강과 바다, 풀과 꽃, 구름과 눈비가 우리에게 자신의 존재를 드러내며 우리가 그들과 다른 존재가 아니라 그들과 더불어 우주적 하모니를 이루고 있음을 보여주는 것이다.

　나는 이런 저런 기회로 외국에 나갈 때가 많았다. 그곳에 가면 인류가 만들어 놓은 옛 문명과 현대 문명이 만들어 낸 기념물을 본다. 분명 그 문명에 대한 경외심과 이국적 정취가 우리를 놀라게 하고 새로운 감정을 불러일으킨다. 그러나 대개의 경우 사람이 만든 건물이나 기념물은 한 번 다녀온 것으로 만족하지 또다시 꼭 가보았으면 하는 경우는 드물다. 추억으로 남긴 사진을 보면 만족할 정도이다. 그러나 자연이 만들어 낸 멋진 경관은 또다시 가고 싶고, 덜렁 사진 한 장으로 그때의 감흥을 되살릴 수가 없다. 인간이 만든 것은 사진으로 담을 수 있지만 자연을 그럴 수 없거니와, 자연은 그 안에 들어가 숨을 쉬어 보아야 비로소 그것을 생생하게 느낄 수 있기 때문이다. 북경의 자금성은 사진으로 만족할 수 있어도 장가계의 비경은 차마 사진으로 그 아름다움을 다 느낄 수가 없는 것과 같다. 지난해에 아내와 나는 지금으로부터 5,000년 전에 세워진 이집트 문명을 보러 간 적이 있었다. 나는 그 여행에서 피라미드가 아니라 카이로에서 멀지 않은 곳에 있는 하얀 사막(백사막)에 경탄했다. 누런 모래사막만 생각하던 내게 하얀 석회질로 뒤덮인 사막과 온갖 기묘한 형상을 한 석회암 바윗덩어리를 보고서는 자연의 신비로움에 경탄하지 않을 수 없었다. 인류 최고 최대의 신비라는 피라미드는 여기에 비하면 아이들의 장난 같았다.

이와 같이 자연과 교감할 때, 우리는 비로소 우리가 지나치게 우리 자신과 인간만 쳐다봄으로 말미암아 과대하게 부풀려져 있던 우리네 인생과 욕망의 객관적 크기와 위치를 깨닫게 되는 것이다. 그러니 일주일에 한 번이라도 자연과 교감하는 연습을 할 일이다. 지금껏 무심코 지나치던 이름 없는 꽃들을 내 사진기에 담는 것도, 숲 속을 아무 생각 없이 걷는 것도, 하물며 교교히 흐르는 달빛을 느끼는 것도 모두 우리 생명의 모태인 이 자연과 하나 되는 감격적인 순간인 것이다. 자연과 하나 되기는 우리가 살아가면서 놓쳐서는 안 될 소중한 체험이다.

산 사람이 죽은 사람보다 더 나을 조건

우리는 대개 우리보다 먼저 간 사람을 애통해 한다. 천수를 누린 사람이야 별론으로 하더라도 망자가 조금만 더 살았더라면 하는 게 인지상정이다. 그러면서 내가 살아 있다는 것에 안도감을 느끼기도 한다.

그런데 곰곰 생각해 보면, 산 사람이 과연 죽은 사람보다 행복할까 하는 물음에 나는 쉽게 답하질 못하겠다. 죽은 사람은 이제 모든 자신이 인간으로서 가졌던 모든 짐을 내려놓고 아무 생각과 관념도 없이 한 줌의 재가 되어 자기가 태어난 우주와 한 몸이 되었다. 더 이상 인생사에서 필연적으로 느껴야 할 슬픔과 걱정, 불안과 고통을 느끼지 않게 된 것이다. 그런데 산 사람은 살아 있음으로 해서 그런 부정적 감정을 짊어질 수밖에 없다. 그러니 쉬이 산 사람이 죽은 사람보다 낫다고만 할 것인가.

만약 종교를 가져서 이생에서 쌓은 업보나 행적으로 사후에 천당이나 천국으로 간다고 믿는다면 더더욱 죽은 사람이 산 사람보다 나을 것이다. 그러니 종교를 가진 사람이 애통할 일은 이생의 일로 저승에서 고통을 받는 일일 것이다. 그러나 대개는 종교를 가진 사람들은 그 종교로 말미암아 구원을 받았거나 선업을 많이 쌓아 좋은 곳으로 갈 것이니, 그런 일도 없을 것이다. 유일하게 종교를 가진 사람들이 애통할 일은 망자가 자신과 다른 종교를 가졌거나 종교가 없는 사람일 경우이다. 그러나 이는 종교를 가진 산 자의 입장일 뿐, 망자는 그 자신의 종교로 이미 좋은 곳으로 갔거나 자신의 믿음에 따라 죽음 뒤의 삶도 없이 한 줌의 재로 돌아갈 것이다. 그러니 이런 경우에도 산 자의 애통함은 자신이 가진 종교적 주관적 슬픔일 뿐, 망자의 종교적 객관적 슬픔이라고 하기 어렵다. 결국 종교적 입장에서 보면 죽음이 결코 살아 있음보다 못할 바가 아닌 것이 된다.

그런데도 우리는 왜 죽는 것보다 사는 것이 낫다고 거의 절대적으로 믿는 것일까? 혹 그것은 우리가 의식적으로 합리적으로 판단해서가 아니라 우리의 생물학적 기계인 몸이 그렇게 이끄는 게 아닐까. 즉 모든 동물이 가지고 있는 생존 본능이 우리를 그렇게 죽음보다는 삶이 낫다고 의식화 시킨 것이 아닐까? 나는 그럴 개연성이 상당하다고 생각한다. 만약 우리가 살기보다 죽기를 더 원한다면 우리 개인도 우리 인류도 이미 죽거나 멸종해 버려 지금 여기 존재하지도 않을 것이기 때문이다.

그러나 이런 생존 본능에만 이끌려 내가 죽음보다 삶을 선택하고 있다면 우리의 삶은 냉정하게 보면 죽음보다 못할 경우도 허다하다. 죽으면 아무런 문제가 없을 고통과 번민을 끌어안고 하루하루 슬픔과 불안으로 살아가야 한다면 산다는 것에 무슨 값어치가 있을 것인가. 또 매일을 아무런 의미도 없이 그저 생존을 위해 눈감고 살아가고 있다면 또 이것은 무슨 우스운 꼴인가.

내가 생각하기에, 우리가 죽음보다 삶이 낫다고 여기는 것은 우리에게 때때로 슬프거나 힘든 순간도 찾아오지만 그래도 삶에는 기쁘고 행복한 시간들이 많다는 이유일 것이다. 또 어려운 시간을 견디다 보면 언젠가는 이를 보상하는 기쁜 시간들을 가질 수 있는 기회가 있으리라는 희망 때문일 것이다. 누군가 사막이 아름다운 것은 그 안에 오아시스를 품고 있기 때문이라고 했다. 결국 삶이 아름다운 것은 그 안에 기쁨과 행복의 샘물을 품고 있기 때문이다.

산 자가 죽은 자를 진정으로 애통해 할 수 있는 것은 죽은 자가 더 이상 죽음으로 말미암아 가질 수 없었던 이생의 기쁨과 행복을 누릴 때이다. 내가 아이들과 즐겁게 어울리는 시간, 혹은 내가 삶에서 꿈꾸었던 것을 성취한 순간에 종종 천수를 누리지 못하고 돌아가신 어머니가 살아계셨으면 얼마나 좋았을까 하는 생각이 들 때가 있다. 이런 감정이 산 자가 진정으로 죽은 자를 애통해 하는 것이리라.

그러고 보면, 산 자가 죽은 자보다 행복하기 위해서는 삶 속에 있는 기쁨과 행복을 찾을 수 있어야 할 것이다. 현재가 기쁘고 행복하면 두말할 나위가 없거니와, 만약 그렇지 않다면 어딘가 숨어 있을 기쁨과 행복을 하루 속히 찾을 일이다. 생존 본능에 이끌려 그저 아무 생각 없이 살아가고 있는 동물과 다를 바 없는 삶을 살고 있다면, 생명의 원리에 따라 죽음을 맞이한 사람보다 더 나을 것이 무엇이겠는가. 죽음을 보면 우리가 슬퍼해야 할 것은, 죽은 그 사람이 아니라 산 우리가 혹 죽은 그보다 못한 삶을 살고 있지 않는가 하는 것이다. 흔히 우리의 평범한 오늘은 어떤 사람에겐 그렇게도 갖고 싶었던 내일이었다는 말이 있다. 산 우리에겐 그저 평범한 오늘일 뿐이지만, 죽은 자에겐 그렇게도 살고 싶었던 내일이었다. 그러하니 오늘 하루를 허투루 보낼 것이 아니라 기쁨과 행복의 나날들이 될 수 있게 최선을 다할 일이다.

나의 종교

내가 종교를 가졌던 것은 고등학교 시절이다. 누나를 따라 중앙시장 뻥튀기 골목 위에 있던 중앙교회를 다녔다. 누나는 자신의 중학교 3학년 담임이었던 한옥근 그 당시 집사님이 출석하던 교회에 다니게 되었는데, 나도 누나를 따라 교회를 가게 되었다.

교회를 다니는 동안 토요일 오후에 있었던 학생 예배는 물론 수요 예배, 주일 대예배, 가정 예배, 철야 기도회 등 많은 예배 시간에 거의 빠짐없이 다녔던 것 같다. 성경도 이해하기 어려운 부분을 제외하곤 한 번은 통독한 것 같고, 신약 중 복음서는 수회를 읽은 것 같다. 그리고 중앙교회에서는 매년 말 촛불의 밤이라고 하여 학생회 주최로 학예회 같은 외부인 초청 선교 행사를 하였는데, 그것도 참 재미있는 추억이었다. 중앙교회가 지금의 거북주유소 옆으로 옮길 때 벽돌을 나르던 기억이 아직도 난다.

그런데 내가 왜 교회에 다니지 않게 되었는가에 대하여는 정확한 기억이 나지 않는다. 고등학교를 졸업하고 서울로 올라가 대학교 생활을 하면서 그냥 교회에 다니지 않게 된 것 같다. 대학교 생활 동안 내 주위에 교회에 다니는 사람이 거의 없었던 것도 한몫을 한 것 같기도 하고,

80년대 당시 캠퍼스에 팽배하였던 유물론적 사고방식이 결정적인 영향을 미친 것은 사실인 것 같다. 그리고 1987년 민주화 항쟁으로 얻어낸 대통령 직선제 선거에서 군부 출신의 노태우가 대통령에 당선되자, 그날 밤 서울로 올라오던 열차에서 보았던 그 수많은 십자가에 절망했던 기억이 새롭다. 아무튼 고등학교 시절 교회에 다니긴 했지만, 내 영혼에 완전히 신앙심이 뿌리 내리지 않은 상태에서 성년이 되다 보니 자연스레 교회에 출석하지 않았던 것이다.

나는 요즘 교회에 다니지 않지만, 그렇다고 기독교가 잘못되었다거나 기독교인이 어리석은 사람이라고 생각지 않는다. 오히려 아직도 이런 신앙을 가진 사람들이 부러운 경우가 있다. 사람은 누구나 외롭고 나약한 존재이다. 이런 존재가 전지전능한 신을 믿고 그 신이 자신을 돌봐주고 있다고 생각하면 얼마나 든든하고 위로 되는 일인가. 게다가 기도라고 하는 숭고한 정신 활동을 통하여 자신을 정화하고 일상을 벗어나 자신의 영적 자아를 만날 수 있는 시간이 있으니 그 귀함은 이루 말할 수 없을 것이다. 내가 나 아닌 다른 사람을 위해 기도하고 나 아닌 다른 사람이 나를 위해 기도해 준다는 느낌은 얼마나 귀한 감정이고 안식인가.

그럼에도 내가 교회에 나가지 않는 것은, 내가 교회에 나가면 내 생각이 교회에서 만들어 놓은 우주관과 인생관에 갇혀버릴 것 같은 염려 때문이다. 이른바 교리라는 것이 있어 그것을 믿지 않으면 믿음 공동체 일원이 될 수 없는데, 내가 위로받고 기도하기 위하여 그런 교리를 믿지 못함에도 그 공동체의 일원이 된다는 것은 있을 수 없기 때문이다.

다만 이런 내가 철저히 국외자로서 교회에 대하여 바라는 것을 말할 수 있다면, 교회의 예배가 무겁고 지친 자들에게 위안과 휴식이 되어주면 어떨까 하는 생각이다. 세상살이에 지쳐 예수님의 품에 들어갔는데, 그곳에서도 내 쉴 곳이 없고 또다시 세상살이와 같이 큰 성전을 지어야 하니 돈을 내어야 하고 지구의 종말이 올 것이니 환란에 대비하여야 한다는 협박성 설교를 들어야 한다면 도대체 어린양은 어디에서 쉬어야 할까 하는 생각이 든다. 더욱이 예수는 철저히 가난하고 힘없는 자들의 편이었는데, 요즘은 교회가 돈 있고 힘 있는 사람의 편이 아닌가 하는 생각이 들 때가 많다.

어머니는 불교 신자이셨다. 사월 초파일이면 어머니는 어린 나의 손을 잡고 광도면의 조그만 절에 가서 불공을 드리고 공양을 하던 기억이 난다. 그리고 아침이면 문을 열어 환기 시킨 다음 향을 피우고는 천수경이나 금강경 등을 레코드에 틀어 듣기를 좋아하셨다. 그런 분이셨기에 내가 돌아가시기 전에 염주를 사다드리니 그렇게 좋아하실 수 없었다.

나는 어릴 때 절에 가면 사천왕상과 탱화를 보면 무섭다는 생각이 먼저 들었다. 악귀 같은 무서운 표정으로 절 입구에 서 있는 사천왕상을 보면 도대체 왜 절에는 이런 무서운 조각상을 가져다 놓고, 부처님 뒤의 그림들은 어느 나라 사람인지 분간이 안 되는 사람들이 빨갛고 파랗게 그려져 있는지 이해가 되지 않았다. 무서운 생각이 먼저 들었다. 나중에 커서 알고 보니, 사천왕상은 악귀들을 아예 신성한 부처님이 사는 절에 들여 놓지 않기 위하여 입구에 둔 것이고, 탱화는 각 부처와 관련된 신화나 설화를 그림으로 그려 놓은 것으로 부처들이 대개 인도에서 유래되었기 때문에 그림이 우리에게 낯설게 느껴지는 것이었다.

내가 생각하기에 불교의 힘은 단순히 부처를 믿는 것이 아니라 자신의 무명을 깨닫고 이 무명을 깨치고 깨달음을 얻으려고 하는 결의와 그 수행과정에 있는 것 같다. 그럴 때 불교는 코끼리가 지구를 떠받치고 있다는 터무니없는 우주관 시절에 만들어진 우주관을 그대로 답습하는 닫힌 교리에 파묻혀 있는 것이 아니라, 인류가 발견한 새로운 과학적 지식과 접목되어 인생과 삶의 의미를 묻는 실존적 자아발견의 큰 길을 제시하지 않을까 생각한다.

또한 나는 불교의 불이관(不二觀)을 좋아한다. 생과 사가 다르지 아니하고, 나와 남이 다르지 아니하며, 색과 공이 다르지 아니하다는 생각을 좋아한다. 모든 구분이 생기는 것은 내가 나의 관점에서 사물을 보기 때문이지, 우주적 관점에서 보면 아무런 차이가 있을 수 없다. 다만 우주의 한순간의 모습일 뿐이다. 내가 나라는 집착만 벗어나면, 죽음을 편안히 받아들일 수 있고, 남을 나와 같이 대접할 수 있으며, 우주를 편견 없이 이해할 수 있다. 이외에도 분명 불가에서 우주와 인간에 대한 깨달음 중에 우리가 받아들일 만한 많은 것이 있다. 특히 오늘날과 같이 모든 것이 물질화되고 자본주의화되어 도대체 우리가 사는 것이 무엇이며 나는 누구인가에 대하여 물을 여가도 없는 시대에 한줄기 맑은 물처럼 우리에게 안식을 주는 깨달음이 있는 것 같다.

그런데 우리나라 불교는 대승불교에 속한다. 그래서 스스로 깨달아 부처가 되는 것이 아니라 이미 깨쳐 중생 구제의 서원을 세운 부처(관세음보살이나 아미타불 등)를 믿음으로써 그 부처의 공력으로 극락왕생하는 것을 주된 종교 대상으로 하고 있다. 그리하여 무명을 뚫고 깨치는 것은 일부 선승들의 몫이고, 대부분의 사부대중은 부처를 신앙의 대상으로만 여기고 있다.

그러나 나는 이런 불교의 흐름이 자칫 미신과 불교를 혼동하게 만드는 위험이 있지 않나 생각한다. 대승불교 자체가 부처님이 원래 설파하던 종교와 거리가 있어 인도의 힌두교적 영향을 많이 받은 것인 데다 다시 우리나라에 들어와서는 우리의 토속 신앙과 혼재되어 있다. 그렇다 보니, 이제 불교는 우리 인간사를 주재하는 각종 신들(각종 부처라고 불리지만, 본질은 신과 같다)의 집합소가 되어버린 감이 있다. 무병장수를 원하는 어느 부처, 재물을 원하면 어느 부처, 아이를 낳기를 원하면 어느 부처하는 식이다. 이런 것이 불교를 대중들과 쉽게 접근하게 만드는 것은 사실일 것이나, 이런 것들이 되려 불교의 정수인 자기 깨달음을 막고 사부대중을 오히려 무명의 길로 이끌 수도 있다는 생각이 든다.

나는 결국 우리나라의 2대 종교인 기독교나 불교 어디에도 속하지 못하고 종교에서는 이방인이 되었다. 자기소개서의 종교 난에 무교라 적게 된 것이다. 그러나 종교가 마약과 같은 것이어서 없어져야 할 공상이라고는 생각지 않는다. 삶의 근본을 묻고 자신의 영성을 깨달을 때는 언제나 부딪치는 것이 종교이기 때문이다. 그럼에도 내가 죽음이 얼마 남지 않은 지금에도 특정 종교인이 되지 않는 것은 내 인생 여정에서 나름대로 치열하게 고민했던 결과, 죽음 그 이후에는 아무것도 없다는 확신 때문이다. 이런 치열했던 고민과 생각, 그것이 곧 내 나름의 종교였을 것이다.

죽음 이후에 대하여

인류는 오랫동안 죽음 이후에 대하여 고민해 왔다. 그것은 우리의 육체와 분리된 영혼이 있다고 믿었기 때문이다. 그리하여 인류의 많은 문명에서 인간이 죽으면 육체는 흙에서 와서 다시 흙으로 돌아가지만 영혼은 죽지 않고 다른 세상으로 간다고 여겼다. 그 결과 사후 세계라는 우리가 직접 보거나 느끼지는 못하지만 분명히 존재하는 세계가 있어, 그곳에서 영혼은 또 다른 삶을 산다고 생각했다. 인류의 종교는 이런 믿음 위에 세워져 있다. 어떤 종교에서는 신이 이생에서의 선악의 결과에 따라 사후 천국과 지옥의 심판이 내려진다고도 하고, 어떤 종교에서는 신의 아들을 믿느냐 아니냐에 따라 그러하다고도 하며, 또 어떤 종교에서는 이생에서 쌓은 업에 따라 다음 삶에서 복 받는 삶을 살거나 심지어 짐승으로 태어나기도 한다고 한다.

그러나 내가 생각하기에는 우리의 영혼이란 것도 결국 우리 육체의 한 기능적 결과일 뿐인 것 같다. 물론 어떻게 육체가 구체적으로 기능하여 우리가 '영혼'이라고 여기는 지적 혹은 정신적 활동을 하는지에 대해서는 아직까지 완벽히 밝혀지지 않았다. 그러나 오늘날 뇌에 관한 연구가 활발히 진행됨으로써 우리의 지적 판단이 뇌의 활동과 불가분의 관계가 있음을 밝혀내고 있다. 심지어 뇌의 어느 부분이 손상되면 어떤 정신적 활동이 장애가 일어나는지도 알게 되었다. 그리하여 예전에는 육체의 병이 아니라 정신적 병이라서 종교나 주술에 의하여 치료하여야만 된다는 것도 이제는 육체적인 병으로 간주되어 약물로 치료를 하기도 한다. 그러니 영혼이 내 육체를 빌려 존재하는 것이 아니라, 육체가 영혼을 만들어 낸다고 하는 것이 자연스럽다.

사후 세계 즉, 죽음 이후의 삶이 없다면 인류의 도덕적 가치의 근본이 무너져 내릴 것이라 생각하는 사람들도 있다. 현세에서 악행을 저지른 사람이 저승에서 심판받지 않고 이생에서 선행을 했으나 보답 받지 못한 사람이 저 세상에서라도 보상받지 못한다면, 선과 악이 무슨 소용이 있겠냐는 것이다. 그리하여 사후의 심판이 존재해야만 우리 인류의 도덕적 가치가 보존된다고 한다.

그러나 어떤 것이 선이고 악이냐 하는 것은 이생을 살아가는 우리들의 가치판단 기준에 의한 것이지 우리를 떠나서 존재하는 것이 아니다. 우리 인류의 선악 판단이 우리와 함께 살아가는 동물들의 선악과는 전혀 상관없듯이 말이다. 우리는 동물들을 도축하여 음식으로 만드는 것을 생존을 위해 필수적인 것이므로 악이라고 하지 않지만 그 동물들 입장에서 가장 혐오스러운 절대악 아니겠는가. 대개 선이라는 것은 우리 인류 공동체의 보존과 번영을 담보하는 것이고 악이라는 것은 이를 파괴하거나 해체시키는 것이다. 남을 사랑하고 도우는 것을 선이라고 하고 남을 미워하고 해치는 것을 악이라고 하지만, 이는 결국 우리들이 인류라고 하는 공동체를 구성하여 살아감에 있어 필요불가결한 상호간의 약속인 것이다. 우리가 공동체를 떠나버린다면 남을 사랑하고 도우는 것이 무슨 소용이며 남을 미워하고 해치는 것 또한 무슨 소용일 것인가. 그런고로 우리가 생각하는 선악도 이생을 살아가기 위한 사회적 가치이지 이생이 없는 곳에서 필요한 것이 아니다.

그리고 도덕적 가치에 따른 행동은 대개의 경우는 이생에서 평가 받고 보상 받는다. 선한 행동을 하는 사람들이 칭찬 받고 예우 받는 것은 당연한 일이고 악한 행동을 하는 사람이 비난 받고 처벌 받는 것은 자연스런 일이다. 물론 선한 사람이 이생에서 보상 받지 못하고 악한 사람이 처벌되지 않는 경우도 허다할 것이다. 그러나 이런 경우에도 그 사람이 살아 있을 때 그런 평가가 내려지지 않더라도 사후에 사후 세계가 아니라 이생에서 살아남은 자들에 의해 재평가된다. 또한 만약 그러지도 못한 경우에는 그 사람이 속해 있는 사회시스템의 보상 체계를 바로잡을 일이지, 그런 경우가 있다 하여 저승의 심판에 의존할 필요는 없다. 오히려 저승의 심판으로 이생의 심판을 대신한다는 믿음으로 말미암아 이생에서의 부정의가 묵인되는 경우가 허다했다. 인류의 오랜 역사에서 권력을 쥔 기득권층은 피지배계층의 불만을 사후 세계의 보상이란 이름으로 무마해 왔던 것이다.

그러니 도덕적 가치의 보존을 위해 사후 세계가 필요하다는 것은 논리 필연적인 것은 아니다. 인류가 사후 세계를 믿지 않더라도 얼마든지 인류 공동체란 이름으로 선악의 기준을 제시할 수 있다. 실제로도 사후 세계를 믿지 않는 사람들도 도덕적 가치에 따른 행동을 하지 이를 무시하고 행동하는 사람은 거의 없다. 한편 사후 세계가 없다면 우리네 인생이 허망한 것이 아닌가라고 말하는 사람들도 있다. 사람은 모두 죽을 수밖에 없는데, 죽음 이후에 아무것도 없다면 아등바등 살아왔던 우리네 인생이 무슨 소용이 있겠냐는 것이다. 그러나 죽음 이후에도 우리는 우리의 자손들을 통하여, 우리의 지인들을 통하여, 나아가 자신이 행하였던 행동들의 결과들(예술가의 예술작품, 과학자들의 발견, 발명들, 사업가나 정치가의 어떤 업적들은 그런 결과들의 대표적인 예이다)로서 남아 있는 사람들에게 영향을 미친다. 또 설령 이런 것들을 하나도 남긴 것 없이 죽는다고 하더라도 살아생전 인간으로서 살아왔던 그 모든 것 안에 그의 삶의 의미는 충분히 있었던 것이다. 그것으로 만족하면 될 것을 더 나아가 죽은 이후에도 또 무슨 미련이 남아 우리 인생이 더하여질 것을 바라겠는가. 그러니 우리네 인생의 의미를 찾기 위해서 굳이 사후 세계가 필요한 것도 아닌 것이다.

나는 사후 세계의 믿음이 우리 인간이 가지는 심리적 보상기제가 아닌가 생각한다. 즉, 현실에서 이루어지지 못하는 자신의 꿈, 욕망을 다음 생에서는 이루어진다고 믿음으로써 현실에서의 결핍을 심리적으로 만족시키는 보상시스템이 아닌가 싶다. 그리하여 이런 믿음으로 말미암아 팍팍한 일상에서의 위안을 얻고, 아무도 알아주지 않는 자신의 행동에 대한 정당성을 찾아내는 것은 아닌가 한다. 그러나 이런 심리적 만족은 반드시 사후 세계를 믿음으로만 얻어질 수 있는 것이 아니다. 나와 같이 사후 세계를 믿지 않고 우리네 인생이 우주의 한 찰나에 지나지 않으며 죽음 이후에는 한 줌의 재로 돌아가 다시 우주의 대순환에 맡겨진다고 생각하더라도 충분히 얻어질 수 있다. 우리네 인생이 제 아무리 잘났다고 하더라도 혹은 제 아무리 못났다고 하더라도 죽고 나면 똑같다고 생각하면 오히려 우리 인생을 잘나고 못난 것을 떠나 살아 있을 때 더불어 행복할 길을 찾을 지혜가 생기기 때문이다. 그리고 나의 정당했던 투쟁들은 비록 그 열매를 생전에 보지 못하였지만, 사후 세계가 아니라, 내 사후에도 살아 있는 인류 사회에서 그 열매를 맺을 것이라 생각하면 이를 위안 삼기에 충분할 것이다.

　기실 죽는다는 것은 우리 생명의 근원으로 다시 돌아간다는 것이다. 나의 정신은 해체되고 없어지겠지만 나의 육체는 다시 흙으로 돌아가 대자연의 섭리에 따라 우주의 한 분자, 원자가 되어 또 다른 생명, 아니면 또 다른 존재로 거듭날 것이다. 어느 누가 이런 운명을 벗어날 수 있을 것인가. 심지어 우리가 살고 있는 이 지구조차 태양과 함께 대폭발하여 없어질 날이 있을 것인데. 그리고 죽는 사람은 태어나서 이제껏 쌓아왔던 모든 인연을 내려놓고 가는 것이다. 이 세상을 살아오면서 가졌던 분노, 절망, 회한뿐 아니라 이 세상에서 내가 사랑하고 고마워했던 모든 것조차 이 세상에 내려두고 가는 것이다. 그리하여 이 세상에서 짊어졌던 모든 짐들을 내려놓고 편하게 생명의 근원으로 다시 돌아가는 일이다. 그러니 죽음을 마냥 슬퍼하거나 안타까워할 일만은 아닌 것이다.

　슬퍼하지 말라, 머지않아 밤이다.
　그러면 우리는 창백한 들판 너머
　싸늘한 달님이 미소 지으면
　손과 손을 맞잡고 휴식하리니.
　슬퍼하지 말라, 머지않아 때가 온다.
　우리는 안식하리니 우리의 십자가가
　환한 길섶에 두 개 나란히 내리리라.
　그리고 바람 또한 불어오고 불어가리라.

(헤세, 방랑)

일상의 소중함

내가 간내 담도암 4기라는 지금으로서는 불치병에 걸렸다는 사실을 알고 나서 가장 극적으로 깨달았던 것이 하나 있다면 그것은 바로 일상의 소중함이다. 흔히들 인생을 지혜롭게 살려면 영원히 살 것 같이 사는 게 아니라 내일 당장 죽을 수도 있다는 것을 염두에 두고 오늘 가장 소중하고 가치 있는 것을 하라고 한다. 그런데 비교적 젊은 나이에 불치병 진단이라는 것을 받고 정말 내게 소중하고 가치 있는 일은 무엇일까, 그래서 죽기 전에 꼭 해야 할 일이 무엇일까 하고 고민해 보니, 의외로 그것이 멀리 있지 않았다.

처음 죽음이 얼마 남지 않았을 수도 있다는 사실을 알게 되자, 가장 먼저 고민되었던 것은 현재 내가 하는 일(변호사업)을 당장 그만 두느냐 하는 문제였다. 살날도 얼마 남지 않았는데, 돈 번다고 아등바등하며 매일 출근해야 하느냐는 것이다. 모든 것을 내려놓고 편하게 지내는 것이 어떠냐는 것이다. 처음에는 당연히 그만 두어야 한다고 생각했다. 얼마 남지 않은 시간을 일하면서 보낸다는 것이 억울하다는 생각이 들었기 때문이다. 한평생 돈 번다고 이렇게 살았는데, 죽음에 이르러서도 이렇게 산다니 이게 무슨 일인가 싶었기 때문이다.

그러나 막상 일을 그만 둔다고 결심하니, 일이 없는 인생이란 결국 앙꼬 빠진 찐빵처럼 무미건조한 것이요, 세상과의 가장 중요한 연결 고리가 빠져 버리는 것이란 깨달음을 얻었다. 사실 내가 하는 직업으로서의 일은 단순히 돈을 버는 것이 아니라 내 일을 통하여 다른 사람들과 협력하여 더불어 살아가는 가장 소중한 소통의 창구였던 것이다. 사람은 자신의 일을 통하여 인류와 함께 호흡하고 교류하는 것이다. 우리들 삶의 의미는 태반은 우리들이 하는 일을 통하여 찾아진다. 우리들이 하는 일이 이 사회에서 중요하든 그렇지 않든 누구나가 이 일을 통하여 사회유지와 발전에 기여하고 그럼으로써 우리가 이 사회에 존재하는 의미가 부여되는 것이다. 결국 우리가 평소에 그렇게 벗어나고 싶었던 일상적인 일이야말로 내 삶의 의미를 부여하고 나를 다른 사람과 연결시키는 가장 가치 있고 소중한 일이었던 것이다.

한편으로 죽음을 앞두고 가장 안타깝고 아쉬운 부분은 국가와 민족, 혹은 이 사회도 아니고 내 가족이다. 내가 국가와 민족, 혹은 사회에 엄청난 영향을 미치는 사람도 아니거니와 설령 내가 그런 사람이라고 하더라도 나를 대신해 그런 일을 할 사람들은 무수히 많이 있다. 오히려 나 아니면 그런 일을 할 사람이 없다고 생각하는 것이야말로 순전한 착각이요, 너무나 자기중심적인 오해일 뿐이다. 아무리 위대한 영웅이라도 그 영웅 뒤에는 다시 역사를 이끌어 갈 인물이 등장할 수밖에 없다. 그러나 가족 안에서의 내 역할은 어느 누구도 대체할 수가 없다. 한 여인의 남편과 아이들의 아버지로서의 역할은 다른 사람이 대신할 수가 없는 것이다. 그러니 평소에 너무나 당연해서 쉽게 생각했던 가족들이 이 세상에서 가장 소중한 사람들이라는 것을 새삼 깨닫게 되는 것이다.

그리하여 죽기 전 가장 큰 소망이 우리 가족들과 조금이라도 더 즐겁고 행복한 기억을 나누고 조금이라도 더 도움 되는 일을 하는 것이다.

그리고 행복이란 것도 멀리 있지 않음을 깨달았다. 병으로 인하여 체력이 고갈되고 일상적인 활동도 쉽지 않게 되다보니, 자기가 맛있다고 생각하는 것을 맛있게 먹고 하고 싶은 운동을 하며 읽고 싶은 책을 읽고 만나고 싶은 사람을 만나며 편히 잘 수 있는 것이 얼마나 가치 있고 소중한 것이었는가를 깨닫게 된다. 병이 들어 음식을 마음대로 먹지 못하고 보니 아무거나 먹을 수 있었던 때가 얼마나 행복한 때인가를 알고, 육체가 운동을 견디기 어려워졌다는 것을 알고는 산에 오르며 흘리던 땀방울과 정상에서 바라보던 자연이 얼마나 아름다웠는가를 알게 된다. 피곤이 몰려와 1시간 이상 정신이 집중되지 않게 되면 하루 종일이라도 책을 읽으며 생각하던 즐거움을 알게 되고, 몸과 마음이 자유롭지 못하여 모임에 편하게 가지 못하게 되면 사람과 어울렸던 기억이 얼마나 감사한지 알게 된다. 이런저런 이유로 잠을 자꾸 깨게 되니 하루 종일 일에 지쳐 피곤한 몸을 침대에 누이고 아무 생각 없이 다음날 아침까지 편히 자는 것이 얼마나 큰 축복이었는지를 깨닫는다.

이렇듯 우리는 평소 하는 일, 늘 보는 가족, 날마다 하는 일상을 너무나 자주 접하기 때문에 이것이 얼마나 소중한지 모르고 살고 있다. 그리하여 우리는 늘 우리의 일상이 아닌 다른 먼 곳에 우리의 삶에 의미를 부여하고 가치를 새기는 것이 있다고 여기며 살아간다. 마치 먼 산에 걸린 무지개라는 환상을 찾아 떠나는 소년과 같이 멀리 떠나려고만 한다. 그러나 무지개라는 것도 여기 내가 있는 곳에서 보아야 아름다운 일곱 색깔의 무지개이지 정말 무지개가 만들어진 곳에 가면 그것이 보이지도 않고 단순한 빛의 산란일 뿐이다.

결국 우리네 인생의 99퍼센트를 차지하는 것이 우리의 일상이고 우리의 일상에 우리가 소중하고 가치 있게 여겨야 할 것들이 숨어 있다. 내 가족을 사랑함으로써 서로의 삶을 위로하고, 내 일을 땀 흘려 열심히 함으로써 이웃과 더불어 살아가며, 늘 하는 일상 속에서 행복을 찾음으로써 우리네 인생을 기뻐할 수 있다. 사람은 누구나 자신이 가지고 있는 것은 너무나 당연하다고 생각하고 감사할 줄 모르며 자신이 가지지 못한 것을 가지기 위해 애를 쓴다. 그러나 죽음을 앞두고 이 당연한 것들이 영원히 당연한 것이 아니라 곧 잃게 될 것이라 것을 알게 되면 우리가 가지고 있는 당연한 것들이 얼마나 소중하고 가치 있는 것인가를 깨닫게 된다. 그러니 지금부터라도 일상의 소중함을 깨닫고 범사에 감사하며, 사랑하고 땀 흘리며 살아 있음을 기뻐할 일이다.

두 번째 이야기

정치의 봉사 현장에서

정치란 인생에서 가장 큰 봉사

내가 왜 정치에 뛰어들었던가? 그것은 1985년부터 1987년 사이 대한민국이 민주화되는 과정을 체험하였기 때문이다. 원래 나는 고등학교 시절 이과 반이었고, 아인슈타인 같은 과학자가 되는 게 꿈이었다. 그래서 1985년 고등학교를 졸업하면서 서강대 물리학과에 진학하였다. 그런데 서울에 올라가보니, 내가 알던 세상과 전혀 다른 세상이 기다리고 있었다. 대학의 낭만도 있었지만, 1985년에는 전두환 정권이 학원자율화를 시도하여 대학생들이 적어도 대학교 캠퍼스 내에서는 자유롭게 데모를 할 자유를 주었다. 그리하여 당시 처음으로 학생들의 자유 투표에 의하여 총학생회가 구성되었고, 총학생회장은 학생운동의 리더로서 학생운동을 조직하고 지도해 나가는 것이 임무였다. 그 당시 어떤 학생도 대학 캠퍼스 내에 불어닥친 민주화 운동을 외면하지 못했다.

특히 1980년 이른바 '광주사태'(후에 이는 광주민주화운동으로 바로잡혔다)가 박정희 서거 후 우리나라를 적화 통일시키려는 북한 간첩에 의한 소행이 아니라 전두환 정권이 쿠데타를 일으키기 위하여 조작한 사건이며 그 본질은 전두환 정권이 광주민주화운동을 총칼로서 진압한 역사적인 사건이라는 것을 알게 되었을 때, 우리처럼 시골에서 전두환을 구국의 영웅쭘으로 알던 학생들에겐 문화적 충격 그 자체였다. 사람의 성정과 환경에 따라 차이가 있지만 모두 민주화 대열에 어떠한 행태로든 참여하게 되었다.

나 자신도 물리학이 아니라 역사와 정치에 대하여 관심을 가질 수밖에 없었고, 비록 짱돌과 화염병을 들고 제일 앞서 나가지는 못했지만, 데모를 한다면 참석하여 같이하였다. 그런 과정에서 세상을 바꾸는 것은 과학이 아니라 정치라는 생각을 하게 되었다.

1986년 부산에서의 재수 시절을 거쳐 1987년 서울대 법대 시절에는 본격적으로 운동권의 말단으로 움직이기 시작하였다. 고전연구회라는 서클(요즘은 동아리라고 한다)에 들어 고전(여기서 고전이란 그리스 로마 고전이 아니라 공산주의 고전 철학을 의미했다)을 연구하고 선배가 말하는 집회에 참가하였다.

법대 1학년 때인 1987년은 우리에겐 승리의 해였고, 영광의 해였다. 비록 많은 학우가 쓰러지고 다쳤지만 결국 우리는 승리했다. 전두환 정권이 학생 운동권을 비롯한 민주화 세력이 주장한 대통령 직선제 개헌을 노태우 후보의 6·29선언이란 형식으로 수용할 수밖에 없었기 때문이다. 그 뜨거웠던 함성과 열기, 심지어 넥타이 부대(일반 회사원)는 물론 조그만 구멍가게에서 시위대에게 음료수를 내밀던 아주머니까지 온 국민이 직선제 개헌을 외쳤던 그 뜨거웠던 열기가 내게 잊을 수 없는 감동으로 다가왔다. 나도 언젠가는 이런 역사적 변화를 이끄는 지도자가 되어야겠다는 각오를 그때 하게 되었다.

그리고 세월이 흘러 2002년 경남 도의원을 거쳐 2004년 드디어 국회의원이 되었다. 나름 내 꿈을 이루었기 때문에 열정을 가지고 최선을 다했다. 그러나 열정은 있으되 요령이 없었고, 최선을 다했으되 정치를 제대로 몰랐다.

그리고 2008년 한나라당 낙천과 낙선으로 이어졌다. 낙선 이후 내가 그렇게 하고 싶었던 정치에 대해 회의가 들기 시작하였다. 현실 정치의 냉혹함과 인간 군상들에 대한 회의감이 밀려들기 시작하였다. 내가 왜 무엇을 위해 나를 희생해 가며 정치를 하고 있는가? 그냥 변호사로서 돈 벌며 적당히 이웃을 돕고 살면 아무런 문제없지 않느냐는 생각이 꼬리에 꼬리를 물었다. 정치가 밥 먹여 주나 이제 실속 좀 차리고 살자. 아이들 네 명 올망졸망 커 가는데 왜 정치한다고 이 아이들을 희생시키나 하는 생각도 들었다.

그러나 2012년 예비 후보 기간 중 나의 생각이 정리되었다. 내가 평소에 입버릇처럼 되뇌던 말이 가슴으로 다시 와 닿기 시작하였다. 정치는 인생에 있어 가장 큰 봉사이다. 사람으로 태어나 이웃을 위해 봉사하는 길은 여러 가지이다. 각자 자신이 가진 능력과 환경에 따라 나름의 봉사를 하며 살아갈 수 있다. 그런데 정치는 한 개인이나 한 집단을 위해 봉사하는 것이 아니라 작게는 지역, 크게는 한 국가, 더 크게는 인류에 직접적으로 봉사할 수 있는 길이다. 이 얼마나 크고 멋진 일인가.

그러나 정치라는 봉사는 다른 것과 달리 생각, 정책, 노선, 심지어는 당파에 따라 전혀 다른 형태로 봉사하여야 한다고 생각하는 점이 일반적인 봉사와 다르다. 정치는 원시 사회에서 각 이념이나 이익을 달리 하던 집단이 실제적인 칼이나 무기로 싸우던 것을, 국민의 지지 획득 즉, 선거라는 방식으로 싸우게 만든 인간의 제도이다. 따라서 정치에는 반드시 싸움(투쟁)의 본질적 측면이 있을 수밖에 없다. 따라서 그 투쟁에서 비롯되는 인간의 비열한 술수가 없다고 한다면 너무나 천진난만한 생각이리라. 그러한 술수에 당하고 보면 인간적인 상처를 입는다. 나 또한 그런 술수에 당하고 나니 인간적인 상처로 많이 아팠다.

그러나 이런 본질적 측면이 있다고 하여 정치는 더러운 것이나 인간이 할 일이 아니라고 한다면, 누가 정치를 하겠는가. 결국 정치를 자신의 밥벌이로 생각하는 사람들만 넘쳐나지 않겠는가. 그 결과 우리나라의 정치가 삼류로 전락하지 않겠는가.

그럼 나는 그들보다 나은가? 모르겠다. 적어도 내 밥벌이를 위해 하지 않을 자신은 있었다. 오로지 사람으로 태어나 인간이 할 수 있는 가장 큰 봉사라고 믿고 정치를 하였고, 지금도 그 생각에는 변함이 없다.

도의원

　나는 1987년에 기회가 닿으면 꼭 국회의원이 되어 국가의 일을 해 보겠다고 결심했다. 정치가 세상을 바꾸는 것을 내 눈으로 목격하였기 때문이다. 그래서 1999년 어려운 가정 형편으로 오랫동안 판사 생활을 하지 못하고 변호사 개업을 하면서도 판사로 일하던 창원에서 개업하지 않고 바로 통영으로 내려와 일을 시작했다. 창원에서 개업을 하면 당연히 통영에서 개업하는 것보다 수입은 좋았겠지만, 나는 언젠가는 정치에 입문하려면 창원보다는 통영에서 변호사를 시작하는 게 옳다고 생각했다. 그게 정도라고 믿었다.

　그래서 2001년에 한나라당에 입당하고 그 이듬해인 2002년에 공천을 받아 경상남도 도의원에 당선되었다. 그 당시 30대의 젊은 판사 출신 변호사가 도의원으로 출마하자 많은 사람들이 의아해 했다. 그 정도 경력이면 다음에 곧바로 국회의원에 출마하면 되지 왜 도의원인가 하는 물음을 많이 받았다.

　사실 나도 처음에는 곧바로 국회의원에 출마할 생각을 갖고 내려 온 것이 사실이었다. 그런데 내 절친한 친구가 갑자기 죽는 일이 있었다. 이동현이라는 친구인데, 공무원 노조가 지금처럼 되기 전 공무원협의회 시절 공무원 노조 합법화를 위한 서울 시위에 참가했다가 월요일 출근 길에 쓰러져 영원히 일어나지 못한 것이다. 과로사였다. 이렇게 젊은 나이에 과로사라니. 그 친구는 운동도 잘하고 성격도 남자다워서 시청의 선후배 동료로부터 많은 신뢰를 받고 있는 친구였다. 내가 통영중학교 초대 동기회장을 맡고 이 친구가 수석부회장을 맡고 있어 내가 임기를 그만 두면 이 친구가 회장을 맡을 차례였다.

그런데 이 친구를 보내고 나자(시청에서 공무원장으로 치루었다), 사는 게 뭔지 하는 깊은 허탈감이 밀려왔다. 사는 게 이렇게 허망할 수 있나 하는 생각이 들었다. 그때 불현듯 내가 꼭 하고 싶은 일을 하자는 생각이 들었다. 바로 정치였다. 그리고 곰곰 생각해 보니, 선진국에서는 이미 지방 정치를 거쳐 중앙 정치로 가는 것이 보편화되어 있고 우리 정치도 그때 는 드문 경우였지만 앞으로 그렇게 될 것이라는 생각이 들었다. 또 젊은 나이에 도의원을 경험하면 앞으로 장차 기회가 닿아 중앙 정치를 한다 면 더 잘할 수 있지 않을까 하는 생각도 들었다.

그래서 그 당시 우리 지역 한나라당 국회의원이셨던 김동욱 의원님 을 찾아뵙고 입당하겠다는 의사를 밝혔다. 그 당시 김동욱 의원님은 16 대 선거에서 상대방인 정해주 후보와 치열한 접전 끝에 신승(통영에서 졌지 만 고성에서 이겨 승리했다)한 이후라 새로운 인재 영입이 꼭 필요한 시점이기 도 했다. 정말 진심으로 환영해 주셨고, 아들처럼 잘 대해 주셨다. 한나 라당 당직자들과 주위 분들도 다들 귀엽게 보아주셨다. 물론 몇몇 당직 자들은 정치에 대해 아무것도 모르는 내게 구태를 벗어나지 못한 모습 을 보이기도 했다.

정말 선거 운동 때나 도의원 활동을 하는 동안 신명나게 임했다. 본래

지방 선거의 꽃은 시장선거이고, 피 말리는 싸움은 시의원 선거여서 도의원 선거는 시민들의 관심도 덜했다. 그래도 도의원 선거는 그 당시 있었던 대규모 합동 유세도 할 수 있었고(물론 시장 후보 합동 유세에 끔사리 낀 것이었다), 유세차도 운행할 수 있어 운동 자체는 그럴 듯해 보였다.

도의원 선거 때 기억에 남는 것은 김태곤 전 시의원의 찬조 연설이었다. 그 당시 나는 통영청년회의소 (JC) 회원이었는데, 회장이었던 김태곤 의원은 후배인 나를 위해 기꺼이 마이크를 잡고 유세차에서 연설을 해주었다. 그때 항상 빠지지 않았던 내용이 "백로야 까마귀 있는 곳에 가지 마라"는 것이었다. 김 의원 입장에서는 젊고 깨끗한 내가 정치에 입문하는 것을 그렇게 비유하면서 나를 치켜세워 준 것이다. 그 당시 김의원의 백로 이야기만 나오면 유세차 주위의 선거 운동원들이 "또 나온다" 하며 웃었던 기억이 난다(결국 김 의원도 이후 나의 권유로 까마귀 떼가 있는 정치판으로 들어와 시의원이 되었다).

나는 2002년 지방 선거에서 압도적인 지지로(그 당시 나는 80퍼센트 대를 득표하였는데, 처음이었기에 나는 그것이 얼마나 높은 수치인지 알지 못하였다) 당선되어 제7대 경상남도 도의원이 되었다. 이후 나는 나름대로 도의원에 충실하기 위하여 주석환 변호사와 합동법률사무소를 차리고 의정활동에 임하였다. 비록 수입은 줄었으나, 내가 하고 싶은 일을 하는 것이므로 문제가 되지 않았다.

결과적으로 보자면, 나의 이런 선택은 이후 내가 젊은 나이에 중앙 정치로 진출할 수 있는 발판이 되었다. 돌이켜보면 내가 생각하던 것보다 기회가 너무 일찍 찾아와서 내 인생에 과중한 부하가 걸린 것이기도 하였지만, 내 꿈을 이루는 소중한 기회가 되었다.

국치 마을의 감사패

도의원 생활을 하면서 가장 인상 깊은 것은 통영시 항남동의 항남탕 앞길(통상 거구장 골목이라는 불리는) 도로 확장 공사였다. 원래 그곳은 도로가 계획된 곳이었는데 십년이 지나도록 예산이 반영되지 않아 좁은 골목길로 방치되어 있었다. 통영 도심 지역임에도 도로 예정 구역에 묶여 주택 신축과 개보수가 되지 않을 뿐만 아니라 도로가 잘 정비된 인근 옛 항남동 동사무소 앞과는 현격한 차이를 보이고 있었다.

내가 도의원에 당선되자 그곳 주민들이 민원을 들고 나를 찾아왔다. 이리저리 챙겨보니, 도에서 관심만 가지면 도로 개설이 가능하였고 도지사가 결심만 하면 당장이라도 사업이 가능하였다(그것이 가능하였던 것은 그 당시 경남도에서는 도지사가 각 지역을 방문하면 민원성 사업이 있기 마련인데, 이런 사업 집행을 위해 미리 사업을 특정하지 아니하고 포괄사업비로 따로 챙겨 놓은 게 있었기 때문이다). 그래서 김혁규 도지사께 특별히 부탁하기로 하고, 통영시에 사업계획서를 만들어달라고 요청했다.

요즘 같으면 도지사에게 업무시간에 면담을 신청해서 정확히 사업에 대해 이야기하고 예산을 반영시켜 달라고 했을 텐데, 그 당시는 초보 도의원이었기 때문에 일을 처리하는 방식을 제대로 알지 못했다. 그래서 먼저 그 당시 도지사와 가깝게 지내던 통영시 의회 정동배 의장님께 주민들이 직접 찾아뵙고 말씀드리라 하고, 나도 따로 도지사께 말씀드릴 시간을 찾아보았다. 그때 마침 도민 체전이 있었고, 저녁 시간에 도지사와 만찬을 할 기회가 있어 그 자리에서 이런저런 부탁이 있으니 꼭 좀 들어 달라 하였다. 그 자리에 동석 중이던 정동배 의장님도 "지사님, 김명주 도의원이 처음 당선되어 지사님께 부탁하는 일이니 꼭 좀 들어주소"라고 거들었다. 그러자 김혁규 도지사는 "그런 사업을 하면 결국 주차장되던데…"라며 말꼬리를 흐렸지만, 그 이후 정식으로 통영에서 경남도로 사업이 신청되어 일사천리로 진행되었고, 주민들의 해묵은 민원이 해결되었다.

한편, 정치 생활을 하면서 최초로 감사패를 받은 것은 인평동의 국치 마을로부터이다. 도의원에 당선되고 얼마 지나지 않아 국치 마을 사람들이 사무실로 찾아와 마을 앞 선착장 부잔교가 오래되어 새로 해야 하는데, 해결을 부탁한다는 것이었다.

도의원 입장에서는 그런 문제의 해결은 사실 그렇게 어려운 게 아니었다. 그 당시 경남도에서는 각 개별 도의원에게 이와 같은 지역구 민원 해결을 위해 일괄적으로 포괄사업비를 책정해 주었다. 그 한도와 용도가 정해져 있어 함부로 사업을 할 수는 없지만 국치 마을의 부잔교 사업은 그렇게 예산이 많이 필요한 것도 아니고 또 사업 용도도 맞아서 내가 포괄사업비로 하겠다고 사업계획서만 올리면 되는 일이었다. 그래서 기꺼이 해주었더니 국치 마을에서 감사패를 만들어 내게 보내 온 것이었다.

이런 두 사업으로 나는 많은 기쁨을 느꼈다. 비록 의정활동이 처음이라 도의 사업예산에 내가 생각하는 사업을 어떻게 체계적으로 반영시켜야 하는지 모르는 상태였지만, 지역 구민들의 해묵은 민원들을 내가 해결했다는 것에서 보람을 느꼈다. 어찌 보면 작은 사업들이었지만, 정치하는 사람이 관심을 가지면 해묵은 민원들이 이렇게 말끔하게 해결될 수 있구나 하는 보람과 기쁨을 느꼈다. 이 사업들은 내게 정치가 인간이 할 수 있는 최대의 봉사라는 평소 신념을 재확인하고 이후 거침없이 정치로 돌진할 수 있는 계기를 만들어 주었다.

그리고 도의회에서는 나의 전공을 살려서 도가 은연중에 법규를 어겨 온 것들의 시정을 강력히 요구한 것이 있다. 그것은 바로 우리 통영에 가장 절실한 도서종합개발사업과 관련하여 경상남도가 관련 법규를 위배하여 도비 지원을 하지 않는 사실을 지적한 것이다. 지방재정법 관련 법규에서는 각 중앙 부처별 사업에 관하여 도와 시가 부담하여야 할 부담비율을 정하여 놓았다. 즉 어떤 사업이 이에 해당하면 정부에서도 국가보조금이 내려오지만 이에 대하여 경남도와 통영시에서도 얼마간의 도비, 시비를 내어야만 100퍼센트 사업이 시행되게 법규로 정하여 놓은 것이다. 도서종합개발사업과 관련해서는 국가가 70퍼센트를 부담하면 도가 15퍼센트, 시가 15퍼센트를 담당하게 해두었는데, 여태껏 도가 그중 15퍼센트를 부담하지 않고 시가 30퍼센트를 다 담당하고 있었던 것이다. 이 사업 외에도 도는 여러 사업에서 법규상 응당 부담해야 할 도비를 부담하지 않고 있었던 것이다.

그리하여 이의 시정을 위하여 도에 자료를 요청하니 당장 도에서 내게 연락이 왔다. 우리 고향 출신으로서 그 당시 도지사 비서실장을 하던 김종부 전 창원부시장이었다. 법규상은 그렇게 되어 있지만, 도의 형평상 어쩔 수 없었다는 것이다. 그리고 통영의 도서종합개발사업은 반드시 도비가 15퍼센트 반영되도록 하겠다는 것이다. 그리하여 도의회 본회의에서는 점잖게 이런 잘못을 지적하고 제도개선을 촉구하는 선에 그쳤다. 이후 도서종합개발사업과 관련해서는 당연히 도비가 내려왔음은 말할 필요도 없다. 이런 의정은 도로나 부잔교처럼 시민들이 직접 알 수는 없으나 통영을 위한 더 큰 의정활동이었다. 법률가 도의원으로서의 보람이었다.

통영 케이블카와 주민투표

　도의원 시절 당시 통영의 가장 큰 이슈는 미륵산 케이블카 설치에 관한 문제였다. 원래 이 케이블카 사업은 1996년 고동주 시장 시절 남해안 관광개발사업으로 통영시가 국가로부터 얻어낸 것인데, 환경 단체와 일부 시민들의 반대로 진척이 되지 않고 있었다. 게다가 용화사에서는 산문 폐쇄라는 절이 할 수 있는 최대의 조치로서 반대하고 나섰다.

　원래 미륵산은 통영 사람들에겐 신성한 곳이다. 미륵산은 이름 자체만으로도 불가에서 말하는 미륵보살이 장차 인류를 구원하기 위하여 나타난다는 산일 뿐 아니라, 우리나라 불교계의 거목인 효봉 스님이 득도를 하고 고은 시인과 법정 스님이 출가한 미래사가 있는 산이기도 하다. 그리고 통영 사람들은 예로부터 불자들이 많아 이 산을 신성시하여 왔다. 불자가 아니라도 통영을 대표하는 산으로서 시민들이 학창 시절에는 소풍 장소로, 어른이 되어서는 심신을 단련하고 쉬는 곳으로 여기는 마음속의 산이기도 하다. 이런 곳에 지주대를 세워 케이블카를 설치한다고 하니 반대가 없을 수가 없었다.

　게다가 통영에서 갓 탄생한 환경 단체에서도 케이블카를 놓으면 미륵산의 환경을 파괴할 수밖에 없다고 연일 목소리를 높였다. 더하여 케이블카 지주대가 설치될 장소에 통영에서만 자생하는 통영병꽃이 발견되어 케이블카는 환경을 파괴한다는 인식을 심어 주었다. 그리하여 통영 시내는 반대하는 목소리가 높았다.

그러나 한편으로 장사를 하는 사람들을 중심으로 찬성하는 목소리도 있었다. 인근 거제는 포로수용소를 개발하여 관광객을 끌어들이고 있는데, 동양의 나폴리라는 우리 통영은 도대체 무엇으로 관광객을 유치할 것인가. 국책 사업인 케이블카를 안 하게 되면 앞으로 통영은 국가로부터 어떤 국비 사업도 못 따는 것은 아닌가. 게다가 반대하는 사람들은 미륵산이 높지 않아 조금만 걸어가면 되는데 웬 케이블카라고 하는데, 그럼 노인들과 장애인들은 그 멋진 미륵산의 다도해 풍광을 볼 권리가 없는가 하고 목소리를 높였다.

그 당시 김동진 시장이 무소속으로 당선되었는데, 선거 과정에서 케이블카 설치에 대하여 환경 단체의 입장을 두둔하는 듯한 발언을 하였다. 그러나 막상 시장이 되고 나서 보니, 이 사업의 필요성을 절실하게 느끼게 되었는데 반대가 워낙 거세다 보니 일방적으로 일을 추진하기 어려웠다. 심지어 산문 폐쇄, 산신제 거행, 100일 철야 농성 등 통영 역사 이래 그렇게 반대가 극심하고 통영시 여론이 갈라진 것은 처음이었다. 그리하여 김 시장은 용화사 주지 스님과 몇 차례에 걸쳐 대화도 하고 협상도 한 것으로 기억한다. 그럼에도 일은 순조롭게 해결될 기미가 없었다.

그래서 당시(2002년) 도의원이었던 나는 공개적으로 신문 투고를 통하여 지루한 논쟁과 반목을 종식시킬 방안으로서 주민투표를 제안하였다. 물론 그 당시에는 주민투표가 주민투표법으로 제도화되기 전이라서(주민투표법은 2004. 7. 시행되었고, 이후 오세훈 서울시장이 이를 바탕으로 무상 급식과 관련한 주민투표를 추진하였다) 법적인 효력은 없었다. 그러나 극단적으로 갈린 통영 시민의 의견을 수렴하는 방법으로서는 괜찮은 방법이라고 생각했기 때문이다. 게다가 말없는 다수는 통영 경제가 이렇게 어렵고 국가에서 케이블카 만들어 준다는 데 반대할 이유가 있냐고 생각하였지만, 워낙 환경 단체와 종교계에서 반대하니 자신의 목소리를 낼 기회나 장이 없어 이 기회를 통해 말없는 다수의 의견을 듣는 것도 좋다고 생각했다.

이후 실제 통영시는 2002년 12월 27일 주민투표를 강행하였다. 환경 단체들은 이 주민투표가 관제 투표라며 투표 자체를 반대하였으나, 유권자 시민의 83퍼센트 찬성이라는 압도적 찬성을 얻어냈다. 그리하여 통영시에서는 이를 바탕으로 미륵산에 케이블카를 설치하는 데 있어 시민들의 의견 수렴 절차가 미흡했다는 논란을 잠재우고 통영 시민들이 대다수가 찬성한다는 명분을 얻게 되었다. 그러나 안타깝게도 이 주민투표를 추진한 김동진 시장은 선거법 위반과 관련하여 중도에서 시장직을 그만두는 비운을 안게 되었다. 그리하여 이 사업은 차기 진의장 시장에게 넘겨졌다.

진의장 시장이 당선된 이후에도 케이블카와 관련된 문제는 쉽게 풀리지 않았다. 항간에서는 종교계를 안기 위하여 산 정상 부근에 대불을 조성하는 안이 나오기도 했는데, 이건 빈대 잡으려다 초가삼간 태우는 꼴로 미륵산을 훼손하는 것은 물론이거니와 불교의 본디 정신에도 맞지 않는 발상이었다. 처음 이를 반대하다가 사업에 찬성을 하려던 용화사 주지 스님까지 이후 곤경에 처하는 등 일은 점점 더 꼬여갔다.

결국 법적인 해결 방법밖에 없었다. 용화사 소유의 임야를 법으로 수용하기로 하고, 일단 국유지에다 사업을 강행했다. 그러나 이에 대하여 용화사측이 공사중지가처분으로 대응하였다. 미륵산 케이블카 사업의 계속 여부가 결국 법원의 손으로 넘어간 것이었다. 통영지원(재판장 최인석)은 2006년 5월 18일 공사중지금지가처분사건을 기각하였다. 이유는 케이블카 노선이 용화사 경내지 임야와 접하지 않고, 용화사 본사에 기거하는 수도승이 많지 않으며, 미관상의 문제는 오히려 용화사 측에 도움이 될 수도 있고, 이미 용화사에서 해당 임야에 대하여 임대차계약을 해준 바 있으며, 궁극적으로 통영시가 이 임야를 수용하여 토지소유권을 취득할 수 있을 것으로 예상된다는 것이었다. 10년 해묵은 사업이 법원의 위와 같은 결정으로 진행될 수 있었다.

내 국회의원 임기 마지막에 이 미륵산 케이블카 개통식이 있었다. 현직 국회의원 신분이었으나 18대 국회의원 선거에서 낙선된 뒤라 개인적으로는 참으로 만감이 교차하는 자리였다. 다행히 이후 미륵산 케이블카는 항간의 우려와는 달리 현재 우리 통영의 랜드마크가 되었고, 전국의 관광객을 끌어 모으고 있다. 이 케이블카와 관련하여 사업을 추진하고 반대한 사람들은 이제 모두 잊히지만 이 케이블카는 전 국민들의 사랑을 받고 있다. 이를 보면서 역시 정치가는 자신이 모든 것을 다한 것으로 착각하고 자신이 그 주인공이라고 생각하지만 결국 세월 뒤에 남는 것은 모두 국민과 시민의 것이라는 사실을 새삼 깨닫는다.

제17대 국회의원 공천

2004년 제17대 국회의원 공천은 내게 느닷없이 다가왔다. 사실 징후는 2003년 10월 30일 실시된 통영시장 보궐선거에서부터 시작되었다.

내가 제7대 도의원이 되던 해 같이 실시된 통영시장 선거에서 무소속 김동진 후보가 한나라당 강부근 후보를 누르고 당선되었다. 그런데 당선된 김동진 시장이 모 신문사에 공천을 앞두고 자신에게 유리하게 나온 여론조사를 싣고 이를 배포하는 데 관여하였다는 선거법 위반으로 중도 하차하게 되었다.

이에 보궐선거가 실시되었는데, 한나라당에서는 강부근 후보를 재공천하고 진의장이 무소속으로 나왔다. 그 당시 통영 시민여론은 강부근 후보에게 불리했으나, 한나라당 내부 사정상 다른 사람에게 공천을 주면 내부 분열로 선거를 치를 수 없는 분위기여서 다시 강부근 후보가 공천된 것이다. 사실 나조차도 김동욱 국회의원의 공천 관련 전화를 받고 강부근 후보 외는 대안이 없지 않느냐며 말씀드릴 정도로 당내에서는 어쩔 수 없는 분위기가 있었다.

그러나 선거결과는 무소속의 진의장이 다시 한나라당 후보를 꺾는 일이 발생하였다. 그러지 않아도 제16대 선거에서 정해주 후보에게 통영 선거에서 진 바 있는 데다가 두 번이나 연거푸 시장선거에서 지자, 통영 시내에서는 물론 당내에서도 의원님이 물러나야 한다는 이야기가 공공연히 돌게 되었다. 자연스럽게 내게 당내 시선이 쏠리면서 국회의원 공천에 도전해야 한다는 이야기가 나왔다.

게다가 중앙정가에서도 17대 국회의원과 관련하여 대통령 선거에서 두 번이나 패배한 것은 한나라당이 시대정신의 변화를 읽어내고 이를 담지해 내지 못한 결과라면서 원희룡, 남경필, 오세훈 등 젊은 의원들이 이른바 "60대 물갈이론"을 내세우며 거세게 당 공천 개혁을 요구하였다. 이후 이것이 전두환, 노태우 시절 이에 협조하여 국회의원이 된 '5, 6공 원로 퇴진론'으로 바뀌면서도 60대 물갈이론은 국민들의 호응에 힘입어 하나의 거대한 흐름을 만들어 내었다.

뜻밖으로 흘러가는 이런 변화에 나도 당황하였다. 내가 제7대 도의원이 되면서 나름 구상한 것은 제17대 국회의원 선거는 김동욱-정해주 리턴매치가 될 것이고, 어느 분이 된들 나이가 있어 언젠가는 기회가 올 것이라는 것이었다. 그런데 도의원이 된 지 채 2년도 지나지 않아 이런 기회가 오니 당황할 수밖에 없었다. 그러나 상황은 내게 불리한 것이 없었다. 어차피 공천되면 앞으로 나가면 되는 것이고 공천되지 않으면 다시 애초 계획대로 차근차근 나가면 되는 일이었기 때문이다.

그리하여 도의원 사무실을 개설하고, 공천 준비 작업을 시작하였다. 공천 준비 작업이라고 해야 공천 신청 의사를 대외적으로 알리고 서울에 주재하는 경남 출신 기자들에게 나 이런 사람이니 공천 예상자 기사를 쓸 때 빠뜨리지 말아 달라는 정도였다. 어차피 그 당시 중앙정계에 인연이라고는 없었기 때문에 공천을 위해 로비할 곳도 없었다.

그런데 공천이 얼마 남지 않은 2004년 1월 7일 그 당시 한창 주가를 올리던 소장파 오세훈 의원이 국회의원 불출마를 선언하면서 당의 공천 개혁을 요구하는 일이 벌어졌다. 이에 김동욱 의원도 정창화, 목요상 의원 등 중진들과 함께 불출마를 선언하였다. 갑자기 통영 · 고성 지역구 한나라당 공천 자리가 무주공산이 된 것이다. 그 결과 공천 신청자는 나(그 당시 36세, 지구당 부위원장), 이종성(57세, 전 청와대 행정관), 제정훈(59세, 정당인), 최노석(55세, 전 경향신문 논설위원) 등이었다. 나는 경쟁자들에 비하여 연륜에서는 밀렸지만, 그 당시 정계에서 요구하는 참신한 정치인으로서 경쟁력은 충분히 있었다.

2004년 2월 공천 심사가 한창 진행 중일 때, 그 당시 공천 심사 위원이던 이방호 의원이 지역구인 사천에 내려오면서 나를 만나자는 연락을 해왔다. 당사로 김동욱 의원을 모셨던 강석주 현 도의원과 함께 갔다. 이방호 의원은 내게 승산이 있느냐며 지지 기반은 어떻게 되느냐며 짧게 물었다. 나는 자신이 있으며 내가 생각하는 나의 확실한 지지 기반은 이러저러 하다고 답해 드렸다. 이후 곧 내가 통영 · 고성 지역구 공천자로 발표되었다. 후일 이방호 의원은 공심위에서 적극 추천했다고 말하였다. 그 말은 진실일 것이다. 이방호 의원과 면담 이후 나는 공심위의 면담도 없이 공천자로 확정되었으니 말이다. 아마 국회의원 공천을 돈 한 푼 안들이고 이렇게 쉽게, 짧은 순간에 받은 사람도 드물 것이다. 복이라면 복일 것이고 운이라면 운일 것인데, 나는 내가 기회를 잘 잡았다고 생각한다. 또 제17대 국회의원 선거는 공천이 문제가 아니라 한나라당이 가장어렵게 치른 본선이 남아 있었기 때문에 나는 그 당시 나 아닌 어떤 공천후보자도 본선을 넘기 어렵다고 생각했다. 문제는 역시 본선이었다.

명주 대 해주(제17대 국회의원 선거)

제17대 국회의원 선거는 나는 오로지 한나라당 당원들과 시민들만 믿고 운동할 수밖에 없었다. 그 당시 상대방은 정해주 후보였다. 중앙 부처의 장관을 지냈고, 이미 16대 국회의원 선거에서 한나라당세가 센 고성에서는 졌으나 통영에서는 이긴 전력이 있었다. 게다가 자신이 도운 김동진, 진의장 후보가 연거푸 한나라당 시장 후보를 이겼다. 연륜, 경력, 지지 기반 어디를 보나 내가 그를 이기기란 쉽지 않았다. 심지어 통영의 시의원들도 탈당해서 정해주 후보 지지 선언을 할 정도였으니, 선거판에서 밥을 먹었다는 사람들은 다 그 쪽으로 넘어갔다. 그래서 우리 캠프에서는 선거 전략과 방송 토론을 나와 선거에 대하여는 아마추어에 가까운 지인 몇이서 머리를 싸매며 준비했다. 이 자리에서 이름을 밝히기 곤란하나 늘 감사한 분들이다. 그나마 다행인 것은 한나라당 당직자들은 통영의 차홍기 동별협의회 회장과 고성의 한철기 연락소장을 중심으로 흩어지지 않았던 것이다.

그런데 총선 한 달을 앞두고 노무현 대통령을 국회에서 탄핵하는 미증유의 사태가 발생하였다. 노무현 대통령은 자신이 대통령에 당선되자 정치 개혁을 한다며 자신을 대통령으로 만든 민주당을 깨고 열린우리당을 창당하였다. 그러면서 총선을 앞두고 열린우리당이 이겨야 한다는 식으로 선거에 개입하자 민주당 조순형 대표가 기자회견을 하고 대통령의 선거 중립 의무와 측근 비리 등에 대해 사과하지 않으면 탄핵소추안을 발의하겠다고 했다.

그러나 이에 물러날 노무현 대통령이 아니었고, 결국 2004년 3월 12일 노무현 대통령 탄핵안이 열린우리당 의원들의 극렬한 반대에도 불구하고 재석 195표 중 가 193표, 부 2표로 가결되었다. 사실 이 탄핵안 가결은 탄핵안에 망설이던 많은 중립의견 의원들이, 그 전날 노무현 대통령이 기자회견에서 자신의 형에게 로비를 시도한 사람으로 남상국 전 대우건설 사장을 지목하여 그가 한강에서 투신 자살하자 국민들도 이 탄핵을 이해할 것이라고 착각한 데서 비롯된 것이기도 했다.

후보자였던 나도 이 탄핵 정국이 솔직히 어디로 갈지 알지 못했다. 지인들에게 전화를 해 보니, 어쩌면 내게 잘된 것일 수도 있다는 사람도 있었다. 그러나 곧 탄핵가결 순간이 계속하여 방송되면서 국민들의 민심은 싸늘히 한나라당과 민주당을 떠나기 시작하였다. "설령 대통령이 잘못하였기로서니 국회의원들이 감히 우리가 뽑은 대통령을…" 하는 감정이 촛불집회로 드러났다. 심지어 통영에서도 우리 선거 사무실이 있는 무전동 사거리에서 촛불집회가 있었다.

이렇게 지역적으로도 불리한 싸움에 중앙에서도 한나라당이 죽을 쑤자 선거전은 더욱더 나에게 어려웠다. 그러나 나에게 비장의 무기가 있었으니 그것은 바로 젊음과 배짱이었다. 나는 생각했다. '오냐, 이것이 나의 운명이라면 기꺼이 받아주마. 진다한들 내게 무슨 손해가 있겠느냐. 지면 지역에서 다시 변호사하면서 후일을 도모하면 되는 일 아닌가.

이런 상황에서 내가 졌다고 정치 인생이 끝나지는 않을 것이다.’ 이런 마음이 생기자 선거 결과는 오로지 하늘에 맡기고 나는 최선을 다했다.

그때 내가 개발한 전술이 지역 상가를 끊임없이 돌아다니는 것이다. 낮에는 간간히 유세를 하면서 돌아다니고, 저녁에는 밤 10시 가까이까지 식당과 술집을 돌아다녔다. 당연히 식당과 술집에 들르면 후보자 왔다고 술잔이 오고 앉으라고 권했다. 그러면 덥석 앉아 술도 얻어 마시고 귀중한 표도 부탁하고 나왔다.

이전에는 당원들이 아름아름 술자리를 만들어 놓으면 후보가 가서 인사하고 나오는 식이었다. 그러나 강부근 후보의 시장 보궐선거를 하면서 지켜보니, 당원들이 모은 자리는 새로운 표는 거의 없고 돈만 나가는 자리였다. 모은 사람들이라고 해봐야 당원들이 평소 아는 사람들이기 때문에 당원들이 잘 설득하면 우리 표로 올 수 있는 사람들이고, 게다가 당원 조직책들은 그걸 빌미로 후보자에게 은근히 돈을 기대했다. 그래서 나는 후보가 되고 나서는 한나라당 시내 조직을 완전히 와해시키고 이런 식의 자리는 절대 하지 않았다. 그리고 내가 유권자들을 찾아 나섰다.

양복바지에 운동화를 신고 밤낮으로 걸어 다니니 서서히 효과가 나타났다. 어느 날 저녁, 정량동의 어느 술집에 들러 술잔을 받으니 젊은 분이 선거 기간 동안 나를 세 번이나 만났다면서 "이렇게 열심히 하는데 제가 어찌 안 도와드리겠습니까?" 했다. 정말 감사하다는 말이 절로 나왔다. 한번은 어찌나 얻어 마셨는지 나오자마자 구토가 났다. 하지만 입을 헹구고는 다시 들어가 아무 일 없다는 듯이 술잔을 받았다. 돌이켜 보면 30대의 젊은 후보였으니 가능한 무지막지한 전술이었다.

한편 나는 탄핵 가결 이후 며칠 만인 3월 15일, 나의 홈페이지에 지도

부 퇴진을 요구하는 글을 올렸다. 이유는 국민이 뽑은 대통령을 임기가 얼마 남지도 않은 국회서 탄핵 의결하여 권한을 정지시킨 것은 잘못된 것이고, 지도부는 또다시 노무현 대통령의 분열주의와 도박정치에 놀아나 한나라당을 위기에 몰아넣었으니 마땅히 퇴진하여야 한다는 것이었다. 그러니 난리가 났다. 그 당시 최병렬 당대표가 탄핵에 반대하는 의원은 공천권을 박탈하겠다는 입장을 내기도 하였기 때문에, 시골의 공천자가 공개적으로 이를 주장하였으니 그럴 법도 했다. 나는 이를 묻는 기자에게 이렇게 말했다.

당 공천 심사위원 중에 아는 사람이 없는데도 공천이 되었다. 역사를 보고 정치를 해야 한다. 젊은 사람한테 공천권을 준 것도 젊은 보수를 키우자는 것으로 안다. 공천권 박탈에 연연하지 않는다.

(오마이뉴스. 2004. 3. 19)

그런데 실제 3월 23일 최병렬 대표가 물러나고 박근혜 대표 체제가 들어섰다. 박근혜 대표는 위기에 빠진 한나라당을 구원할 투수로 투입된 것이다. 박 대표는 신속히 국민들에게 사죄했다. 회초리를 맞는 장면들을 내보내면서 "저희가 잘못한 것은 국민들에게 잘못을 구합니다. 그러나 열린우리당을 견제할 만한 의석을 주셔야 나라를 지키지 않겠습니까?" 하는 전략을 구사했다. 그러면서 여의도의 당사를 팔고 천막 당사로 옮겼다. 철저히 반성하면서 새 출발을 도와달라는 메시지였다. 변방에서 떠돌던 국회의원 박근혜가 야당의 지도자로 확실히 떠오르는 순간이었다. 동시에 궤멸위기에 빠졌던 한나라당이 구사일생으로 회생하는 계기가 되었다.

그런 와중에 열린우리당 정동영 의장이 기자와의 인터뷰에서 "60대 이상은 투표하지 말고 집에서 쉬라"는 취지의 발언이 공개됨으로써, 정국은 한순간 탄핵정국의 반동이 일어나기 시작하였다. 탄핵으로 숨죽여 있던 보수표들이 박근혜의 등장과 60대 폄하론으로 서서히 자신의 목소리를 내기 시작한 것이다.

게임도 되지 않을 것이라는 예상을 깨고 본격적인 선거전에 들어가자 나의 지지도는 급박하게 오르고 있었다. 게다가 박근혜 대표가 고성으로 와서 지원유세도 없이 가도에 선 유권자들에게 인사를 하고 간 것만으로도 고성에서는 완전히 승세를 굳히기 시작하였다. 통영 시중에서도 공기가 확 달라졌다. 만나는 유권자들의 표정이 달라진 것이다. 그러면서 통영 시중에서 명주가 해주를 이긴다는 웃기는 말이 만들어졌다. 명주는 깨끗한 술이라서 해주를 이길 수 있다는 말이었던 것이다.

나는 총선 시작 전부터 한 여론조사 기관과 주기적으로 여론조사를 실시했다. 처음에는 물론 내가 정해주 후보에게 게임이 되지 않았다. 그러나 내가 공천자로 확정되고 본격적인 선거전에 들어가자 추격전이 시작되었다. 그리하여 총선 일주일 전에 내가 이길 수 있다는 예측이 나왔다. 이미 나는 상승세를 타고 있었고, 정 후보는 정체 상태였기 때문에 일주일 안에 이런 추세를 바꿀 계기가 없었던 것이다. 60대 폄하론으로 수세에 몰린 정 후보 쪽에서는 시내에서 삼보일배를 하는 이벤트를 벌였지만, 이미 대세는 기울어졌다.

나는 극적인 승리를 안았다. 아마 선거전에서 내가 이길 것이라고 예상한 사람은 많지 않았을 것이다. 나 자신도 이번 선거에서 반드시 이길 것이라는 확신도 없이 운명처럼 임했다. 나는 고성의 당원들과의 당사 모임에서 이런 말을 했다. "지금 저는 정치라는 물가에서 놀다가 갑자기 그 급류에 휘말리게 된 꼴인 것 같습니다. 그러나 나는 그 급류를 따라 흘러가 여러분이 원하시는 승리를 가져 오겠습니다."

내가 잘나서 그 당시 승리한 것이 아니라, 국회의원 선거의 특징이 있기 때문에 그 당시 내가 승리했다는 것을 나중에 공천을 받지 못하고 낙선한 이후에야 알게 되었다. 그러나 나는 그 승리에 대하여 나였기 때문에 할 수 있었다고 생각하는 것은 첫 번째는 나름 그 기회를 얻기 위해 최선을 다해 준비했다는 것이고, 두 번째는 기회가 왔을 때 온신의 힘을 다해 임했다는 것이다. 그러기에 비록 나의 승리가 90퍼센트가 외부 요인이라고 할지라도 나의 것이 될 수 있는 것은 그 10퍼센트 때문이리라.

굴 패각

내가 국회의원으로서 제일 먼저 나선 것이 굴 패각의 처리 문제였다. 굴은 단순히 굴 사업자만을 위한 사업이 아니라 굴 박신장(굴의 껍질을 까는 장소)에서 일하는 수많은 여성 노동자들과 그 가족들의 생계를 위한 사업이다. 통영과 고성 해안을 따라 늘어선 각 박신장마다 적게는 수십 명에서 많게는 백여 명의 인력이 필요하다. 그러니 굴 박신이 시작되는 가을부터 끝나는 봄까지(대개 10월부터 그 다음해 4월) 통영과 고성의 많은 여성 인력들이 이곳에서 일을 하면서 돈을 벌 수 있다. 게다가 굴을 까는 일은 별다른 지식이나 기술이 없어도 누구나 할 수 있는 일이고 그 수입도 적게는 월 백만 원에서 많게는 수백만 원에 이르러 여성으로서는 이보다 더 좋은 일자리가 없다.

그런데 문제는 굴을 까고 나면 남는 패각의 처리이다. 그래서 굴 박신장 옆에는 으레 굴 패각을 산더미처럼 쌓아놓고 있었다. 이런 패각은 여름이 되면 악취를 풍기고 처치가 곤란하였다. 한려해상국립공원의 중심 도시 통영과 고성의 이미지와는 전혀 맞지 않는 풍경이었다. 그래서 통영과 고성 여성 노동자의 일자리를 확실히 보장하면서도 아름다운 통영과 고성을 만들기 위해 굴 패각 처리 문제를 해결하려고 하였다.

먼저 이 문제가 왜 해결되지 않는지에 대하여 알아보기 위하여 굴수협과 긴밀히 협의함과 아울러 굴 패각 처리 방안을 연구하고 있는 관계기관의 이야기를 들을 필요가 있었다. 그리하여 굴 패각과 관련한 어민들의 이야기뿐 아니라 전문가들의 의견을 듣기 위한 심포지엄을 기획하고 경상대학교 해양산업연구소(소장 정우건 교수)와 공동으로 2004년 12월 통영굴조합에서 심포지엄을 열었다(국회의원이 지역구에서 지역 대학과 연계하여 심포지엄을 연 것은 이것이 처음이었다).

이종훈 수협 전무가 '굴 패각의 생산 및 처리 현황', 김이운 해양수산부 양식개발과장이 '굴 패각 처리에 관한 정책 방향', 최광수 경상대 교수가 '굴 패각의 연구 현황 및 전망'이란 제목으로 주제 발표를 하고, 김석상 경남도 어업생산과장, 권중현, 김성재 경상대 교수, 박해형 굴가공협회장이 각 지정 토론자로 나서서 굴 패각 처리에 대한 대책을 논의하는 자리를 마련하였다. 나는 이 심포지엄에서 굴 패각이 현형 폐기물관리법에서 사업장폐기물로 규정되어 있는데, 일정하게 처리된 굴 패각(예를 들어 코팅사가 제거된)은 예외 규정을 두어 이를 바로 처리할 수 있도록 하는 방안을 연구하여야 한다고 주장했다. 실제 철도 폐침목도 옥외 계단용으로 원형 그대로 사용할 경우 보관시설 및 재활용시설을 갖추지 않아도 된다는 예외 규정도 있었기 때문이다.

나는 굴 패각 처리와 관련된 정부 부처 실무자와 일본에서는 굴 패각을 어떻게 처리하는지 보기 위하여 선진지 견학을 기획하여 2005년 5월 3박4일 일정으로 일본 히로시마현을 방문하였다. 굴수협의 최정복 조합장과 장욱 중앙수산 사장을 비롯, 해양수산부(김이운), 농림부(안규정), 환경부(한준욱) 직원, 국회 박상진 보좌관뿐 아니라 경상남도의 담당 직원(이국

세)까지 그야말로 관계부처의 직원들을 망라한 팀이었다.

　실제 굴양식을 일본에서 가장 많이 한다는 하쓰카이치에 방문하여 굴 양식 현장과 굴박신 공장을 둘러보고, 굴 패각을 이용하여 비료를 만드는 우라베 주식회사를 방문해 보았다. 일본에서는 굴 패각 문제가 거의 없는데, 그것은 굴 패각으로 비료를 만들어 공급하기 때문이었다. 굴 패각으로 만든 비료는 비록 일반 석회석 비료보다 2배 정도 비싸지만 잘 팔린다고 했다. 그래서 굴 패각은 비료의 좋은 원료로서 재가공되어 사용되기에 우리처럼 굴 패각 처리에 고심하지 않는다는 것이었다.

　우리나라도 몇 년 전부터 굴 패각을 이용한 비료를 생산하고 있는데, 왜 굴 패각이 다 처리되지 못하고 있는지 의아했다. 알아보니, 우리나라와 일본의 굴 양식 방법이 다르기 때문이었다. 일본은 굴의 종묘를 긴 철사에 끼워 양식하는데 반하여 우리나라는 코팅사를 이용한다. 그래서 일본에서는 철사만 빼면 굴 패각에 거의 이물질이 없는데 반하여, 우리나라는 굴과 함께 코팅사가 엉켜 이를 처리하는데 많은 비용이 든다고 한다. 그리하여 굴 패각으로 비료를 생산하는데 너무 많은 비용이 들어, 일반 석회석 비료에 비하여 경쟁력이 없다고 했다.

　우리나라로 돌아와서는 다시 일본에 갔던 정부 부처 직원들을 통영으로 불러 굴 패각의 처리 현장을 방문하게 하였다. 특히 농민들 중 일부가 파쇄된 굴 패각을 토양 개선제로 자신의 밭에 뿌려 사용하는 곳을 들렀다. 결론적으로 굴 패각 자체는 무해한 것이지만, 여기에 붙어 있는 코팅사 등 이물질이 문제였다.

　이후 이 문제를 해결하기 위하여 관계부처협의체를 만들어, 국회에서 또 해수부에서 여러 논의를 거쳐 2005년 10월 정부가 종합대책을 그 당시 강무현 해수부 차관이 발표하였다. 그 당시 해수부의 보도자료는 다음과 같다.

굴 생산 후 부산물로 연간 27만여 톤이 발생하고 있으나 처리되지 못하고 바닷가에 야적돼 경관훼손과 냄새 등 환경오염의 요인이 되고 있는 굴 껍질(패각)에 대한 종합적인 처리대책이 마련됐다. 강무현 해양수산부 차관은 6일 오전 정례브리핑에서 굴 패각 처리에 따른 근본적인 문제점을 해소하기 위해 "농림부, 환경부, 전남도, 경남도 및 굴수협과 그동안 몇 차례 협의 끝에 바닷가 환경오염을 줄이고 자원을 재활용할 수 있도록 굴 패각을 체계적으로 처리할 수 있는 기반이 마련됐다"고 밝혔다.

강 차관은 우선 굴 껍질로 만든 패화석비료는 산성화된 토양개량 효과가 높기 때문에 농림부와 협조해 정부 지원에 의한 토지개량사업용 공급물량을 1만 5,000톤에서 3만 5,000톤으로 확대하고 골프장 등 새로운 수요를 발굴해 비료원료로 재활용량을 지속적으로 높여 나가겠다고 밝혔다.

그는 이어 "굴 패각은 과거부터 농가에서 지력증진용 퇴비로 사용해 왔으나 환경문제 등으로 지난 '94년부터 사용하지 못하고 있는 점을 고려해 다시 퇴비로 사용할 수 있도록 내년에 농촌진흥청과 연구용역을 실시해 패각입자의 크기, 염분농도 등 부산물비료로 적합한 기준을 설정, 농림부·환경부와 협의해 비료관리법 및 폐기물관리법을 개정한 후 농가에서 희망할 경우 퇴비로 무상 공급할 계획이다"고 덧붙였다.

그는 또 깨끗하게 처리된 굴 껍질은 양계농가의 닭 사료 칼슘첨가제,

물 정화제 등 천연칼슘제로서의 활용도를 높이고, 인공어초 제작시 모래 대체제로 적극 활용하겠다고 말했다.

강 차관은 이어 굴 패각의 모래 대체제로 재활용기술이 완료됨에 따라 "내년 착공예정인 시화지구 멀티 테크노벨리 조성 공사에 시범적으로 2만 4,000톤을 공급하고, 향후 항만·어항공사 및 매립공사의 건자재로 재활용하도록 적극 권장해 나가겠다"고 말했다.

현재 남해안 일원에 처리되지 못하고 야적중인 굴 껍질 처리와 관련해 강 차관은 "정부 지원사업으로 5억 원을 투입, 2만여 톤을 수거처리하고 앞으로 무단투기 행위에 대해서는 강력한 단속을 실시하겠다"고 말하고 "패각처리 중간단계인 집하장을 8개소에서 13개소로 증설하고, 알굴을 채취하는 박신업을 자유업에서 신고업으로 전환해 굴 생산의 위생적 처리와 패각 폐기물의 체계적인 처리를 유도할 계획이다"고 밝혔다.

해양부는 이 종합대책이 차질 없이 추진되면 오는 2008년경부터는 굴 껍질이 훌륭한 재활용 자원으로 변신해 연안오염 방지와 악취, 경관훼손 등 지역 주민의 민원을 해소하고, 굴 생산 어업인과 가공업체의 폐기물 처리비용을 최소화할 수 있을 될 것으로 기대하고 있다.

이후 내가 국회에 재입성하지 못하여 이런 정부 대책이 계속적으로 추진되지 못한 점은 너무나 아쉬운 부분이다. 그러나 나는 4년 동안의 의정활동 중 굴 패각 처리와 관련된 의정활동을 가장 보람된 것 중 하나로 생각하고 있다. 그것은 문제 선정에서부터, 관계 기관의 심포지엄, 선진국 견학, 정부 관계부처협의체의 구성, 정부의 대책 발표에 이르는 전 과정을 내가 국회의원으로서 주도하고 이루어 내었기 때문이다.

내가 최정복 조합장을 비롯한 관계부처 직원들과 히로시마현을 들렀을 때, 그 당시 김연권 총영사가 우리 일행을 배웅하면서 자신의 외교관 생활 중 국회의원이 이런 활동을 하는 것은 처음 보았다며 의원님 같은 분들만 있으면 우리나라는 정말 멋진 나라가 될 것이라고 했다. 나는 그 말을 내 의정활동 4년의 가장 큰 칭찬이라고 생각하고 있다.

강구안 수변 공원

통영의 북신만 매립지에 아파트 단지가 들어서고 죽림에 신도시가 만들어진 것은 얼마 되지 않는다. 내가 1999년 변호사로 개업할 당시만 하더라도 북신만과 죽림은 매립만 되어 있었지 허허벌판이었다. 그러다 북신만과 죽림이 개발되자 기존 통영 시내에서 살던 사람들이 새로 생긴 아파트 단지로 이사하기 시작하였고 통영 시내가 공동화되는 현상이 나타나기 시작했다. 언제나 통영의 중심이었던 항남권 상권이 무너지고 무전동 상권과 죽림 상권이 발전하기 시작하였다.

그러나 통영의 혼은 세병관, 충렬사, 강구안을 중심으로 하는 원도심에 있다. 북신만이나 죽림은 바닷가를 끼고 있다는 것을 제외하면 다른 도시와 다를 게 없지만, 통영의 원도심은 역사와 풍광을 간직한, 어느 도시도 가질 수 없는 무한한 가치를 가지고 있다. 이곳이 없는 통영은 이미 통영이라고 할 수도 없는 것이다.

내가 국회의원이 되어서 주목한 것은 이 원도심을 재생하는 방법이었다. 이미 시민들은 살기 좋고 편리한 아파트 단지로 이사하기 시작하여 기존의 항남·정량 상권이 무너지고 있었고, 통영의 명문 초등학교였던 통영초등학교와 충렬초등학교는 급감하는 학생 수로 골머리를 앓고 있었다. 나는 이럴 때 오히려 원도심을 역사문화관광지역으로 특화할 수 있을 것이라는 생각을 하였다. 옛날 같으면 다른 곳으로 옮길 곳이 없어 상상도 못했던 일들을 오히려 원도심이 공동화됨으로 말미암아 원도심을 특화된 도심으로 재개발할 기회가 생긴 것이라고 생각했다.

이런 원도심 재생 프로젝트 중 하나로 내가 추진한 것이 통영항이었던 강구안을 수변 공원화하는 작업이었다. 강구안은 예부터 통영항의 중심으로써 어선뿐 아니라 여객선, 유람선 등이 다 집결하는 곳이었다. 그러나 도시가 팽창하면서 어선항으로의 기능은 동호항 쪽으로 넘어가고 여객선은 항남동, 유람선은 도남동 쪽에 터미널이 생겨, 강구안의 항구로서의 기능은 거의 상실하고 있었다. 관공선과 몇몇 어선들의 출입항으로서 명맥을 유지하고 있을 뿐이었다. 나는 이럴 바에야 아예 강구안을 수변 공원화하여 이곳을 통영 시민들뿐 아니라 전 국민이 즐겨 찾는 공원이 되게 하면 좋겠다는 생각이 들었다.

이런 구상을 가지고 해수부와 협의해 보니, 먼저 비록 강구안이 항구의 기능을 다 잃어가고 있었지만 통영항의 중심 항만시설이었으므로 이 시설을 대체할 항구를 개발하여야 하고, 둘째는 예산을 확보해야 했다. 그런데 기존의 통영항의 경계 내에서는 이미 항만시설이 가득차서 강구안을 대체할 항만시설을 마련할 장소가 마땅치 않았다. 기존의 통영항 경계가 충무교(구름다리)까지로 되어 있었기 때문이다. 그리하여 통영항의 경계를 아예 해양대학교 앞바다로 넓히고, 강구안의 항만시설을 미수동이나 인평동 쪽으로 옮기기로 하였다.

다음으로는 항구를 옮기고 수변시설을 할 예산이 문제였다. 어림잡아도 500억이 넘는 막대한 예산이 들었다. 이때 마침 우리 통영 출신의 김성진 장관이 해수부 장관으로 왔다. 장관께 통영의 강구안을 수변 공원화하자고 제안하니, 처음에는 해수부 예산으로 그런 사업을 할 수 있는지 모르겠다고 했다. 그런데 알고 보니 여수에서는 이미 그런 사업을 시행했으니 우리도 하면 되겠다며 해수부 직원들에게 강구안 사업 예산을 반드시 챙기라고 지시했다. 그리고 강구안 항만 이전과 수변 공원화 사업을 하나의 사업으로 묶으면 예산이 너무 커서 쉽게 되지 않으니, 항만 시설 이전 사업과 수변 공원화 사업을 별개로 하여 예산을 편성하자는 아이디어도 내었다. 그리하여 강구안 항구 대체 시설은 2007년에서 2010년까지, 수변 공원은 2008년부터 2011년까지 조성하는 강구안 수변 공원화 사업이 시작된 것이다. 그 당시(2007년 3월) 내가 의정 보고 형식으로 쓴 편지에는 이와 관련하여 다음과 같이 썼다.

이번 달에는 일본 항만 시찰을 다녀왔습니다. 선진국 일본에서는 21세기를 준비하기 위하여 항만을 어떻게 개발하고 이용하고 있는가를 살펴보기 위해서입니다. 우리가 들른 곳은 도쿄 옆의 요코하마, 부산과 왕래가 잦은 시모노세키 및 후쿠오카였습니다.

그중에 요코하마가 야심적으로 추진하고 있는 "미래항구 21"라는 프로젝트는 가히 일본이 21세기 항만을 어떻게 준비하고 있는가 하는 결정판이라고 생각했습니다. 이 프로젝트를 시행하게 된 것은 19세기 이래 항구로서 번영을 누렸으나 새로운 물류 시스템의 개발로 그 기능을 상실하고 있는 항구를 더 이상 방치하기 어려워 21세기에 걸맞게 재개발하자는 것이었습니다.

그 개발의 요지는 항만 또는 항구를 선박의 입출항 내지 피항을 하기 위한 것이라는 종래의 1차적 수산업 공간을 넘어서 인간이 바다라는 자연을 접하여 살 수 있고, 즐길 수 있는 종합적 공간으로서 거듭나게 만드는 것입니다. 그래서 항만에 단순히 배를 위한 부두시설만이 아니라, 비즈니스 시설, 쇼핑 및 식당 시설 그리고 수변 공원까지 조성하고 있었습니다.

그중에 가장 눈에 띄는 것이 선박의 정박을 위한 시설을 제외하고는 바다에 먼저 사람이 접할 공간(예를 들어 보행자 도로나 공원)을 만들어 놓는 것입니다. 현재 우리나라의 거의 모든 바닷가에는 자동차도로인 해안도로가 들어 서 있습니다. 그래서 사람들이 이 해안도로를 거치지 않으면 바다를 접할 수 없게 만들어 놓았습니다. 우리 지역도 거의 그런 실정입니다.

이런 차이가 선진항만과 기존 항만의 차이를 만들어 내는 것이구나 하는 생각이 들었습니다. 우리 지역에도 몇 군데 이제 바다를 접한 공원들이 하나둘씩 들어서고 또 데크를 이용한 산책로도 만들어지고 있습

강구안 수변 공원 조감도

니다. 이제 이것을 종합적이고 체계적인 안목에서 만들어 가야 하겠습니다.

시모노세키 구항이 개발된 것을 보니 우리가 올해부터 시작하는 강구안 재개발 모델과 그 크기가 비슷하였습니다. 신항이 개발되면서 그 기능을 잃어가던 구항을 수변 공원으로 개조하여 사람들이 바다를 즐길 수 있게 만들어 놓았습니다. 특히 바닷가를 따라 모두 나무 데크를 설치하여 사람들이 편안하고 안전하게 걸어 다닐 수 있게 했을 뿐 아니라 공연도 할 수 있게 만들어 놓았습니다.

항만이 수산업의 전진기지 역할을 하여야 한다는 것은 당연한 일입니다. 그러나 거기에만 그친다면 우리 지역은 전 세계적인 경쟁에서 뒤쳐질 것이 분명합니다. 이제 그 기능에다가 더하여 인간이 바다라는 자연과 친하게 어울려 즐길 수 있는 공간으로 변모시켜야 할 것입니다. 그것을 위해 우리들의 지혜를 모으고 힘을 합쳐야 할 것입니다.

이번에 제가, 통영시, 해수부와 함께 강구안 친수사업에 380억 원, 어항대체시설에 150억 원을 확보하여 2011년까지 실시할 이 사업은 우리 지역을 21세기 항구로서 거듭나게 할 좋은 계기가 될 것이라 믿습니다.

그런데 이 사업은 2013년이 지나도 완성이 되지 않고 있다. 가장 큰 원인은 내가 재선에 실패하여 이 사업이 계속 추진되도록 하는 동력을 잃은 까닭이다. 국회의원이 이 사업을 계속 챙겼다면 정부에서 마지못해서라도 계획대로 예산을 편성하였을 것인데, 국회의원이 바뀌자 우선순위에서 밀려난 것이다. 그래도 미수동 및 인평동에 현재 강구안 대체 항만 시설이 조성되고 있고(2014년 완공 예정), 또 강구안 수변 공원 사업도 곧 실시될 것이라 하니 기대가 크다. 특히 이 사업에는 남망산과 동충을 잇는 다리가 조성되기로 되어 있다. 이 다리가 하루바삐 건설되어 우리가 어릴 때 나룻배를 타고 지나던 향수를 대신하여 통영 시민들이 온 가족과 함께 강구안과 그 바깥 바다를 동시에 보며 거닐 수 있기를 기대한다.

걷고 싶은 도시, 통영

　내가 국회의원 시절 꼭 내 고향 통영을 위해 하고 싶었던 사업이 바로 '걷고 싶은 도시, 통영'을 만드는 일이었다. 통영은 대한민국의 어느 도시와는 다르다. 임진왜란 당시인 1593년 이 충무공께서 한산도에 통제영을 설치한 이래, 1604년 정식으로 지금의 세병관 자리에 삼도수군통제영이 설치되어 조선시대가 끝나갈 무렵인 갑오개혁 당시인 1895년 폐영될 때까지 300여 년의 통제영 역사를 가진 곳이다. 게다가 1910년대 내지 1920년대에는 유치환을 필두로 전혁림, 윤이상, 김상옥, 김춘수, 박경리 등이 통영에서 태어나고 자라 훗날 우리나라 예술을 이끌어 가는 기라성 같은 시인, 화가, 음악가, 작가들의 고향이기도 하고, 대한민국 근해 수산업의 1번지이기도 하다.

　그리하여 통영 시내는 곳곳이 역사적인 장소요, 골목골목이 이야기가 있는 곳이다. 이런 통영을 통영답게 만들기 위해서는 무엇이 필요할까 고민하던 내가 나름대로 제시한 방안이 바로 '걷고 싶은 도시, 통영'을 만드는 것이다. 지금은 통영 또한 여느 도시와 다름없이 자동차가 뒤덮인 도시이고, 주말 관광객들이 밀려오면 소도시에서 볼 수 없는 교통정체까지 일어나는 도시지만, 우리 통영과 같은 곳이 이런 20세기 교통수단에 머무를 수 없다는 것이 내 생각이었다.

'걷고 싶은 도시, 통영'은 비단 교통수단의 문제일 뿐 아니라 통영을 환경 친화적인 녹색도시로 만드는 프로젝트이기도 하였다. 대한민국에서 가장 풍광이 아름다운 도시로서 둘째가라면 서러운 우리 통영이 나서서 환경도시로 거듭난다면 얼마나 좋을까를 꿈꾸며 그 일환으로 생각한 것이 바로 걷고 싶은 도시 구상이었다. 브라질의 꾸리찌바는 친환경도시로서 세계적으로 명성을 얻었는데, 통영도 대한민국의 꾸리찌바를 만들면 얼마나 좋을까 하는 염원이었다.

이 구상을 실현하기 위하여 내가 먼저 생각해 보았던 것은 자동차는 통영 외곽에 두고 도심(원도심)은 트램(노면전차)이나 기타 새로운 교통시스템을 도입하는 방안이었다. 이를 위해 필요한 것은 시내로 들어올 때는 자동차보다는 대중교통수단으로 들어오는 것이 더 편하고 쾌적하도록 만드는 것이다.

이를 위해 우선 생각해 볼 수 있는 것이 노면전차였다. 무전 사거리부터 토성고개를 넘어 해저터널 앞까지 노면전차가 운행되도록 하여 그 구간에서는 일체 자동차를 다니지 못하게 하는 것이었다. 그러나 그림은 좋아도 예산과 비용문제가 걸림돌이었다. 경상대 김경환 교수가 추산한 바에 의하면 총건설비 1,540억 원 중 국비로 924억 원을 지원받아도 통영시가 부담할 것이 616억 원이었고, 운영비가 월 8억가량으로 6억 가까이 적자가 나는 사업이었다.

두 번째는 꾸리찌바가 그러하였듯, 기존의 버스를 노면전차와 같이 활용하는 방안이었다. 이 방식은 도심 구간 중 일부 노선(중앙로, 무전 사거리부터 토성고개 거쳐 해저터널 앞까지)은 자동차의 출입을 원천 봉쇄하고, 오로지 대중교통수단만 다니게 하는 것이다. 그리고 버스도 저상굴절버스와 같은 환경친화적이고 세련된 버스를 운행하는 것이다. 그러나 이런 방안은 통영시의 적극적 의지와 시민들의 협조, 버스 회사와의 합의 등이 필요한 것이어서 국회의원 입장에서 쉽게 진행할 수 없는 일이었다.

이런 통영시 도심부에 신교통체계를 도입하고자 하는 논의는 2005년 9월 5일 나와 통영YMCA가 주최하고 경상대학교 환경 및 지역발전연구소가 주관이 되어 심포지엄을 개최한 이후 흐지부지 되었다. 내가 시장이 아니라 국회의원이었기 때문에 이를 체계적이며 지속적으로 추진하기 어려웠기 때문이다. 게다가 그 당시 시장과 내가 정치적으로 파트너십을 형성하지 못하였기 때문에(시장은 열린우리당이었고 나는 한나라당이었다), 시책으로 반영하기 어려웠다.

두 번째로 '걷고 싶은 도시, 통영'과 관련하여 생각해 보았던 것은 마침 통영 시내를 관통하는 간선도로가 4차선으로 개통하는 시점에 맞추어 그중 1차선을 사람과 자전거 전용도로로 만들어 보면 어떨까 하는 것이었다. 통영 시내를 자동차 중심이 아니라 사람 중심의 장소로 만들어야겠다는 문제의식은 앞서 본 바와 같으나, 이번에는 예산이 필요 없는 방안을 마련하는 것이 요점이었다.

이를 위해 우리 지역 출신으로 경성대학교에서 도시공학과 교수로 있는 강동진 교수에게 통영 도심을 '걷고 싶은 도시, 사람 중심의 도시'로 만들 방안을 마련해 달라고 부탁하였다. 그는 2005년 12월 6일에 개최된 도심부 활성화를 위한 나의 2차 심포지엄인 "걷고 싶은 도시, 지속가능한 생태도시를 위하여"에서, 통영 도심에서 세 가지 길을 만들자고 제안하였다. 세 가지 길은 Green Network(녹음의 길), Yellow Network(사람의 길), Blue Network(바다의 길)이다.

Green Network(녹음의 길)은 북신 사거리와 해저터널을 잇는 중앙로를 나무와 꽃이 어우러진 길로 만드는 것이다. Yellow Network(사람의 길)은 세병관에서 시작하여 중앙시장, 장좌섬으로 이어지는 길인데, 이를 사람들이 걷고 싶고 머물고 싶은 길로 만드는 것이다. 이 길은 역사 관광 테마의 길이 될 것이다. Blue Network(바다의 길)은 동호만, 강구안, 새터, 도천동 바닷가를 잇는 바닷길이다.

이와 같은 세 가지 길을 특색 있게 만들어 가자는 강 교수의 주장에 대하여 나는 아직까지도 참 멋진 구상이라고 생각한다. 그중 중앙로를 자동차 중심의 도로가 아니라 사람 중심의 도로로 만들자는 의견은 나와 사전에 의견을 나눈 것으로서 나는 중앙로가 4차선으로 확장 개통되는 시점에 즈음하여 획기적으로 도로를 바꾸었으면 했다. 확장되는 4차선 중 2차선을 아예 사람과 자전거만 다닐 수 있는 도로로 만들면 어떨까 하는 생각이었다. 그러나 이에 대하여는 여론이 좋지 않았다. 오랜 숙원 사업이었던 통영 중앙간선도로가 이제야 4차선이 되는데, 또다시 2차선 도로로 그대로 두자는 것은 말이 되지 않는다는 반대였다. 그리하

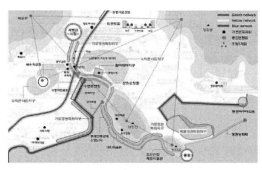

강동진 교수가 그린
통영발전계획

여 해양대학교에서 여론 지도층을 모시고 강동진 교수가 4차선 중 1차선을 가변 차선으로 하여 사람 중심의 도로로 만들자고 제안하였다. 그래도 반대는 만만치 않았고, 통영시도 통행량 조사를 근거로 이 방안이 교통난을 가중시킨다는 결론이었다.

통영 시내를 '걷고 싶은 통영'으로 만들고자 하는 나의 생각은 결국 아무런 결실을 맺지 못했다. 국회의원으로서 나의 리더십이 가장 문제였겠지만, 시장이 아니라 국회의원이었기 때문에 도리어 이런 구상을 실현시키기 어려운 부분도 있었다. 국회의원이 제안을 할 수 있겠지만, 그 집행은 전적으로 시장의 의지와 의사에 따를 수밖에 없기 때문이다. 게다가 중앙간선도로 문제에서 보듯 시민들 또한 자동차 없는 불편함을 감수하면서도 통영 시내를 사람 중심의 '걷고 싶은 도시'로 만들어야 한다는 인식을 공유하지 못한 상태였기 때문에 더욱더 어려운 일이었다.

그런 중에도 통영시에서 도로가 새로 개통되면서 자투리땅에 소규모 쌈지 공원을 만들고, 곳곳에 통영 출신 예술가의 기념 조형물을 설치하는 등 통영 시내를 걷고 싶은 도시로 만들려는 노력을 한 점은 높이 평가한다. 그러나 아직도 통영 시내는 사람 중심이 아니라 자동차 중심으로 움직이고 있다. 주말이나 연휴가 되면 자동차로 온 시내가 주차장이 되고 있다. 이런 교통 문제를 앞서 해결한 도시의 해결책은 도로와 주차장을 늘리는 것이 아니었다. 다른 생태도시들의 예를 보면 오히려 도심을 사람 중심으로 만듦으로서 가능했다.

역사와 예술, 바다가 어우러진 통영 시내로 온 가족이 여유롭게 걸어다니면서 통영의 혼과 멋을 느끼는 것. 생각만 해도 가슴이 뛴다. 언젠가 그런 날이 오리라 본다.

고성 조선산업특구

내가 국회의원으로 재직하던 2004년부터 2008년까지 우리 지역은 대전-통영간 고속도로가 개통되는 등 유사 이래 가장 활기찬 시절이었다. 내가 당선될 당시만 하더라도 통영 지역은 수산업과 관광업을 양대 축으로 하여 발전하여야 한다고 하였고 고성 지역은 농업과 고성공룡엑스포를 통한 고성 알리기에 주력하던 시절이었다.

그런데 안정 지역에 성동조선, SPP조선소 등이 들어서더니 어느새 우리 지역 저녁 식당가에는 조선소 복장을 한 사람들이 넘쳐나기 시작하였다. 조선업의 활황으로 조선 관련 인구가 폭발적으로 늘어난 것이다. 예전 같으면 어업에 종사하였을 젊은이들은 물론 심지어 택시기사까지 조선소 용접공으로 들어가고 여성 인력도 대거 조선업에 유입되었을 뿐 아니라 늘어난 일자리를 보고 많은 외지 인력이 들어왔다. 조선업 종사자들은 조선 기자개 공장을 짓기 위한 부지를 구하기 위하여 사방으로 뛰어다녔고, 인력이 모자라 용접 경험이 전혀 없는 사람도 채용하여 가르치면서 일을 시킬 지경이었다.

그런데 고성이 문제였다. 거제는 삼성, 대우조선이라는 세계적 기업이 섬에 지나지 않았던 지역을 전국 최고의 산업도시로 만들면서 인구의 폭발적 유입을 가져다주었고, 통영은 비록 그런 굴지의 기업들은 없었지만 성동조선, SPP조선 등 신생 기업들이 급성장하였을 뿐 아니라 기존 신아조선도 SLS조선으로 사명을 바꾸면서 활기를 띠고 있었다. 그러나 고성은 거제, 통영과 지척의 거리에서 같은 바다를 끼고 있었지만 조선업 활황의 불볕을 쬐지 못하였다. 고성의 넓은 땅에 조선 관련 기자재 공장을 짓고자 하여도 수자원보호구역으로 묶여 있어 법률상 조선 관련 시설을 지을 땅이 없었던 것이다.

이런 애로 사항을 해결하기 위하여 고성군에서 꺼내든 카드가 고성군 동해면에 조선산업특구를 만든다는 것이었다. 동해면은 안정공단이 지척인 데다 거제 삼성조선소의 맞은편이라 조선 관련 공장의 적지였지만 문제는 그 지역이 수자원보호구역이라 어떤 형태의 개발행위도 불가능하다는 점이었다.

수자원보호구역이란 말 그대로 바다의 수자원을 보호하기 위한 구역으로 당연히 대규모의 개발 행위는 불가능하였고 심지어 인근 오래된 집의 증개축도 제한될 정도였다. 말하자면 육지의 그린벨트와 같은 개념인 것이다. 그런데 이를 정부가 그 당시 각 지역의 경제활성화를 위해 추진 중이던 특구지역으로 지정하여 조선업을 하지 못하게 만든 법률적 장애를 일괄 해소하자는 것이었다. 언뜻 이해는 되지만, 그 당시 정부가 생각하던 특구는 문화나 지역적 특색 있는 기존 산업을 특구라는 명칭으로 묶어 활성화시키자는 것이지 이와 같이 대규모 개발 행위를 하기 위한 개념은 아니어서 그 전망이 극히 불투명하였다. 고성군으로부터 이런 건의를 받은 나 자신도 반신반의하였다.

그러나 이학렬 군수의 리더십은 이런 난관 앞에서 빛을 발했다. 통상의 시장 군수라면 혹 실패했을 때 치러야 할 뒷감당을 생각해서 엄두를 내지 않았을 것인데, 고향인 고성 발전의 전기를 조선업 활황에서 찾으려는 군은 각오로 무모하다 싶은 목표를 제시하고 온 고성 군민의 힘을 모았다. 자신의 정치생명을 건 것이었다.

사실 지방자치 단체의 장은 중앙 부처로 잘 오려고 하지 않는다. 자기가 장으로 있는 지역에서는 거의 대통령 버금가는 지위를 누리나, 중앙 부처로 오면 과장이나 계장으로부터도 일개 민원인 취급을 당하기 일쑤이기 때문이다. 중앙 부처 과장 계장이 예산과 사업 권한이 있기 때문에 생기는 현상이다. 그래서 대개 지자체 장들은 지역의 국 · 과장을 보내지 직접 나서서 아쉬운 소리를 하지 않는다. 그러나 이학렬 군수는 자신이 직접 나섰다. 직접 나서서 중앙 부처 실무자들을 설득하고, 혹 여의치 않으면 국회의원실을 찾아 누구누구를 좀 설득해 달라고 부탁했다. 그리하여 나는 장 · 차관이나 국장을 맡고, 박상진 보좌관이 중앙 부처의 과장, 계장을 맡아 이 군수가 부탁하는 일을 처리해 주었다. 조선특구 추진 당시 우리 국회의원실이 거의 고성군 서울 출장소가 되었다. 아직도 내 방에서 담당 직원을 격려하거나 질책하던 고성 군수님의 모습이 선하다.

그리고 각종 심의회의 심의위원을 일일이 찾아 고성조선특구의 당위를 설명하는 것도 이학렬 군수의 몫이었다. 전국에 흩어져 있는 심의위원들을 일일이 찾아 미리 사업의 당위성에 대해 설명하고 이해를 구했는데, 만약 그런 사전 설득작업이 없었더라면 특구지정이 되기 위한 각종 심의를 통과하지 못하였을 것이다. 바다의 그린벨트와 같은 수자원보호구역을 풀어 대규모 조선소 단지를 조성한다고 하는데 누가 쉽게 수긍을 할 것인가 말이다. 게다가 기존의 업체들에서는 산업자원부를 통하여 공급과잉에 따른 출혈경쟁을 우려하여 신규 사업체 진입을 막으려고 하던 분위기였다. 그런데도 해양수산부의 중앙연안관리심의위원회, 건설교통부의 중앙도시계획위원회, 그리고 지식경제부의 특구위원회까지 차례로 통과하였다. 군수의 열정 없이는 되지 않을 일이었다.

결국 2007년 7월 고성군의 조선특구가 지정되었다. 정말 기적 같은 일이 일어난 것이다. 이 당시 해양수산부를 관할하던 농림해양수산위원회에 있었던 관계로 이 사업의 가장 큰 이해당사자였던 해양수산부와 긴밀히 협조할 수 있게 하였고, 또 중앙 부처 담당자들을 설득하는데 한 몫을 하였기 때문에 이 일에 내가 도움을 준 것은 사실이다. 그리고 우리 지역 출신인 김성진 장관이 그 당시 해양수산부 장관으로 있어 큰 도움이 되었던 것도 사실이다. 그러나 기적 같은 일의 주인공은 이학렬 군수였다. 이 군수의 비전, 열정, 성실함이 없었더라면 도저히 불가능한 일이었다. 나는 그때 진실로 고성 군민이 이런 군수를 둔 것은 복이라고 생각했다.

나는 제18대 국회의원 공약으로 고성 군민 10만 시대를 내걸었다. 그 바탕에는 이 조선특구의 성공적 달성이라는 비전이 있었다. 그러나 나는 패배하였고, 2008년에 불어닥친 서브프라임 사태에 연이은 전 세계 불황은 조선특구의 앞날도 어렵게 하였다. 특히 조선특구기업 중 가장 큰 규모로 사업을 추진하였던 삼호조선은 모기업인 삼호해운이 경기도 어려운 가운데 소말리아 해적납치사건(유명한 석해균 선장 등 인질 구출 작전이 벌어진 사건)을 연거푸 겪으면서 부도 처리됨으로 말미암아 더 이상 사업을 추진하지 못하게 되었다. 정말 아쉬운 대목이다. 언젠가 조선 경기가 활성화되어 조선특구가 다시 고성군 발전의 밑거름이 되길 간절히 기원한다.

지방 선거의 정당 공천

올해(2014년) 지방 선거에서의 공천 제도가 초미의 관심사가 되고 있다. 이미 민주당에서는 전 당원 투표라는 방식을 빌어 기초 자치 단체장과 의원들의 정당 공천을 폐지하기로 하였다. 그러나 새누리당에서는 이 공천제의 폐지가 박근혜 대통령의 대선 공약임에도 아직도 공천 여부를 결정짓지 않고 시간만 끌고 있다. 그리하여 올해 지방 선거 공천 여부가 아직도 안갯속이다.

나는 2004년 8월 국회의원에 당선된 지 얼마 후 기초 자치 단체장의 정당 공천제를 폐지하자는 글을 지역 신문에 낸 적이 있다. 아래는 그 전문이다.

최근 행자부 장관이 공식 석상에서 기초 자치 단체장의 정당 공천 배제를 추진하겠다는 의사를 밝힌 바 있고, 집권 여당에서도 이를 수용할 가능성이 있다는 보도이다. 내가 몸담고 있는 한나라당에서는 이에 대하여 아직 당론이 결정되지 않은 상태이나, 나는 이제 지방 정치가 더 이상 중앙 정치의 덫에 빠지는 일이 없기 위해서는 기초 자치 단체장의 정당 공천 배제는 이번 17대 국회에서 이루어야 할 정치 개혁 과제 중

하나라고 생각한다.

기실 1995년 기초 자치 단체장에 대한 선거가 실시된 이래, 기초 자치 단체장의 정당 공천은 그 이론적 근거가 어디에 있든지 간에 그 지역구 국회의원의 공천권 행사를 통한 기득권 보호 제도로 기능해 온 것이 사실이다. 그리고 정당 공천과 관련하여 온갖 잡음이 끊이지 않는 것 또한 현실이다.

정당의 책임정치 실현이라는 명분에도 불구하고 기초 자치 단체장의 경우에는 반드시 정당의 공천을 받을 이유는 없다. 기초 자치 단체장은 국회의원과 달리 국가 자체의 법, 제도, 정책 등을 다루는 것이 아니라 그 지역의 살림을 사는 것이기 때문에 특정 정당의 정강정책과 무관하게 시정을 이끌 수 있기 때문이다. 기초 자치 단체장이 이라크 파병문제나 과거사 진상 규명 문제 등과 무슨 관련이 있겠는가.

오히려 기초 자치 단체장이 정당 공천이 배제됨으로써 국회의원이 어느 당이 되던 아무 문제없이 협력하여 시정 살림을 잘살 수 있지 않겠는가. 지난 몇 년간 통영에서의 시장 선거와 이번 국회의원 선거를 통하여 우리 통영 시민들은 시장의 정당 공천 제도가 얼마나 심각한 폐해를 가져올 수 있는가를 누구보다도 뼈저리게 느꼈다고 생각한다.

공천을 받기 위하여 시장 후보자들이 유력한 정당의 국회의원에게 줄서기를 강요당하고, 공천과 관련하여 숱한 비방과 비난이 난무하며, 입당과 탈당을 반복하는 행태들은 어떠한 이유에서건 통영 시민들의 얼굴을 붉히게 만들었다. 이제 지역사회에서 가장 존경받아야 할 기초 자치 단체장이 정당 공천 때문에 고민하고 낯부끄러운 일을 해야만 하는 시대를 마감할 때가 되었다.

지방자치가 정당에 휘둘리거나 국회의원에 의하여 좌우되지 아니하고, 오로지 시민에 의한, 시민을 위한, 시민의 정치가 될 수 있어야 한다. 나는 이와 같은 기초 자치 단체장에 대한 공천 배제가, 비록 지역 국회의원이 가질 수 있는 가장 큰 권한의 포기일 수 있지만, 진정한 지방자치는 이것의 실현으로 말미암아 가능하다고 생각하고 더욱이 우리 지역의 지난 선거 동안의 반목과 갈등을 뛰어넘어 새로운 미래를 위해 하나 되어 가는 길이라고 믿는다.

이 글을 쓰게 된 것은 17대 국회의원 선거에서 내가 혹독히 당했기 때문이었다. 시장, 시의원들이 특정 후보를 지지하고 나서자 나로서는 정말 힘든 선거를 했다. 선거 후에도 감정의 골이 쉽게 메워지지 않아 시장과는 원활한 업무 협조가 이루어지지 않았다. 그래서 나는 그 당시 있던 시장, 군수 공천까지도 없애는 것이 맞다고 주장한 것이었다.

그러나 제17대 국회 정치 개혁특위에서는 거꾸로 시장, 군수는 물론 시의원, 군의원까지 공천하는 제도를 마련하였다. 기초의원까지 공천하는 데 가장 큰 명분은 헌법재판소에서 기초의원 선거에서 정당을 표방하지 못하게 한 것은 헌법 위반이라는 판결이 나왔다는 것이다. 정당 표방을 막지 못할 바에야 아예 공천을 통하여 정당이 올바른 후보를 시민들에게 내세우는 게 맞다는 논리였다. 그리하여 기초 자치 단체 선거에서 장은 물론 의원까지 공천 제도가 도입된 것이다.

사실 국회의원으로서는 기초 자치 단체 선거의 공천권을 놓기는 대단히 어려운 일이다. 시장 군수는 지역에서는 거의 왕과 같은 존재이다. 시군의 사업 전반을 계획하고 실행할 뿐 아니라 공무원의 인사권을 가지고 있고, 매일 지역 주민들과 접촉하면서 지역 주민의 민원을 즉석에서 해결할 수도 있는 권한을 가지고 있다. 이에 반하여 국회의원은 중앙 정부에 대하여는 예산심의권과 법률제정권으로 큰 권한을 가지고 있으나 지역 문제에 대하여는 시장·군수의 도움 없이는 일을 할 수 있는 것이 거의 없다. 따라서 지역구 의원 입장에서는 지역에 자기와 잘 맞는 단체장이 있느냐 없느냐가 너무나 중요한 문제인 것이다.

게다가 국회의원들은 아직도 지자체 선거가 도입되기 전의 관선시대와 같이 시장·군수를 자신보다 밑에 있는 사람 정도로 여길 뿐 아니라 시민들도 그렇게 생각하기 때문에 단체장에 대한 공천권은 당연히 있어야 한다고 여기고 있다.

그러나 나는 국회의원들이 생각을 바꾸어 기초 자치 단체장은 자신의 아래 사람이 아니라 지역을 발전시키는 파트너라고 여겨야 한다고 생각한다. 자신이 공천한 사람이 단체장이 되고 자신 대신 지역의 일을 해주는 것이 아니라, 시민들이 뽑아 준 단체장과 더불어 지역의 일을 해나갈 생각을 해야만 한다. 그리고 단체장의 권한에 대한 견제는 국회의원의 공천권으로 행사되는 것이 아니라 지자체 의원들의 활동으로 이루어져야 한다.

나아가 기초의원 선거에서도 공천 제도는 없어져야 한다. 참신한 신진 엘리트와 여성 정치인의 발굴이라는 커다란 장점에도 불구하고 공천 제도는 지방의원들을 마치 국회의원의 병졸처럼 만드는 폐단이 있다. 특히 국회의원이 권위적이어서 지방의원들이 나름의 영역을 존중해 주지 않으면 공천권을 빌미로 하수인들로 전락시킬 위험이 너무나 크다.

따라서 이제는 기초 자치 단체 선거에서의 공천 제도는 폐지되어야 한다. 그리하여 지방의 문제는 지방 자체적으로 해결하고 중앙 정치의 논리에 휘둘리지 않도록 하여야 한다. 또한 이것이 공천을 둘러싼 온갖 잡음에 시달리는 국회의원들에게도 도움이 되는 일일 것이다.

2006년 통영시장 후보 공천

2004년 국회의원에 당선된 이후 가장 중요한 정치적 선택이 2006년 지방 선거에서 한나라당 통영시장 후보로 누구를 공천하느냐 문제였다. 특히 통영은 국회의원 선거 당시 무소속이었던 진의장 현역 시장이 열린우리당으로 입당하면서까지 상대방 후보를 도왔고 이후에도 나와 별 관계가 좋지 않았기 때문이다. 시장 입장에서야 자신의 시장 보궐선거를 도와준 정해주 후보를 돕는 것은 어쩌면 당연한 것이었고, 그 당시 분위기도 정 후보가 이긴다는 분위기였으니 이해도 될 만했다. 그러나 정치적 선택에 대한 책임은 져야 했다.

그런 까닭에 나는 진 시장에 대항할 만한 후보를 내세워야 한다고 생각했고, 그 당시 가장 염두에 두었던 사람이 안휘준이었다. 그는 치과 의사였지만, JC회장을 역임한 후 통영시축구협회장, 통영YMCA 이사장 등을 역임하면서 활발히 사회 활동을 하고 있었다. 그는 40대로서 참신함과 열정을 가지고 있었기 때문에 그를 공천하면 어떨까 생각하고, 정치적 파트너로 성장시키기 위해 노력하였다. 내가 추진하던 '걷고 싶은 도시, 통영'을 만들기 위한 심포지엄을 그가 이사장으로 있던 통영YMCA와 같이 주최하고 그를 토론자와 주제 발표자로 앞세우기도 했다.

그러나 나의 이런 의도를 알아챈 일부에서 2005년이 되자 반대 목소리가 나오기 시작했다. 나의 생각이 너무 위험하다는 것이었다. 지역민의 여론을 무시하고 내 생각만 밀어붙이면 시장선거에서의 승리를 장담할 수 없다는 것이었다. 게다가 통영시장 선거는 한나라당 후보가 무조건 이기는 것이 아니라 연거푸 두 번이나 무소속 후보가 당선되었는데, 쉽게 공천을 주면 안 된다는 것이다. 그래도 나는 처음에는 납득을 할 수 없었다. 심지어 진의장 시장이 서울로 올라와 저녁 식사 자리에서 한나라당 입당을 거론하기에, 내가 입당을 허용하면 통영 시민들이 나를 뭘로 보겠냐며 거절하기도 하였다.

그런데 내가 친형과 같이 생각하고 나의 정치적 멘토인 최수천 선배가 나를 진지하게 설득하였다. 그 선배는 국회의원 선거 때 나를 지지해 주었고, 시장과 안휘준 모두를 잘 알고 호형호제하는 사이였다. "지금 김 의원에게 필요한 것은 적과 아를 구분하여 내 편만 이기려고 드는 것이 아니라 통영시의 갈라진 민심을 통합하는 것이다. 통영시 전체 입장에서 이번 선거를 보아야 한다. 김 의원이 이번만 하고 말 것이 아니라면 길게 보아야 한다. 안휘준은 아직도 젊은데 정치적으로 더 성장한 이후 자연스럽게 시장으로 공천해도 늦지 않다. 그런데 진 시장을 공천 받을 기회조차 주지 않는다면 갓 보궐선거로 당선된 현역 시장의 파괴력을 감당하기 어려울 수도 있다."는 주장이었다.

다른 사람이 이런 주장을 했다면 무시해 버렸겠지만, 선배의 간곡한 설득은 내게 다시 생각할 기회를 주었다. 나는 그 선배가 진실로 나를 아끼는 마음에서 하는 말임을 너무나 잘 알고 있었기 때문이다. 무엇보다도 지난 시장선거, 국회의원 선거로 갈라진 민심을 국회의원이 된 내가 하나로 통합하여야 한다는 생각이 나를 사로잡았다. 전쟁에서 승리한 사람이 통 크게 상대방을 끌어안아 통영의 민심을 하나로 묶는 것이 옳은 길이라는 것과 새롭게 시작하는 내가 그 역할을 해야 한다는 데 마음이 움직였다. 앞서 골이 파인 구원을 내가 다시 짊어지기보다는 새롭게 모든 정치 세력이 하나 되는 길을 선택하는 것이 맞는다고 생각했다. 그게 통영 시민을 위한 길이라고 여겨졌다.

그런데 문제는 엉뚱하게도 안휘준 측에서 발생했다. 나는 그분과 여태껏 교감을 이루어 왔으니 대통합이라는 나의 생각에 당연히 동의할 줄 알았는데, 다르게 생각하였다. 나는 시장의 입당을 허용하면서 시장 공천은 여론조사로 하겠다고 발표하였다. 내 뜻이 아니라 시민의 뜻에 따르겠다는 의지의 천명이었다. 그리고 안 후보에게도 훗날을 위해서라도 의미 있는 여론조사가 되게끔 도와주었다. 그러나 안 후보 측에서는 이번에 반드시 이기려고 하였다. 오히려 내가 진의장 시장을 입당을 시켜놓고 그를 낙마시키고 자기를 도우려고 한다는 소문까지 나돌았다.

공천 심사위원회에서 안 후보를 설득하여 여론조사 경선방식으로 통영시장 한나라당 후보를 공천하기로 합의하였다. 그러나 곧 안 후보는 이런 방식에 합의한 바 없다며 부인하는 기자회견을 하였다. 여론조사 경선을 통하여 지더라도 깨끗하게 승복하고 후일을 도모할 줄 알았는데, 끝까지 가겠다는 태도였다.

시의회나 도의회에 입성하여 정치적 경력을 쌓고 다음 기회에 시장에 도전하자는 내 제안도 거절되었다. 심지어 모 공천 심사위원이 진 시장에게 이번만 하고 다음은 출마하지 않을 것이라는 구두 약속을 받으면서까지 안 후보를 설득하여도 막무가내였다. 결국 안 후보는 탈당하여 무소속으로 출마하였다.

　나는 안 후보가 그렇게 된 자세한 경위는 잘 모른다. 다만 안 후보도 그 당시 고민을 한 것으로 알고 있는데, 안 후보 캠프에서 출마를 강력하게 주장하였다고 들었다. 선거의 출마 여부 결정은 쉬운 일이 아니다. 특히 시장선거와 같은 큰 선거는 자신의 운명을 좌우할 수도 있기 때문에 후보로서는 고민하지 않을 수 없는 큰일이다. 통상 후보의 측근들은 강공책을 선호하는 경우가 많다. 캠프가 꾸려지고 선거를 준비하다 보면 어느 순간 후보와 승리에 대한 믿음이 커져 버려 돌아서기 어렵게 되기 때문이다. 이때 후보마저 그에 동조해 버리면 퇴각할 길은 없어져 버리는 것이다.

　나의 잘못도 있다. 나는 내가 선택하면 당연히 안 후보가 따라 줄 것이라고 순진하게 생각하였다. 게다가 나는 나의 선택에 대하여 안 후보에게만 설명하고 그 측근들에겐 설명하지 않았는데, 그것이 화근이 된 것 같기도 하다. 나의 선택에 대하여 안 후보 측에서는 자신들에게 유리한 방향으로만 해석하고 진의를 왜곡하였다. 안 후보가 너무 나간다 싶어 몇몇 측근들에게 내가 직접 전화를 해서 말려 달라고 하니 내 이야기가 금시초문이라고 하였다. '아, 내 진의가 제대로 측근들에게 전달되지 않았구나' 하는 생각이 들었다.

　결국 진의장 시장이 선거에서 이겼다. 현역인 데다 한나라당 공천을 받았기 때문에 당연한 일이었다. 그러나 통영 시민을 통합하려던 나의 생각은 틀어져 버렸다. 진 시장은 세력을 얻었는지 몰라도 안휘준 후보,

강부근 후보를 지지하는 세력을 잃었다. 안휘준 후보 측은 개인적인 친분이 있는 사람들이 많았다는 점에서, 강부근 후보 측은 국회의원 선거 때 어려운 중에도 나를 열심히 도와주었던 분들이 많았다는 점에서 안타까운 일이었다. 훗날 나는 국회의원의 재선에 실패하였고, 진의장 시장은 비록 무죄를 선고 받았지만 불미스런 일로 구속까지 되는 불행한 일이 일어나 다음 선거에 출마도 못 하였다. 안휘준 후보는 한나라당 시장 후보로 결국 공천을 받았지만 본선에서 패배하였다. 결국 세 사람 모두 패배자가 된 결과를 낳고 말았다.

나는 지금도 안휘준 후보가 그때 여론조사 경선에 깨끗이 승복하고 시의회나 도의회에서 경력을 쌓았더라면 지난 시장선거에서 승산이 있지 않았나 생각한다. 비록 가까이 대해 보면 능력 있고 좋은 사람일지라도 시민들은 경력을 보고 투표하기 때문이다. 그런데 나의 이런 생각에 대해 안휘준을 좋아하는 어느 후배가 이렇게 지적했다. 그 당시 내가 처음 생각한 대로 안휘준을 밀어 주었다면, 그가 당선되었던 안 되었던 나는 재선이 되지 않았겠냐는 것이다. 진의장 시장이 제18대 국회의원 선거에서 나를 돕지 않은 것을 꼬집는 것이었다. 하기야 나의 이런 선택 결과 제18대 선거에서는 안휘준은 물론 진의장 시장의 도움도 받지 못하였다.

지금 생각하면 내가 너무 순진했다. 사람이 자신의 이해관계에 얼마나 민첩한지 잘 몰랐고, 내 진심을 말을 하지 않아도 상대방은 알아줄 것이라고 착각했다. 우리가 가족이나 친구가 아닐진대, 어찌 이해관계를 떠나서 서로의 사회관계 더구나 정치관계가 성립하겠는가. 당장의 자신의 정치적 이익을 떠나 상대방을 배려하고 의리를 지킨다는 것은 그렇게 해주면 고마운 일이지만 그렇게 하지 않는다고 생각하고 행동하여야 하는데 그러지 못했다. 이렇게 하는 나 자신도 얼마나 나의 이해관계를 떠나 행동했던가? 그러지 못했음을 자인한다. 이것이 허허로운 인간사인 것 같다.

2006년 기초의원 공천

 나는 원래 시장 군수조차 공천을 폐지하자는 입장이었는데, 국회의 정개특위에서는 기초의원까지 공천하는 방안이 마련되었다. 가장 큰 논리는 헌법재판소 판결에서 기초의원 후보자들의 정당 표방이 위헌이라고 나온 바에야 아예 기초의원도 공천을 해서 정당정치를 실현하자는 것이었다. 사실 기초의원 선거는 이전에 법으로 정당 표방을 금지하고 있었다. 마치 정당에서 공천을 준 것처럼 보일 수 있다는 이유에서였다. 그러나 헌법상 인정된 정치활동의 자유와 정당정치에 반한다는 등의 이유로 헌법재판소에서 위헌 결정이 나온 것이다. 이렇게 되면 각 지역에서 유리한 정당을 표방하는 후보가 우후죽순처럼 나올 것이니, 아예 공천을 통해 이를 정리하자는 것이었다.

 그리고 협상 과정에서 지역주의 완화를 위해 한 지역구에서 2명 이상을 뽑는 중선거구제가 도입되었다. 이는 경상도 지역에서는 한나라당(새누리당)이 전라도 지역에서는 열린우리당(민주당)이 싹쓸이할 가능성이 있으니 이를 방지하자는 취지였다. 그리고 여성의 정치 참여를 보장하기 위해 비례대표제를 도입하여 1번 후보는 반드시 여성을 공천하도록 하였다.

 난감한 상황이었다. 도당의 공천 심사위원회에서 공천을 하겠지만, 결국 각 지역 국회의원의 의사를 물어 공천을 확정할 것이어서 나의 의사가 곧 공천과 연결될 수밖에 없었기 때문이다. 통영은 그래도 내가 자란 곳이고 사회활동을 한 지역이니 대강 누가 누구인지를 알고 있으니 사정이 나았지만, 고성은 국회의원 선거 때 비로소 인연을 맺은 지역이라 솔직히 현 군의원들 조차 그들의 능력과 인품을 알 길이 없었던 것이다.

처음 나는 경선도 생각해 보았다. 당원들의 경선에 의해 기초의원 후보를 추천하면 어떨까 하는 것이다. 그런데 이 방법은 이상적으로 옳은 방법이라도, 실제는 당원들의 성향이 편향되어 있고 당원들의 수도 제한적이어서 문제가 많았다. 더욱이 경선 과정에서 잡음이 일어나고 그 결과에 승복하지 않으면 오히려 분란만 더 키울 여지가 많았다. 선배 국회의원들에게 물어도, 주위에 물어도 모두 부정적이었다.

그래서 생각해 낸 것이 '공천추천위원회'를 구성하는 것이었다. 지역의 신망을 얻고 있는 분들을 모셔서 공천을 신청한 사람들 중에서 적합한 인물을 뽑는 것이었다. 나는 이 위원회에서 심사하여 추천하는 사람들을 공천한다는 원칙을 세웠다. 나로서는 최소한의 민주적 절차를 도입하려고 시도한 것이었다. 그리하여 2005년 10월 말 경 정도성 전 통고 총동창회장을 위원장으로 모시고, 김건식 전 수협전무, 김병기 이문당서점 대표, 김안영 도정연구소장, 박재호 한나라당 조직부장, 박해형 덕연수산 대표, 정찬복 한나라당 운영위원, 조일청 한려자동차학원 대표, 최채희 육영회장, 한옥근 후원회장 등을 위원으로 위촉하고 정광호를 간사로 하였다. 한나라당 당직자는 3명, 나머지 8명은 외부 인사였다. 이 활동에 대하여 그 당시 지역 신문인 한산신문에서는 다음과 같이 보도되었다.

공천추천위원회는 한나라당 시의원 공천 희망자 49명(가선거구 7, 나 9, 다 11, 라 10, 마 12명)을 대상으로 1일(다, 마)과 3일(라, 나, 가) 후보자 소견 발표회를 갖고 정치적인 소신을 청취하는 등 본격적인 활동에 들어간다. 다만 시의원 추천으로 범위를 한정, 통영시장과 경남도의원 공천 등에는 관여치 않는다.

정도성 회장은 "개인 친분이나 인간관계를 배제하고 당선 가능성과 도덕성, 전문성, 당 기여도 등을 고려하겠다"며, "3월 19일 예비후보자 등록 이전에 경남도당 공천 심사위에 후보자를 추천해야 하기 때문에 2월 말, 늦어도 3월 초순까지 추천을 끝내겠다"고 밝혔다. 조일청 위원은 "11명이 심사를 해도 한 사람이 한 듯, 만장일치까진 못 가더라도 투표를 통해 결정하지 않겠다"고 말해, 위원 전체 의견을 모아 후보를 결정한다는 입장을 보였다. 김명주 국회의원은 "사심 없이 일할 분으로 공천추천위를 구성했다. 1.5배든 2배수든 아니면 정수에 맞추든 공천추천위에 일임한다"며 힘을 실어줬다.

(한산신문, 2005. 11. 7.)

나로서는 이런 공천추천위원회를 구성함으로써 국회의원 개인의 독단이 아니라 최소한의 민주적 절차를 거쳐 공개적으로 공천을 하려고 노력하였다. 그러나 고성 지역은 내가 잘 알지 못하고 있는 형편이어서 이런 추천위원회 구성조차도 할 수 없었다. 결국 나는 몇몇 고성 지역을 잘 아는 분들에게 의존할 수밖에 없었는데, 나중에 이것이 문제가 되었다.

한편 처음으로 도입된 여성 비례대표후보 선정도 문제가 되었다. 통영에서는 내가 직접 나서 지역의 명망 있는 여성분들과 면담을 가지기도 했는데 개인적인 사정으로 고사하는 분들도 있었고, 자녀 문제로 추천하기 곤란한 분도 있었다. 고성에서는 주위에서 추천하는 분들이 여럿 있었다. 문제는 추천된 여러 사람들 중 1번 후보를 누구로 내세우느냐 하는 것이었다. 지역 정서상 1번 후보는 추천이 곧 당선이기 때문이다. 이 부분에 관해서는 확신이 없었고, 또 자의적으로 1번 후보를 낙점하면 공천 후유증이 클 것이 염려되었다. 그래서 나는 후보자들과 핵심 당직자들에게 아무런 언질 없이 모이게 한 다음 즉석에서 투표를 하게 하였다. 그 결과 통영에서는 배도수, 김미옥 후보가, 고성에서는 김관둘 후보가 추천되었다.

그리고 원래 기초의원 비례대표도 국회의원 비례대표와 마찬가지로 1번 후보는 여성, 2번 후보는 남성으로 추천하기로 되어 있었다. 그리하여 통영 지역에서는 2명의 비례대표가 선출될 수 있었기 때문에 남성 비례대표의원으로 추천할 사람들도 알아보았다. 그때 알게 된 분이 김태주 전 통영시 의사국장이었다. 통영시청 후배들로부터 가장 존경받는 분이었고, 주위 평판을 알아보니 정말 훌륭한 분이었다. 그런데 도당 공심위에서 이번 지방 선거에서는 여성들의 정치 진입의 문호를 더 넓히기 위해 비례대표 2번 후보도 여성으로 추천하자는 결의가 통과되었다. 아쉽지만 우리 지역만 남성을 2번 후보로 추천할 수는 없는 노릇이었다. 김태주 국장님은 이런 상황 변화에 대하여 선선히 이해해 주었고, 이후 국회의원 사무실의 사무국장으로 일해 주었다. 실제 같이 일을 해 보니 행정업무를 잘 알아 지역민의 민원처리를 원활하게 잘 처리하여 주었을 뿐 아니라, 정말 영국 신사 같은 분이어서 내 스스로 존경하지 않을 수 없었다.

고성사건

내 인생에 가장 큰 사건이라면 아마 2006년에 벌어진 고성사건일 것이다. 정말 그 당시에는 요즘 말로 멘붕 상태였다. 도대체 내게 왜 이런 일이 벌어지는가 하는 심정을 가늠 길 없었다. 나름대로 2006년 지방 선거를 앞두고 젊은 국회의원답게 깨끗한 공천으로 정치 개혁을 하고자 하였음에도 불구하고 한순간 나의 모든 노력을 허사로 만들었을 뿐만 아니라 나를 가장 깊은 궁지로 몰아넣었던 사건이었다.

나는 지방 선거 공천과 관련하여 제일 먼저 각오한 것이 돈과 관련 없는 깨끗한 공천이었다. 젊고 참신한 국회의원인 내가 그러지 못한다면 우리나라 정치는 앞으로 가망이 없다고 각오하면서 반드시 돈 공천은 하지 않겠다고 결심했다. 이것은 내가 이미 도의원 선거를 거치면서 느낀 바가 있었고, 또 시장, 군수, 도의원, 시의원, 군의원들이 젊은 내가 공천에 돈을 개입시킨다면 나를 무어라 생각할 것이며, 앞으로 이 지역에서 정치밥을 먹을 것인데 도대체 무슨 낯짝으로 그러하겠냐는 계산도 있었다. 무엇보다도 돈을 벌려면 변호사를 하면 될 것이지 왜 정치를 하나라는 굳은 각오도 있었다.

그런데 5월 31일 지방 선거를 한 달여 앞 둔 4월 중순경 갑자기 경남

도민일보에서 고성에서 도의원 공천을 신청했던 정모씨의 사무장 정씨가 나의 측근에게 3,000만 원을 전달하고, 나의 부탁을 받아 측근의 급여 다섯 달 치 1,500만 원을 입금하였으며, 골프채 두 세트를 모씨를 통해 건넸다는 보도가 났다. 황당하기 이를 데 없었다. 그 전날에는 고성 공룡세계엑스포 개막식이 있었는데, 이 신문에서는 나에게 어떤 사실 확인도 하지 않고 보도한 것이다(이후 이 보도는 잘못된 것이 인정되어 1면에 정정 보도를 하였다).

이 보도 이후에 고성 연락소장을 중심으로 엄청난 수사가 진행되었다. 연락소장이 구속되고, 공천자 중 한 명이 구속되는 바람에 공천을 포기하는 사태가 벌어졌다. 그리고 연락소장에게 금품을 건넨 사람들이 줄줄이 소환되고 영장이 신청되었으나 법원에서 영장이 기각되었다. 심지어 나의 친구이자 최측근이며 지역 수행비서 역할을 하던 비서관조차 영장이 청구되었다.

암담하기 그지없었다. 하늘이 무너진다는 표현이 딱 들어맞는 상황이었다. 대한민국의 정치와 한나라당의 개혁을 부르짖었던 소장파 국회의원이 공천 헌금사태라는 최악의 상황에 빠져버렸으니, 황당하기 이를 데 없었고, 살다 살다 이런 일도 다 겪는구나 생각하였다. 그러나 한 가지 확실한 것은 공천 대가로 내가 돈을 받은 적이 없었다는 것이다. 그것 하나는 하늘이 두 쪽이 나도 변할 수 없는 진실이었으므로 나는 정신을 차릴 수 있었다. 게다가 자신의 능력과 인품으로 당당히 공천 받은 후보들을 생각하면 무너질 수는 없었다.

사실 고성 지역은 내겐 취약 지역이었다. 통영은 내가 태어나서 고등학교까지 다닌 내 고향이고 이후 변호사, 도의원을 거치면서 잘 아는 지역인데 반하여 고성은 국회의원 선거 전에는 어떤 인연도 없었다. 국회의원 선거에서도 통영 지역에 대해서는 내 나름의 선거 전략을 짜고 인맥을 이용할 수 있었지만, 고성 지역에서는 한나라당 조직 외에는 아무런 연고가 없었다. 그러니 자연 김동욱 국회의원 시절부터 고성 당조직을 총괄하였던 연락소장이 선거전을 총괄하였고 이후에도 나는 그분을 의지할 수밖에 없었다.

그것이 화근이 되었다. 내가 고성 지역을 모르다 보니 공천과 관련하여 각 후보자들의 인품과 능력을 연락소장을 통하여 알 수밖에 없었고, 그러니 자연 공천 신청자들이 연락소장에게 줄을 대기 위해 이런 저런 수단을 동원하였던 것이다. 그러다 보니, 결국은 고성사건이 터져버렸지만 그분도 공천의 대가로 돈을 받은 것은 아니었다. 명절 떡값으로, 용돈으로, 식사비로, 공천 받은 이후 사무실 운영비로, 심지어 2005년 처가 암 투병 중이어서 받은 위로금 등이 모두 문제가 되었다. 당사자는 공천과 관련된 것이 아니라 으레적인 것이라고 생각하였지만, 법적인 잣대로 보면 정치자금법 위반 혹은 공직선거법 위반이 되었다. 좁은 고성 지역이다 보니 정치를 떠나서 서로 잘 아는 사이라 으레적으로 건넨 것들이 모두 문제가 된 것이다.

이러한 점은 이 사건의 양형 이유에도 잘 나타나 있다. "대부분 같은 고성 지역에 살면서 오래전부터 친분이 있었고 피고인의 생활고로 인하여 이 사건 전에도 다른 피고인들이 수시로 경제적 도움을 주고 있는 실정이었던 점, 금품수수가 한나라당 공천이나 지방 선거의 결과에 별다른 영향을 미친 것으로 보이지 아니하는 점 등 제반 사정을 참작하여 보면 피고인에게 실형을 선고할 경우는 아니라고 판단하여 주문과 같이 형을 정한다."

이 사건과 관련하여 가장 안타까운 사람이 이동호 전 도의원이다. 이 의원은 고성사건의 발단이 된 정 모씨와 공천 경쟁을 하여 공천을 받은 사람이었다. 기실 정 모씨는 재력가였지만, 공천 이전에 말이 무성하였다. 심지어 국회로 찾아온 그에게 내가 고성에 여러 가지 소문이 떠도니 조심하라고 충고할 정도였다. 정 모씨가 공천에 탈락한 것도 만약 그가 공천되면 내가 돈 공천 의혹에 휩쓸릴 것이라는 염려도 한 몫 하였다. 그리하여 내가 내세운 사람이 이동호였다. 그는 2002년도 지방 선거에서 무소속으로 출마하여 2등을 한 전력이 있었고, 40대 초반의 젊고 참신한 후보였다. 그리고 5.31지방 선거에서 당당히 승리하여 도의원으로 당선되었다.

그런데 이동호 의원와 관련하여 문제가 된 것은 지방 선거 14개월 전에 연락소장의 처 명의로 돈을 송금한 것이었다. 그 당시 그는 구만면 체육회장으로 고성군 체육회 사무국장을 역임하던 연락소장과는 잘 아는 사이였다. 그러다가 연락소장의 처가 암 투병 중이라는 말을 듣고 자신의 아버지, 어머니, 형 등도 암 투병을 한 적이 있는지라 병원비에 보태어 쓰라고 200만 원을 계좌송금 형식으로 보낸 것이다. 내가 이런 사실을 알리도 없고 또 연락소장도 이것 때문에 이동호를 공천하자고 한 적도 없다. 게다가 연락소장은 이동호 선거구민도 아니었다. 이 돈이 문제가 되었다.

그런 까닭에 1심 재판부에서는 유죄를 인정하면서도 의원직을 유지할 수 있도록 벌금 50만 원에 처해졌다. 다소 억울한 부분이 있어도 의원직을 유지할 수 있는 판결이었으므로 이해할 만했다. 그런데 부산고등법원에서 어찌된 영문인지 형이 오히려 높아져 150만 원의 벌금에 처해지면서 의원직을 상실하게 되었다. 도저히 납득하기 어려운 판결이었다. 이후 그는 대법원에 상고하고 헌법재판소에 위헌제청 신청까지 하였지만, 그곳은 양형을 정하는 기관이 아니므로 무죄나 법률의 위헌판결이 나지 않는 한은 구제될 길이 없었다.

나중에 알고 보니 5.31지방 선거와 관련하여 1심 판결에서 의원직을 유지할 수 있는 판결이 나왔는데 2심에서 이와 같이 뒤집혀진 경우는 부산고등법원이 유일했다. 오히려 서울 쪽에서는 1심에서 100만 원 이상의 벌금형이 나왔다가 2심에서 감형되어 살아난 경우가 허다하였다. 지금도 나는 2심 판결이 너무 가혹했다고 생각한다. 이동호 의원이 꼭 재기하여 고성 군민을 위해 마음껏 봉사할 기회가 있기를 기대한다.

돌이켜 보면, 고성사건은 전적으로 나의 정치적 잘못이다. 내가 돈을 받지 않으면 공천이 깨끗하게 진행될 수 있을 것이라고 순진하게도 나는 믿었다. 내가 놓친 것은 나는 내 개인이 아니라 통영·고성 한나라당의 총책임자라는 사실이었다. 공천을 받기 위한 노력이 나에게뿐만 아니라 측근들에게 향해질 수밖에 없고 그것을 주의, 감시 감독하는 것도 내 몫이었다. 그것을 알기에는 너무 순진하였거나 경험이 부족하였다. 사건에 연루된 측근들도 공천의 대가로 받은 것이 아니라 인사치례로 받는 것이니 이 정도야 괜찮겠지 하다가 일생일대의 큰 곤혹을 치렀다. 모두 내 정치적 역량의 부족 때문이었다.

그래도 나는 이 사건에서 다행으로 여기는 것은 그럼에도 불구하고 공천자들로부터 공천대가를 수수한 것은 없어서 그나마 죽지 않고 살아난 것이었다. 사실 공천자들로부터 공천 이후 당의 선거 운동비 명목으로 돈을 걷는 관행이 있었다. 그러나 이는 선거 운동비 명목으로 실제 선거 운동비보다 더 많은 금액을 후보에게 수수하여 공천 헌금을 뒤에 받는 술수에 지나지 않는 경우가 허다하였다. 나는 그것마저 근절해야 한다고 생각했다. 나는 고성사건이 터지기 직전 고성 공천자들 사이에서 돈을 걷어 당에 선거 운동비 명목으로 준다는 이야기를 들었다. 그래서 공천자들을 모두 불러 모아 "나와 고성연락소에서는 일체의 선거 운동비 명목으로도 돈을 받지 않겠다. 각 공천자들은 각 지역의 한나라당 조직책과 직접 선거 운동을 하라"고 이야기했다. 이 모임 이후 얼마 지나지 않아 고성사건이 터졌다. 만약 내가 관행대로 그 당시 자금을 모았더라면, 나뿐만 아니라 그 당시 고성 공천자 모두 공멸되었을 것이다. 실제 그 모임 이후에 연락소장에게 운영비 명목으로, 식사비 명목으로 인사차 얼마를 건넸던 공천자들은 모두 처벌되었다. 내가 만약 그 당시 관행화되어 있던 선거 운동비 모금 금지를 지시하지 않았더라면 어떻게 되었을까를 생각하면 지금도 모골이 송연하다. 내가 도의원 선거 경험을 통하여 이런 나쁜 관행이 있고 이를 근절하여야 한다는 사실을 몰랐다면, 나는 아마 공천자들의 선거자금 모금을 수수방관하였을 것이다. 그랬다면 나는 아마 치욕적으로 정치를 은퇴하였을 것이고, 고성 공천자들도 쑥대밭이 되었을 것이다. 불행 중 다행으로 여기는 점이다.

그리고 여성 비례대표 공천과 관련하여 나는 세 여성의원들에게 한점 부끄럼 없이 그들의 능력, 인품, 경력에 걸맞게 공천했다고 자부한다. 항간에 여성 비례대표와 관련하여 공천 헌금 이야기가 많았다. 그러나 진실은 아무것도 없다는 것이다. 심지어 한 여성 비례대표가 실제로 공천 받은 이후 주위에서 나에게 인사를 해야 한다며 어떻게 해야 하나고 묻기도 했다. 그분도 역시 그렇게 생각한 것이다. 나는 웃으면서 앞으로 의정활동 잘 하시면 된다고 했다.

내가 자연인으로 돌아오고 나서 그 당시 지방 선거 비례대표와 관련하여 공천하고자 했던 한 분(남자)을 만날 기회가 있었다. 이미 한 번 시의원을 경험한 적이 있었고, 평소에 내가 존경하던 분이라 몇 번에 걸쳐 비례대표로 나가실 생각이 없냐고 여쭈었다. 그 당시 그는 몸이 불편해서 도저히 시의원을 맡을 수 없다고 했다. 나는 진짜 그런 줄로만 알았는데, 이후 내게 그 당시 비례대표로 나가면 공천 헌금을 주어야 하는데 그 돈을 주기가 어려워서 고사했다고 말했다. 나는 깜짝 놀랐다. 이런 분도 이렇게 생각했으니, 일반 시민들은 오죽했겠는가 싶었다. 그 당시 정치 현실의 한 단면이다.

이자 468,493원

고성사건이 터져서 고성 정치계가 쑥대밭이 되어도 확신할 수 있었던 것은 내가 공천 헌금을 받지 않았다는 사실이었다. 그러니 나는 문제가 없을 것이라 확신했고, 실제로 이 사건을 수사했던 경남지방경찰청 광역수사대도 나를 불러 조사하지는 않았다.

그런데 그 당시 한나라당 경남도당 부위원장이었고, 고성군수 공천을 신청하였던 박창홍 회장을 조사하면서 그가 우리 고성연락사무소 전세금 2,000만 원을 빌려 준 것이 정치자금법 위반이 아니냐며 조사한다는 소문이 들렸다.

원래 고성연락사무소는 현재 새누리당 고성연락사무소를 사용하고 있었다. 그러나 당선 직후 굳이 비용이 드는 연락사무소를 운영할 필요가 없다고 생각하여 폐쇄하였다가 지방 선거를 앞두고 그래도 연락소가 필요하다는 요청에 그러라고 허락하였던 것이다. 그런데 그 당시 후원금 계좌에 돈이 없다 보니, 연락소장이 박창홍 회장에게 부탁하여 전세금 2,000만 원을 마련하여 이사를 하게 된 것이다.

이 돈을 공천과 관련하여 수수한 것이 아닌가 하고 조사 중이라는 것이다. 그러나 그 돈은 임시로 빌린 돈이지 공천과 관련하여 받은 돈이 될 수 없었다. 그 돈은 수표로 발행되어 건물주에게 바로 건네졌고, 연락사무소 전세금은 정치자금법상 신고 대상이기 때문에 이를 공천과 관련 대가로 받을 수도 없는 노릇이었다. 게다가 나는 이미 고성공룡엑스포의 성공적 개최를 앞두고 불필요한 공천 잡음을 막기 위해 여론조사를 실시하여 압도적 지지를 얻은 현 이학렬 군수를 추천하겠다고 공언한 상태였다. 그러니 그 돈이 공천과 관련하여 수수된 돈이 될 리 없었고, 실제 그 돈을 갚아 주었다.

그런데 이 사건을 넘겨받은 검찰에서 나에게 한 번만 와서 참고인으로 조사에 임해 달라는 것이다. 그래서 나는 5.31 지방 선거에 어떤 영향도 미치지 않도록 5월 30일 밤에 출석하여 조사받겠다고 했다. 검찰에서도 이 부분에 대해서는 양해를 해주었다.

처음에는 참고인 자격으로 이 2,000만 원에 대하여 조사를 받았다. 나는 사실 그대로 이야기해 주었다. 검찰에서는 이 2,000만 원과 관련하여 혹시 내가 모른다고 부인할까봐 이미 나와 연락소장 사이의 그 당시 통화 내역을 뽑아 놓고 있었다. 내가 나 몰래 연락소장이 그렇게 처리하였다고 하면 법정에서 무죄를 다투어야 하기 때문에 곤란한 상황이 벌어질 것을 예상한 것 같았다. 그러나 나로서는 이미 다른 사건으로 구속되어 있던 연락소장을 생각하지 않을 수 없었다. 내가 부인한다면 나로 인하여 연락소장의 구속이 연장될 수 있기 때문이다. 또 상식적으로 연락소장이 내게 보고를 하지 않았다는 것도 말이 되지 않았다. 그래서 나는 연락소장이 보고하였다면 그랬을 것이라고 했다.

그러나 문제는 공천 헌금이 아니라 내가 이 돈을 돌려줄 때 이자를 주지 않은 것이었다. 나는 이 돈이 공천의 대가가 아니므로 이를 입증하기만 하면 문제가 되지 않을 줄 알았는데, 이자를 안 준 것을 문제 삼았다. 내가 어리둥절해 있으니, 검사가 직접 법전에서 정치자금법 조항을 보여 주며 설명해 주었다. 이자를 주면 아무런 문제가 없는데, 이자를 주지 않았기 때문에 불법이라는 것이다. 살다 살다 이리 황당한 일이 없었다. 집에 돌아가도 잠이 오질 않았다. 이런 실수를 꼬투리 잡아 기소하겠다니 억울하기 짝이 없었다. 돈을 돌려줄 때 몇 십만 원의 이자만 챙겨줬어도 아무 문제가 없었을 것인데 이를 주지 않았다고 법정에 서야하니, 눈앞이 캄캄했다.

결국 나도 이 건으로 법정에 서야 했다. 만약 내가 그 당시 야당의 초선의원이 아니었다면 이런 건으로 법정까지 갔을까를 생각하면, 지금도 억울한 마음이 든다. 그러나 법은 법이었다. 법대에서 재판을 하던 내가 법정에 피고인으로 출석하니 만감이 교차했다. 사람이 이렇게도 법정에 설 수 있구나 싶었다.

1심 법원에서는 내게 벌금 70만 원과 468,493원의 추징을 내렸다. 결국 468,493원의 이자를 주지 않아 벌금 70만 원을 내게 된 것이다. 468,493원이 정해진 것은 민사 법정 연 이자 5퍼센트를 빌린 날짜 171일로 환산하여 계산한 때문이다(20,000,000원 × 0.05 × 171/365). 범죄 사실은 이러하다.

피고인 김명주는 정치자금법에 정하지 아니한 방법으로 정치자금을 기부 받을 수 없음에도 불구하고 2005. 10.경 고성연락사무소 개설을 추진하다가 그 전세보증금 2,000만 원을 마련하지 못하던 중, 피고인 한철기와 공모하여 정치자금인 한나라당 국회의원 김명주 고성연락사무소 전세보증금 2,000만 원을 피고인 박창홍으로부터 무상으로 대여받기로 결의하고, 2005. 10. 28.경 경남 고성군 회화면 당항리 393-2 소재 피고인 박창홍의 대창건설 사무실에서, 피고인의 허락을 받은 피고인 한철기가 피고인 박창홍으로부터 2,000만 원권 자기앞수표 1장을 이자 약정 없이 무상으로 대여 받음으로써 정치자금법에 정하지 아니한 방법으로 정치자금을 기부 받았다.

그리고 양형 이유로는, "피고인 박창홍은 도의원을 역임하는 등 오랫동안 한나라당의 핵심간부로 활동해 왔고, 당시에도 경남도당 부위원장이며 피고인이 같은 당 소속 지역구 국회의원인 점에 비추어 보면 피고인 박창홍이 위 돈을 대여한 것이 아니라 전체를 정치자금으로 제공(증여)하였다 하더라도 그것이 공천의 대가가 아닌 연락사무소의 전세보증금으로 사용된 것이 명백한 이상 이는 정당의 내부문제로서 정치자금법상의 절차를 밟기만 하였더라면 문제될 것이 없었던 것으로 보이는 점, 금전 거래 자체가 위법한 것이 아니라 무상으로 대여 받은 것이 정치자금법에 위반되는 것이므로 이자 약정이 있었다면 이를 정치자금법 위반으로 의율하기 어려웠을 것인 점, 피고인들의 관계에 비추어 일반적인 거래라면 그 정도 금액의 경우 이자 약정이 없는 무상대여가 오히려 자연스러운 점, 피고인이 이로 인하여 얻은 이자 상당의 이익은 앞서 본 바와 같이 468,493원에 불과한 점, 피고인 박창홍이 공천을 받지도 못한 점 등의 사정을 종합하면, 이 사건으로 인한 피고인에 대한 비난 가능성이나 가벌성은 크지 않다 할 것이고, 이로 인하여 피고인의 국회의원직을 상실하게 할 경우는 아니라고 판단하여 주문과 같이 형을 정한다."

라고 적시하였다.

　이런 법원 판결에 대하여 검찰에서는 추징금이 빌린 돈의 이자 40여만 원이 아니라 빌린 돈 2,000만 원 전체가 되어야 한다며 대법원까지 상고하였다. 이에 대하여 대법원은 추징의 대상은 금품의 무상대여를 통하여 위법한 정치자금을 기부 받은 경우 그 이익은 무상대여금에 대한 금융이익 상당액이어서 몰수 또는 추징되는 대상도 무상으로 대여받은 금품 그 자체가 아니라 금융이익 상당액이어서 1심에서 정한 468,493원이 된다고 확정하였다.

　결국 이 사건은 내가 정치자금법을 잘 알고 조금만 신경 썼다면 아무 문제도 없는 일이었다. 그러나 나 자신뿐 아니라 실무를 맡았던 측근들도 사소한 문제가 이렇게까지 커질 것이라고는 아무도 신경 쓰지 못했다. 조그만 약한 고리 하나가 전체를 망가뜨린 격이 된 것이다. 그리고 고성사건이 터지지 않았다면 이 이자는 아무 문제도 없었을 것이다.

　앞서 법원에서 든 양형 이유에서와 마찬가지로 법원에서도 내가 실수한 것이지 공천대가로 돈을 수수한 것이 아니라는 것을 충분히 이해하여 국회의원직을 유지하는 데 문제가 없는 형을 선고하였다. 그러나 나는 정치인이었다. 비록 벌금 70만 원이라도 정치적으로는 엄청난 형벌이었다. 반대편에 있는 사람들에겐 나를 공격할 수 있는 거리를 주게 된 것이다.

낙하산 공천(제18대 국회의원 공천)

나는 제18대 국회의원 선거를 앞두고 한나라당 공천에서 떨어질 것이라고는 생각도 하지 못했다. 국정감사 4년 연속 우수 의원의 타이틀(299명 중 21명만이 이에 해당했다)에다 공천 신청자들 중 당에서 한 여론조사 결과에도 60퍼센트 이상의 압도적인 지지를 받고 있었고, 공천 심사위원 중 나와 인연이 닿는 분이 강재섭 당대표가 챙기고 있으니 걱정하지 말라고도 하였고, 또 강재섭 대표님도 직접 전화해서 별문제 없을 것이라 했기 때문이다.

그런데 이상 징후는 남경필 의원이 경기도 공천 결과가 발표되고 나서 내게 전화를 할 때 나타났다. 자신이 이방호 그 당시 사무총장과 연세대 출신이라 잘 알고 해서 몇몇 공천을 부탁한 바 있는데, 되레 그 사람들은 다 떨어지고 자신이 이상하다 싶은 사람들이 공천되었다고 했다. 그러면서 서울 경기 돌아가는 것이 심상치 않다, 젊고 개혁적인 인물들은 다 날리는 분위기다, 곧 영남 공천이 있을 텐데 그곳은 한나라당 세가 센 곳이므로 더욱더 자신들의 입맛에 맞는 후보를 공천할 것이니, 나도 잘 알아보고 준비하라는 것이었다.

사실 그 당시 이방호 사무총장은 갓 당선된 이명박 대통령의 힘을 업어 무소불위의 권력을 가진 때였다. 처음에는 이재오 의원의 추천에 의해서 사무총장이 되었기 때문에 이재오 의원의 말을 듣는다고 알려졌지만, 공천 심사가 진행되면서 대통령과 직접 보고하는 힘이 생기자 이재오 의원보다 힘이 더 세졌다는 풍문이 자자하였다.

이방호 총장과 나는 두 번의 악연이 있었다. 첫 번째는 그분이 최고위원 선거에 나갔을 때 내가 강재섭 대표와 권영세 의원을 도와준 것이었다. 강재섭 대표는 그가 원내대표 시절 내가 원내부대표를 맡았기 때문이고, 권영세 의원은 젊은 의원들이 공동으로 추대한 후보였기 때문에 내가 당원들에게 도와달라고 부탁했다. 그것이 그분 귀에 들어가 노발대발한 적이 있었다. 두 번째는 이명박 캠프 통영 지역 책임자 선정과 관련해서다. 그는 나와 정치적 경쟁을 할 수도 있는 사람을 조직책으로 선정하였다. 그런데 내가 그 당시 후보 수행실장을 하고 있던 나와 가까운 이성권 의원에게 부탁하여 지인으로 교체하게 하였던 것이다. 그러니 그가 나를 좋게 볼 리 없었을 것이다.

그러나 나는 설마 그런 개인적인 악연으로 아무런 명분 없이 공천에서 탈락 시킬까 싶었고, 또 당시 공천 신청자 중 어떤 인물에게 공천을 주더라도 무소속으로 싸워 이길 자신이 있었다.

그러나 영남권 공천 결과가 발표되자 발칵 뒤집어졌다. 이른바 친박대학살이 벌어진 것이다. 대통령 후보 경선 과정에서 박근혜 후보를 지지했던 많은 의원이 공천에서 탈락하였다. 대표적으로 친박의 좌장 역할을 했던 김무성 의원이 탈락하였다. 정국에 회오리바람이 일어났다. 경남에는 박희태, 김양수 의원과 내가 전략공천 지역으로 발표되면서, 공천자 발표도 없이 현역의원을 공천 탈락시킨다고 발표되었다. 박희태

의원은 이명박 후보의 원로회 멤버여서 공천에서 탈락될 것이라고는 아무도 예상하지 않았고, 김양수 의원도 의정활동도 돋보였고 이명박 계여서 공천 탈락 이유가 없었다. 그래서 세 사람이 먼저 발표되었을 때 우리 캠프에서는 공천이 됐다고 착각한 사람도 있었을 정도였다.

공천 탈락 이유라도 알고 싶어서 곧바로 서울로 가, 그 당시 이명박 계에서 핵심 역할을 하던 박형준 의원을 만났다. 그랬더니 자신도 처음에 공천과 관련한 논의 자리에 끼였지만 나중에는 배제되었다면서, 이번 공천이 문제가 많다고 했다. 자신도 비록 부산 수영구에 공천을 받기는 했지만, 부산 공천을 크게 놓고 본다면 이번 선거가 쉽지 않고 만약 김무성 의원을 중심으로 탈당하여 부산판이 흔들리면 자신도 위험하다고 했다. 나는 설마 그럴 리가 있겠냐고 했지만, 후에 실제로 그렇게 되었다.

정신을 차리고 곰곰 부산·경남 공천 결과를 분석해 보니, 친박 세력을 제거하는 목적 뿐 아니라 부산·경남에서 이방호 자신이 좌장이 되기 위한 음모가 엿보였다. 즉 친박 세력을 제거한다는 목적 아래 형평상 이명박 계 의원들을 탈락시켰는데, 탈락자들이 대개 자신보다 위에 있는 사람들이거나 말을 고분고분 듣지 않았던 젊은 의원들이었다. 자신보다 위에 있던 의원들 중 대표적인 의원이 박희태, 권철현 의원이었고 자신에게 밉보인 초선의원은 김양수, 이성권 의원이었다. 박희태, 권철현 의원은 이미 중앙 정계에서 실력을 인정받은 거물급 정치인으로 소위 이명박 계였고, 김양수, 이성권 의원은 나와 함께 새정치수요모임에서 개혁적이고 참신한 의정활동으로 호평을 받고 있었다. 특히 이성권 의원은 이명박 후보 시절 수행실장까지 했는데, 공천을 탈락시킨 것은 이방호 개인의 호불호와 친박 계를 달래기 위한 희생양 아니고서는 해석이 힘들었다.

나는 그 당시 곧바로 탈당하지는 않았다. 비록 내가 공천에서 탈락하였지만 합리적으로 이해할 수 있는 후보가 공천되면 훗날을 기약하며 그를 도울 생각도 없지 않았기 때문이다. 그래서 공심위 논의를 지켜보니, 이방호가 정해주 전 장관을 적극 추천한다는 이야기가 들렸다. 황당하기 이를 데 없었다. 열린우리당 후보로 지난 17대 국회의원 선거에서 나와 맞섰고, 이후 참여정부의 은혜를 입어 공공기관(한국항공우주산업, 카이)의 장으로 있던 그를 공천한다니 정치 도의상 도저히 용납하기 힘든 선택이었다. 오로지 이방호 자신의 지역구에 있는 카이의 사장이다 보니 자신의 정치적 영향력 확대를 위한 목적이었음에 분명하였다.

나는 그 당시 청와대 정무수석이었던 박재완 전 의원에게 전화를 해서 그분의 공천에는 반대 의사를 분명히 하면서 김성진 해수부 장관을 추천했다. 그분은 통영 출신으로 오랫동안 중앙 부처에 있으면서 통영 발전을 위해 노력해 왔을 뿐 아니라 강구안 수변 공원 사업, 고성의 조선특구 사업 등 나의 역점 사업을 도와주었고, 인품도 훌륭하였기 때문이다. 그러나 후에 박재완 정무수석으로부터 김성진 장관이 참여정부의 은혜를 입었는데 정권교체 후 국회의원으로 공천 받는 게 도리가 아니라며 고사한다고 연락이 왔다.

이렇게 이방호가 내심 나를 탈락시키면서 생각했던 정해주 카드가 먹혀들지 않자 우리 지역구 공천이 붕 뜨게 되었다. 그러던 중 대통령 선거에서 패배한 정동영이 정치적 재기를 위해 전라도에서 서울 동작구로 옮겨 출마하자 한나라당에서는 이를 꺾기 위해 그 당시 울산이 지역구인 정몽준 의원을 대항마로 정하여 전략공천하게 되었다. 그 까닭에 교총회장 출신으로 제17대 비례대표로 입성한 이후 줄곧 동작구에서 의정활동을 하여온 이군현 의원이 우리 지역구에 한순간에 낙하산 공천된 것이다. 아마 이군현 의원도 자신이 통영·고성 지역에 공천 받으리라고 꿈에도 생각하지 못하였을 것이다. 4년 동안 동작구 당협위원장으로 활동하였고, 공천 신청도 동작구로 당연히 하였다. 게다가 4년 동안 고향이지만 국회의원으로서 관심도 별반 가지지 않았기 때문이었다.

나는 선택하지 않을 수 없었다. 정말 말도 되지 않는 공천 앞에 내가 이를 받아들인다면 비굴하다고 생각했다. 통영·고성의 지역민을 자신의 졸로만 생각하는 중앙당의 처사에 분노하지 않을 수 없었다. 그리하여 나는 탈당을 감행했고, 무소속으로 출마하게 되었다. 출마 선언을 한 다음날 이명박 대통령의 형인 이상득 의원과 박재완 정무수석의 불출마 종용 전화가 왔다. 그러나 이미 주사위는 던져졌다.

홀로서기(18대 국회의원 선거)

무소속 출마를 선언하자 예상했던 일이 벌어졌다. 나에게 공천을 받아 지방 선거에서 한자리했던 사람들 중 일부가 하루아침에 상대방의 진영으로 넘어갔다. 내가 국회의원에 재선된다면 다시는 공천하지 않겠다고 생각한 사람들이 잘됐다 싶어 저쪽으로 넘어간 것은 충분히 이해가 갔다. 그러나 평소에 내가 믿고 있었고 조언도 많이 구하던 사람들이 나와 함께 하지 않는 것을 보고 인간적으로 너무 많은 실망을 했다. 특히 나의 도의원 자리를 물려받았던 분이 상대방을 수행하고 다니는 것을 선거운동 기간 중 거북시장에서 보자 갑자기 서러운 눈물이 핑 돌던 기억이 아직도 새롭다.

사실 내가 정치를 하겠다고 뛰어든 가장 큰 이유 중 하나는 사람들을 믿고 좋아했기 때문이다. 인간이란 기본적으로 선하여 내가 좋게 대하면 상대방도 나를 좋게 대하여 준다는 것에 대하여 한 번도 의심하여 본 적이 없었다. 그런데 18대 국회의원 선거 과정에서 이런 믿음이 한순간에 깨어졌다. 내가 공천을 주지 않았거나 기타 정치적 불이익을 입힌 사람들은 당연히 그러하겠지만, 자신의 정치 인생에 엄청난 도움을 받은 사람마저 한순간에 돌아서는 것을 보고 엄청난 충격을 받았다. 다른 사람은 다 돌아서도 저 사람은 그러지 않아야 한다는 사람이 돌아설 때의 그 참담함이란 이루 말할 수 없었다.

그중 진의장 통영시장의 이탈은 인간적인 아픔뿐 아니라 선거의 결정적 패인으로 작용하였다. 이름도 없던 고성을 공룡세계엑스포로 전국에 알리는 등 탁월한 업적으로 당연히 공천된 이학렬 고성군수는 한나라당의 온갖 압력에도 불구하고 선거 기간 중 최소한의 의리를 지키기 위해 노력하였다. 그러나 통영시장은 제17대 선거에서 열린우리당에 입당하면서 상대방을 도운 사람이었다. 그런데도 나는 한나라당의 입당을 허용하고 공천을 받는 데 결정적인 도움을 주어 재선을 도왔다. 그럼에도 불구하고 하루아침에 나를 배신하고 상대방을 도왔다. 그의 논리는 통영 발전을 위해서였다. 이명박 통영 명예시민이 이번에 대통령이 되었는데, 대통령을 돕기 위해서는 한나라당 후보를 도와야 한다는 논리였다.

그러나 역사상 공천 파동으로 탈당하여 당선되면 입당을 재허용하지 않은 예는 없었다. 실제 18대 국회의원 선거 후 모두 입당이 허용되었고, 심지어 친박연대라는 당을 만들어 당선된 사람들도 모두 한나라당원이 되었다(물론 나도 그때 함께 복당되었다). 그러니 내가 되면 당연히 복당되어 한나라당 재선 국회의원이 될 것이었다. 그리하여 4년 동안 지역 물정을 알게 된 내가 집권 여당의 재선 국회의원이 된다면 임기 초반부터 지역 현안을 챙길 수 있어 더 도움이 될 것이었다. 그러니 통영 발전을 위해 낙하산 공천인사가 당선되어야 한다는 주장은 순전히 정치적으로 날조된 구호였다.

그럼에도 통영시장의 이 논리는 배신자들의 자기 정당화 논리로 낙하산 공천의 명분으로 사용되었다. 아픈 대목이었다. 심지어 박정희 대통령 시절 그가 적극 지지한 공화당 후보가 아니라 김기섭 전의원이 당선되어 통영 발전이 없었다는 논리까지 동원되었다. 그 당시 민주화를 열망한 통영 시민을 모독하는 논리였지만, 그것을 공공연히 회자시켰다. 결과적으로 이명박 정권 시절 우리 지역이 어떤 혜택과 발전이 있었는가를 생각해 보면, 지금도 어처구니가 없다. 그러나 그것이 정치 현실이었고, 나는 그것을 이겨 내어야만 했다.

선거전 처음에는 내가 당연히 우세하였다. 나는 현역이었고, 공천 파동으로 한나라당에 대한 원성이 전국적으로 자자하였으며, 상대방은 공천이 되고서야 고향을 찾은 낙하산 인사였기 때문이다. 일부의 배신에도 불구하고, 나와 함께 탈당을 결행하며 정치적 의리를 지킨 분들도 많았다.

통영에서는 시장, 도의원들, 일부 시의원들은 돌아섰지만, 김용우 의장을 비롯한 강근식, 강혜원, 김태곤, 박정대, 조종태 의원 등은 탈당하며 끝까지 최선을 다해 주었다. 고성에서는 두 도의원이 상대방 진영으로 돌아섰지만, 군수는 중립을 지켜주었고, 송정현, 어경호, 제준호, 최계몽 의원 등은 탈당까지 하며 도와주었고, 내가 공천하지도 않았던 무소속 황대열 의원은 한나라당 공천 명분을 문제 삼아 도와주었다. 여성 비례대표 의원들은 탈당하면 바로 의원직을 상실하기 때문에 탈당하지는 못했으나 의리를 지켜주었다.

그럼에도 내가 선거에서 승리하지 못한 것은 부산과 경남에서 불어닥친 친박 바람을 적절하게 활용하지 못했던 것이 가장 큰 패인이었다. 사실 친박계의 좌장인 김무성 의원은 공천에서 탈락되자 곧바로 탈당하여 무소속 출마를 선언하고 공천 탈락한 친박계 의원들을 한데 묶어 무소속 바람을 일으켰다. 여기에 서청원 의원이 친박연대라는 당을 만들어 돌풍을 일으키고, 박근혜 전 대표마저 "이번 공천에 나도 속고, 국민도 속았다"며 이들에게 힘을 보태는 상황이었다. 경남에서는 공천에서 탈락한 진주의 최구식 의원이 공천발표 당시에는 공천자에게 밀렸으나 김무성 의원의 지지 연설 후에는 오히려 역전하여 친박 바람을 타고 있었다(후에 실제 당선으로 이어졌다). 우리 캠프 내부에서도 김무성 의원을 초청하여 친박 바람을 일으키자는 의견이 초반부터 나왔었다.

그런데 나의 자만심이 일을 그르쳤다. 이번 참에 누구의 도움 없이 이겨 내어 정치적 입지를 확실히 하자는 생각이 들었다. 전국적으로 경남에서는 내가 무소속으로 한나라당을 이기는 후보가 될 것이라며 관심지역으로 분류되어 있었고, 중앙언론에서도 관심이 많았다. 격전 지역으로 소개되며 여론조사 공표가 금지되기 전까지 계속 내가 이기는 것으로 나오고 있었다. 게다가 내가 정치적으로는 대통령 후보 경선시 공식적으로 원희룡 의원을 지지하였기 때문에 덥석 친박으로 갈아타기도 곤란하였다.

또한 내가 경남에서 한나라당 후보를 이길 수 있다고 나오면 나올수록 청와대와 한나라당에서는 더욱더 역량을 집중시킨다는 점을 간과하고 있었다는 것도 패인으로 작용하였다. 그 당시 청와대 비서실장은 류우익이었는데, 그분은 진의장 시장과 이전부터 잘 아는 사이였다. 통영의 '바다의 땅'이라는 콘셉트를 그분이 서울대 교수로 있던 팀에서 짜줄 정도였다. 그러니 당연히 시장과 긴밀한 연락이 닿지 않을 수 없었을 것이다. 통영시장은 그 당시 통영 선거를 도맡을 정도로 열심히 상대방을 도왔다. 그리고 고성에서는 김동욱 전의원이 상주하면서 상대방을 도왔다. 한나라당 고문 자격이었다.

결국 나의 역량만으로는 부족하다고 느끼고 김무성 의원에게 연락을 취할 때는 선거일을 앞둔 며칠 전이었다. 그러나 김무성 의원도 일정을 내어 줄 수가 없었다. 이미 선거 막바지가 되어 당신도 자신의 지역구에서 선거 운동을 마무리할 계획이 잡혀 있었기 때문이다. 결국 나는 제18대 국회의원 선거에서 거세게 불었던 친박 바람을 내 선거에는 이용하지 못하는 어리석음을 저질렀고, 그것이 결정적 패인이 되었다.

두 번째 패인은 통영 시민의 이명박 정권에 대한 기대였다. 이명박 대통령은 서울시장 시절 한강에 있던 거북선을 통영의 강구안으로 가져다주었다. 그것도 휴전선 비무장지대를 지나 바닷길을 통하여 가져다주는 극적 이벤트를 하여 주었다. 그 당시 한산대첩의 성지임에도 거북선 하나 없던 통영으로서는 축제 분위기 속에서 이를 맞이하였고, 현역 국회의원이었던 나도 열렬히 환영했다. 이를 계기로 이명박 대통령은 통영의 명예시민이 되었고, 그가 대통령이 되자 통영 발전에 대한 기대가 컸다. 통영시장이 통영 발전을 위해 이명박 대통령이 선택한 후보를 밀어야 한다고 하자, 이를 통영 시민이 수긍한 것도 바로 이런 기대 때문이었다.

그러나 최대 패인은 나의 정치적 역량이 부족하다는 것으로 귀결됐다. 공천이라는 것이 이런 식으로 비합리적인 정치적 욕망의 결과가 되는 줄도 몰랐고, 사람들이 한순간에 자신의 이익을 좇아가는 존재인 것도 이해하지 못했으며, 예리하게 정치적 바람을 이용할 수 있는 유연성도 부족하였다.

제18대 국회의원 선거는 내게 분명 위기였지만, 또 한편으로는 기회이기도 했다. 만약 이때 내가 승리했다면, 이를 계기로 더욱더 정치적으로 성숙하고 성장할 수 있었기 때문이다. 지역의 인물을 넘어 전국적인 인물이 될 수도 있었는데 나는 아쉽게도 그 기회를 놓쳤다.

새정치수요모임

국회에는 여러 가지 모임이 많다. 나만 해도 새정치수요모임, 국민생각, 바다포럼 등 많은 모임에 멤버로 참가했다. 그중에서도 나의 정치적 성향을 따라 가입한 것이 새정치수요모임이었고, 여기서 내가 정치를 하는 동안 평생을 동지로 살아갈 정치인들을 만난 모임이기도 했다. 새 정치수요모임은 제16대 미래연대를 이끌었던 원희룡, 남경필, 정병국(셋을 묶어 언론에서는 남원정이라 애칭했다), 권오을 의원을 주축으로 제17대 국회의원 중 비교적 진보적이고 젊은 의원들을 중심으로 구성된 모임이었다. 이를 이끌던 남원정은 제16대 국회 후반에 오세훈 전의원과 함께 한나라당의 쇄신 깃발을 들어 올려 60대 퇴진론을 제기하고 박근혜 대표 체제를 만드는 등 한나라당을 앞으로 이끌 주역으로 주목 받고 있는 인물들이었다. 노무현 대통령이 이끄는 열린우리당이 젊은 층에 어필하고 있는 동안 한나라당은 너무 노쇠하고 기득권 세력으로 비추는 방어막 역할을 하는 정당이었다. 또 실제로 이 중 원희룡 의원은 제17대 국회의원 상반기 당대표 선거에서 박근혜 대표에 이은 2위로 최고위원이 됨으로써 언론의 각광을 받고 있던 상황이었다.

386세대였던 나는 선배들과 정치적, 정서적 공감대가 남다를 수밖에 없었다. 특히 원희룡 의원은 내가 국회의원이 되기 전인 고시 시절 그의 합격기를 읽고 글에서 배어나는 성실성과 남에 대한 배려에 감동한 적이 있었기 때문에 더욱더 공감대가 생길 수밖에 없었다. 나는 의정활동을 이런 분들과 함께할 수 있다는 것에 감사했다. 게다가 이 모임에서는 정문헌, 이성권, 김희정과 같이 또래이거나 오히려 나보다 어린 동료의원들이 있어, 나이를 잊고 의정활동을 할 동지가 있다는 게 얼마나 고마운지 몰랐다. 또한 나와 같이 판사 출신으로 초선으로 진입한 김기현, 주호영 의원도 함께해서 편한 모임이 되었다.

내가 보기에 새정치수요모임의 목표는 뚜렷했다. 한나라당이 두 번의 대선 패배와 탄핵 정국으로 수구꼴통 당으로 낙인찍힌 상황을 이겨 내고 새롭게 활기 넘친 개혁적 보수정당으로 만들어 내는 것이었다. 그걸 위해서는 당연히 한나라당 내에서도 다시 소수그룹의 목소리를 대신할 수밖에 없는 상황이었다. 그리하여 한나라당에서 떨어져 나간 젊은 세대, 개혁적 보수세력을 견인해 내는 역할을 하는 것이라고 생각했다.

이런 정치적 목표를 이루기 위해서 당 현안에 대하여 우리 세대의 정서에 맞는 비판을 가하였고(이 역할은 주로 최고위원이었던 원희룡 의원과 당대변인 출신인 남경필 의원의 몫이었다), 대학생, 네티즌을 이끄는 모임을 만들었으며, 호남지방 방문 등을 통하여 기존 한나라당이 끌어안지 못하고 있는 세력들을 끌어오기 위한 노력을 기울였다.

김희정 의원이 맡았던 디지털정당위원장을 내가 맡게 된 것도 새정치수요모임의 이런 노력의 일환이었다. 디지털정당위원회는 그 당시 한나라당이 인터넷상에서 열린우리당 세력과는 게임도 할 수 없는 지경이었던지라, 특별히 만든 위원회였다. 그 당시 인터넷 상의 정치적 특성은 젊은이들이 진보적 목소리를 내는 광장이었고, 보수 쪽에서는 이에 변변히 대항도 못하는 지경이었다. 이런 상황을 돌파하기 위하여 만든 것이 디지털정당위원회였다. 그래서 이 조직은 주로 인터넷상의 여론관리를 위한 것이기도 하였지만, 전국적으로 인터넷을 다루는 젊은이들을 각 지역별로 엮어 내는 역할도 담당하였다.

내가 디지털정당위원장을 할 때 새정치수요모임의 대표였던 박형준 의원의 도움을 받아 만든 조직이 '블루엔진'이라는 대학생 정치 지망생 모임이었다. 이 모임에는 정치에 관심 있는 유수한 학생들이 자체적인 회장을 선출하고 자신들의 정치프로그램을 만들어 활동하였다. 인터넷 모임을 주로 하였지만, 오프라인 모임도 정기적으로 하여 우리에게 그들이 느끼는 정치적 감각과 대학생 프로그램을 제안하기도 하였다. 그때 만들어진 것이 '대학생 정치 스피치 대회'였다. 각 대학교에 정치 스피치 대회 공고를 하고 예선을 통과한 학생들이 다시 국회회관에서 본선 경쟁을 통하여 대학생들의 정치 참여를 이끌어 내는 프로그램이었다. 신선한 발상이었고, 호응도 좋았다. 또 이후 새정치수요모임에서는 대학생들을 상대로 한 정치학교 운영에도 큰 도움이 되었다. 이 정치스쿨은 17대 후반기에 한나라당 대선 후보였던 이명박, 박근혜, 손학규를 초청하여 강의를 듣는 등 대선후보들이 젊은이들을 만나 소통하는 창구 역할을 하기도 하였다.

새정치수요모임의 가장 큰 정치적 승리는 오세훈 서울시장을 당선시킨 일이었다. 그 당시 열린우리당에서는 강금실 후보가 바람을 일으키고 있었고, 우리 한나라당에서는 홍준표, 맹형규 의원이 치열하게 접전하고 있었다. 그러나 지방 선거 최대의 승부처인 서울시장 선거에서 홍준표, 맹형규 의원으로서는 강금실을 이길 수 없다는 징표가 곳곳에서 감지되었다. 그래서 이른바 오세훈 선거법을 만들고 개혁적 공천을 이끌기 위해 국회의원 불출마를 선언하여 국민들로부터 신선한 정치인으로 인기가 높던 오세훈 전 의원의 출마를 바라는 여론이 일었다.

원래 새정치수요모임이 제16대 때의 미래연대를 바탕으로 만들어진 모임이어서, 자연 오세훈 전 의원과 친밀할 수밖에 없었다. 총선 불출마를 선언하고 자연인으로 돌아가 있던 오세훈에게 정치 복귀의 명분을 만들어 줄 수 있는 세력은 새정치수요모임이 적격이었다. 그리하여 우리 모임의 의원들이 기자들을 대동한 가운데 오세훈 변호사 사무실로 찾아가 서울시장 후보로 나서 줄 것을 부탁하였다. 그것을 계기로 오세훈은 서울시장 경선에 뛰어들었고, 바람을 일으키며 당내 경선은 물론이고 본선에서 승리함으로써 전국적 지방 선거의 한나라당 압승에 기여하였다.

그러나 새정치수요모임의 이러한 역할과 승리에도 불구하고 한계 또한 명백했다. 먼저 정치적 포지셔닝의 회색지대였다. 보수정당인 한나라당 내에서 완전히 보수 목소리를 낼 수도 없었고, 그렇다고 진보 목소리를 완전히 낼 수도 없었다. 완전히 보수 목소리를 내면 존재 의의가 없어지고 그렇다고 완전히 진보 목소리를 내면 해당(害黨) 행위가 되었다. 따라서 보수 목소리를 내면 한나라당 젊은 의원들도 별 수 없다는 듯 비아냥거렸고, 진보 목소리를 내면 적 앞에서 아군에게 사격한다고 욕을 듣는 처지였다. 특히 노무현 대통령의 정제되지 않은 통치스타일이 일반 국민들에게 거부감을 일으키자 시절은 보수화되기 시작하였고, '개혁적 보수'는 독립된 가치나 세력이 되지 못하였다.

새정치수요모임는 결국 한나라당 대통령 후보 선출 과정에서 이명박, 박근혜라는 두 강력한 후보의 블랙홀과 같은 힘에 대부분 빨려 들어감으로써 와해되었다. 멤버 중 좀 더 진보적인 쪽은 이명박 쪽으로, 좀 더 보수적인 쪽은 박근혜 쪽으로 옮겼다. 원희룡 의원은 독자세력화를 주장하면서 출마를 선언하였으나(나만 유일하게 그를 공식적으로 지지하였다), 대부분의 의원들은 시기상조라며 말렸다. 또한 어쩌면 그 당시 후보 중에 가장 새정치수요모임과 정치적 성향이 비슷하였던 손학규 후보와는 그의 민생탐험대장정에는 동참을 해주었지만, 그를 위해서 아무도 나서서 원내세력화되어 주지 않았다. 정문헌 의원 혼자 그의 대리인이 되어 경선룰 협상에 임해 주었다.

결과적으로 새정치수요모임은 독자세력화에 실패하였고, 한 때 한나라당 내에서 개혁을 외치던 젊은 의원들의 모임으로 기억되고 잊혀졌다. 왜 그렇게 되었을까. 당연히 그 모임 구성원 면면히 하나의 독자세력으로 묶는 스펙트럼이 다양하였고, 따라서 하나의 세력으로 묶기엔 주체 역량이 턱없이 부족하였다. 그리고 외부적으로도 이제 개혁적 보수가 아니라 이명박의 '일하는 보수'나 박근혜의 '진정한 보수'가 시대적 요청이 되어 있었다. 국민들은 노무현의 개혁에 지쳐 있었던 것이다. 새정치수요모임은 제17대 진보가 판을 치던 국회에서 그나마 보수정당 안에서의 진보와 개혁을 시도하면서 한나라당의 극단적 보수화를 막는 일정 역할을, 빛은 되지 못했지만 소금의 역할을 하고 소멸되었다.

정치 무상

　나는 국회의원의 임기가 끝나자마자 다시 통영에서 변호사를 개업하고 다음을 기약하며 현실에 빠르게 적응하였다. 4년 동안 잔뜩 어깨에 힘이 들어가 있어 의뢰인을 갑으로 모셔야 하는 변호사 일이 쉽지 않을 것이라는 주위의 시선도 있었지만, 나는 곧 예전과 같은 변호사로서 활동할 수 있었다. 젊었기 때문이다. 만약 50대라면 그렇게 되긴 쉽지 않았을 것이다. 서울에 있던 가족들도 모두 내려왔다. 아이들이 아직 어려 같이 지내는 것이 옳은 일이라고 생각하였기 때문이다.

　그러나 이런 외양적인 현실 적응에도 불구하고, 내면적으로는 나도 인간인지라 패배에 따른 후유증을 앓을 수밖에 없었다. 그중 가장 심각한 것이 인간에 대한 불신이 생긴 것이다. 내가 은혜를 베푼 사람이 한순간 돌변하여 자신의 이익을 좇아가는 행태를 보고 인간성에 대한 근본적인 회의가 느껴졌던 것이다. 그런 까닭에 내가 개인적으로 만나는 사람들에 대해서는 여전히 선의로 대할 수 있었지만 대중과 정치하는 사람들에 대해서는 쉽게 다가갈 수가 없었다.

　한편 국회의원 선거 직후인 2008년 6월 통영시 의회와 고성군 의회에서 하반기 의장단 구성을 위한 선거가 있었다. 이 선거에서는 나를 도운

의원들과 상대방을 도운 의원들 사이에 팽팽한 줄다리기가 있었다. 나는 선거 패배에도 불구하고 나를 도와주었던 분들이 자신이 원하는 의장, 부의장, 상임위원장을 맡을 수 있도록 도와주지 않으면 안 되었다. 성심성의껏 내 선거를 도와주신 분들을 외면할 수는 없었기 때문이다.

고성군 의회 의장단 선거는 제준호 의원을 중심으로 몇 번의 회합을 통하여 교통정리가 잘되어 무난히 의장단 선거에서 이겼다. 다만 김관둘 의원이 탈당하지 않은 채 무소속 의장단 편을 들었다며, 고성 한나라당에서 난리가 났다. 게다가 김관둘 의원은 비례대표여서 탈당하면 곧바로 의원직을 잃게 되어 있었기 때문에 탈당하라는 압력이 심하였다. 나는 김관둘 의원에게 버티시라고 힘을 보태어 주었다. 의장단 선거와 당적은 아무런 관련이 없을 뿐 아니라, 김관둘 의원은 내가 추천하고 그 당시 고성 군민들의 비례대표 투표로 당선된 것이지 현재 그 당을 움직이는 사람들이 의원을 만들어 준 것은 아니기 때문이었다. 김관둘 의원은 그 당시 몹시 힘들어 하였지만 의연히 잘 버티었고 나머지 임기를 잘 마쳤다.

그러나 통영시 의회 의장단 선거는 우리의 뜻대로 되지 않았다. 비록 국회의원 선거에서는 나를 도왔지만 의장단 선거에서는 김용우 의장을 돕지 못하겠다는 의원들이 있었기 때문이다. 내가 그분들을 불러 설득해 보았지만, 김용우 의장께서 상반기 의정활동 기간 중 그분들과 별로 좋지 못한 관계였기 때문에 돌려세우기가 쉽지 않았다. 우리가 예상 득표 계산을 해 보니 김용우 의장이 한 표 차이로 이길 수 없다는 결론이 나왔다. 그런데도 김용우 의장은 자신이 이길 수 있다고 믿고 있었다. 비록 국회의원 선거에서는 나를 밀지 않았지만 의장 선거에서는 자신을 도울 것이라 믿었던 의원이 있었기 때문이다. 그렇게 믿었던 것은 사실 김용우 의장이 그분을 추천해서 시의원 공천을 받았을 뿐 아니라 도산 면 고향 후배이기도 했기 때문이다. 그러나 우리는 그분이 김용우 의장을 지지하지 않을 것임을 알았다. 그래서 한 표가 모자란다고 생각했던 것이다.

그런 연유로 선거 당일에는 김용우 의장 외 다른 사람을 의장으로 밀자는 의견까지 나왔다. 그러나 거기에 대해서는 내가 반대했다. 의장 후보로 추천하는 사람을 내가 믿을 수 없거니와 김용우 의장이 그렇게 열심인데 당일 아침에 다른 후보를 민다는 것은 그분에 대한 의리를 저버리는 것이라고 생각했기 때문이다. 결국 부의장과 상임위원장 선거에서는 우리가 이겼지만, 의장선거에서는 김용우 의장이 구상식 의원에게 6 대 7로 패배하였다. 우리는 예상한 결과였지만 김용우 의장은 너무나 뜻밖의 결과였을 것이다.

이후 김용우 의장은 그다음 해 폐암으로 돌아가셨다. 고인은 통영상고(현재 제일고)에서 오랫동안 교편을 잡으시다가 제3대 시의원으로 당선되면서 정계에 입문하였다. 이후 나의 국회의원 사무국장으로 재직하다가 제5대 시의원으로 당선된 후 상반기 의장을 역임하였다. 고인은 한마디로 호방한 성격으로 정의감이 남달랐고 겉과 속이 한결같으신 분이었다. 늘 소주를 좋아하여 소주 한 잔에 희로애락을 담아 호탕한 웃음을 짓곤 하셨다. 나에겐 가장 큰 정치적 후원자로서 멘토 같은 분이었는데, 천수를 다 누리지 못하신 것 같아 너무나 안타깝다. 게다가 의장 선거 패배의 후유증도 한 몫 한 것 같아 더 안타깝다. 명복을 빌 뿐이다.

김용우 의장께서 돌아가시고 얼마 지나지 않은 2009년 5월 노무현 전 대통령이 투신자살하는 초유의 일이 벌어졌다. 이명박 정권 초기 쇠고기 촛불집회로 정권이 흔들릴 정도의 위기가 수습되자 곧 시작된 것이 노무현 전 대통령 후원자에 대한 검찰 수사였다. 그 당시 노무현 전 대통령은 역대 대통령과 달리 자신의 고향 김해로 내려가 봉하 마을에서 농사를 하며 자전거를 타는 소탈한 모습을 보임으로써 국민들로부터 큰 인기를 얻고 있었다. 심지어 봉하 마을이 관광지가 되어 당신이 직접 하루 한 번씩 나와 관광객들에게 인사를 할 정도였다.

노무현 전 대통령은 자신의 성격에 맞게 탈권위적인 소탈한 일반 국민으로 봉사하며 살아가는 모습을 보임으로써 퇴임 대통령의 새로운 롤모델을 만들었다. 그러나 노무현 전 대통령이 놓친 것은 그가 살고 있는 곳이 미국이 아니라 2009년 대한민국이라는 사실이었다. 노무현 전 대통령의 이런 모습은 이미 전직 대통령 문화가 정착된 미국이 아닌 우리나라 정치 현실 속에서 이명박 정권에게는 부담으로, 패배한 열린우리당 세력들에겐 새로운 구심점 역할을 할 수밖에 없었다. 퇴임한 대통령의 활발한 활동은 정치적 파장을 불러일으키는 것이 우리나라 정치 현실이었다.

노무현 전 대통령의 오랜 후원자였던 태광실업 박연차가 탈세 혐의로 조사를 받기 시작하더니 그가 농협의 세종증권 인수에 관여하고 농협의 자회사 휴켐스를 자신이 인수하는 과정에서 뇌물이 오간 사실이 밝혀졌다. 이 과정에 노무현 전 대통령의 형 노건평이 개입된 사실이 알려지더니, 곧 박연차로부터 불법으로 정치자금을 받은 정치인들이 하나하나 밝혀지기 시작했다. 대표적인 것이 이광재 강원도지사였다. 박연차 개인 뇌물사건에서 정관계를 뒤흔든 이른바 박연차 게이트로 사건이 번져 나간 것이다. 노무현 정권 시절 대통령과 막역한 관계를 유지하였던 박연차였기 때문에 그 정권의 핵심에서 여야를 가리지 않고 돈을 건넨 사실이 밝혀졌다. 그런데 사건은 여기서 그치지 않고 결국 노무현 전 대통령에게로 칼날이 향하였다. 진실 공방이 벌어지고 온 언론은 실시간 게임 중계하듯 수사상황을 연일 보도하였다. 심지어 노무현 전 대통령이 2009년 4월 30일 김해에서 서울로 검찰 조사를 받으러 갈 때는 헬기까지 동원되며 생중계되었다. 결국 노무현 전 대통령은 같은 해 5월 23일 봉하 마을 뒷산 부엉이바위에서 수행 비서가 잠시 자리를 비운 사이 뛰어내려 생을 마감하였다.

안타깝고 비통한 일이었다. 그를 정치적으로 지지하거나 하지 않고를 떠나, 불과 1년여 전만 하더라도 우리나라의 대통령으로서 국민 모두를 대표하던 사람이 자신의 신병을 비관하여 자살하였다는 것은 참으로 슬픈 일이 아닐 수 없었다. 그의 자살은 비단 그 개인의 실패일 뿐 아니라 우리나라 정치문화의 또 하나의 실패이기도 한 점에서 더욱 안타까운 일이었다. 우리나라의 역대 대통령은 거의 하나같이 그 결말이 좋지 않았다. 초대 대통령인 이승만은 4·19혁명으로 하와이로 망명하고 그곳에서 죽음을 맞이하였고, 우리나라 경제 부흥을 이끈 박정희는 최측근의 총탄에 쓰러졌으며, 전두환은 5·18광주민주화운동과 관련하여 백담사에 유배되었다가 결국 노태우와 함께 뇌물죄로 영어의 몸이 되었고, 김대중 및 김영삼은 정권 말기 아들들의 뇌물사건으로 거의 허수아비 대통령이 되어 버렸다.

그런 중에 노무현 대통령이 임기를 마치고 고향인 김해 봉하 마을로 내려온 것은 신선한 충격이 되었다. 비록 재임 중 정치적 업적에 대한 평가는 좋지 않았지만, 다른 전직 대통령과 달리 적어도 자신이나 친인척 비리로 정치적 권위가 파탄 날 지경은 아니었기에, 그의 귀향은 비단 김해 시민들뿐 아니라 일반 국민들에게도 새로운 희망을 가질 수 있게 하였다. 우리도 이제 정치적 성과는 불문하고 국민들로부터 존경받고 국민들과 함께하는 전직 대통령을 가질 수 있겠다는 희망이었다. 그래서 그가 농촌 환경에 관심을 갖고 자연농법에 의한 농사를 하며 자신의 사저로 찾아온 국민들과 소통하는 모습을 보고, 우리도 미국에서나 보는 전직 대통령의 모범을 가질 수 있게 된 것이 아닌가 하며 기뻐했다.

그러나 현실 권력은 전직 대통령의 주변을 뒤지기 시작하였고, 하나 둘 씩 비리가 들추어져 감옥에 보내어지더니, 결국 노무현 대통령 자신뿐 아니라 그의 전 가족까지 수사를 받는 상황에 이르렀다. 그리고 그 자신이 정치를 하면서 그렇게 혐오하던 전두환, 노태우와 똑같은 처지로 대검찰청에 불려가 조사를 받는 처지가 되었다. 비록 그의 비리는, 퇴임 후 가족들의 생활을 위한 '생계형 범죄'여서 다른 이들과는 죄질이 전혀 다르다는 일부의 시각이 있었고 심지어 그에게 적대적이었던 보수 언론조차 불구속 재판을 주장하였고 또 그렇게 될 수 있었음에도 불구하고 자살을 선택했다. 전직 대통령의 비극을 또 하나 보게 된 것이다.

노무현 전 대통령은 측근 조사가 한창이던 2009년 2월경 자신이 운영하던 '사람 사는 세상'이란 인터넷 홈페이지에서 "고시 공부하던 때가 가장 행복했다. 직업 정치인은 되지 말라. 특히 대통령은 되지 말라"는 글을 올렸다. 그리고 같은 해 4월 자신의 최측근인 최상문 청와대 비서관이 공금횡령으로 구속되자, "여러분은 이곳에서 저를 정치적 상징이나 구심점으로 이야기하고 있습니다. 그러나 이것은 이 사건 아니라도 제가 감당하기 어려운 일이었습니다. 그동안 저는 방향전환을 모색했으나 마땅한 방법을 찾지 못해 고심을 하던 중이었습니다. 그런 동안에 이런 상황이 되었습니다. 이제는 이상 더 이대로 갈 수는 없는 사정이 되었습니다. 이상 더 노무현은 여러분이 추구하는 가치의 상징이 될 수가 없습니다. 저는 이미 민주주의, 진보, 정의, 이런 말을 할 자격을 잃어버렸습니다. 저는 이미 헤어날 수 없는 수렁에 빠져 있습니다. 여러분은 이 수렁에 함께 빠져서는 안 됩니다. 여러분은 저를 버리셔야 합니다." 그리고 자살하기 직전 컴퓨터에 남긴 유서에서 "너무 많은 사람들에게 신세를 졌다. 나로 말미암아 여러 사람이 받은 고통이 너무 크다. 앞으로 받을 고통도 헤아릴 수가 없다. 여생도 남에게 짐이 될 일 밖에 없다. 건강이 좋지 않아서 아무것도 할 수가 없다. 책을 읽을 수도 글을 쓸 수도 없다. 너무 슬퍼하지 마라. 삶과 죽음이 모두 자연의 한 조각 아니겠는가? 미안해 하지 마라. 누구도 원망하지 마라. 운명이다. 화장해라. 그리고 집 가까운 곳에 아주 작은 비석 하나만 남겨라. 오래된 생각이다." 라고 적었다.

　나는 이런 글들을 차례로 읽으면서 진실로 공감했다. 국회의원 시절 내 측근들이 줄줄이 연루되어 조사받는 고성사건을 겪으면서 정치를 시작한 나를 후회하기도 하였다. 정치란 것이 자신의 진정성만으로 되는 것이 아니라 숱한 사람들의 도움을 받아야 한다. 그런데 그 많은 사람들이 나와 같은 마음으로 나와 함께하는 것이 아니라 자신의 이익으로 나를 대할 때 비극은 시작된다. 나는 그의 선의를 믿었으나 그는 또 다른 복선을 깔고 정치인을 만났을 때 훗날 이것이 악연이 되는 것이다. 노무현 전 대통령의 입장에서 태광실업 박연차는 지방의 작은 기업인이었고, 그로부터 소소한 도움을 받아도 큰 이권은 주지 않아서 괜찮다고 여겼을 것이다. 역대 대통령들은 재벌과 대기업들로부터 불법적으로 정치자금을 조성해서 사용했지만, 자신은 이런 기업들과 결탁하지 않았으니 당당하다고 여겼을 것이다. 그러나 박연차는 사업가였다. 노무현이 대통령이 된 사실을 그와 같이 역사를 바라보며 당당히 살아갈 수 있는 인물이 아니었다. 기회를 놓치지 않고 돈을 벌려고 한 것이었다. 노무현 자신 앞에서는 고마운 정치적 후원자가 뒤에서는 자신의 측근들에게 뇌물을 주며 자신의 사업을 확장해 나간 것이다. 결국 그것이 자신의 발목을 잡았고, 악연의 끝은 자신의 목숨을 내놓는 것이었다.

정치란 근본적으로 인간들의 치열한 이권 다툼을 제도화한 것이다. 심지어 문명화되기 전에는 목숨을 내놓고 전쟁으로 해결하던 일을 대신하는 것이 현재의 정치이다. 그러니 자신이 정치인이라면 어쩔 수 없이 수많은 사람들의 이해관계 속의 최전선에 있는 것이다. 정치는 정치인 개인 혼자서 하는 것이 아니다. 수많은 사람들의 지지와 이해를 대변하는 위치에 있다. 그러니 자신만 깨끗하다고 해서, 자신이 진정성을 가지고 일을 한다고 해서 모든 것이 해결되는 것이 아니다. 자신이 어떤 입장을 취하느냐에 따라 반드시 이익을 보는 사람들이 있고 불이익을 입는 사람들이 있다. 그러니 권력이 있을 때는 사람들이 몰려들고 권력이 없을 때는 사람들이 빠져나가는 일은 당연한 것이다. 이를 이해하지 못하니 정치인은 마음을 다치는 것이다. 그러니 천성이 여린 사람이 정치를 하게 되면 겉으로는 어쩔 줄 모르나 심적으론 많이 다치게 되는 것이다. 무고한 시민을 죽이고 집권하고 수천 억 뇌물을 대통령 시절 받아 챙겼어도 아직도 늠름한 전두환과 못 가진 자의 편에 서서 열정을 다해 일하였으나 몇 억 원의 뇌물로 자살한 노무현을 비교해 보면, 노무현의 천성이 과연 정치에 맞았는가 하는 생각이 든다.

가지 못한 길

2010년 지방 선거에서 내가 역할을 하지 않을 수는 없었다. 내 선거에서 혼신을 다해 도와준 분들을 외면할 수는 없었기 때문이다. 내가 당선되었더라면 당연히 한나라당 후보로 공천되었을 분들이 공천을 받지 못하여 고전을 면치 못할 것이 뻔한데, 내가 손 놓고 있다는 것은 도저히 정치도의가 아니었기 때문이다. 고성에서는 송정현, 최을석 의원만이 무소속으로 군의원 선거에서 당선되었지만(도의원 선거에서는 김대겸 의원이 무소속으로 당선되어 파란을 일으켰다), 통영에서는 무소속 바람이 불어 김동진 시장은 물론 내가 나름대로 지원하였던 강혜원, 유정철 의원을 비롯한 많은 분들이 당선되었다. 그런데 아쉽게도 강근식 의원과 김태곤 의원은 낙선하였다. 같은 지역구라 처음부터 두 후보가 단일화했다면 한 사람이라도 당선되었을 것인데 후반기 의장단 선거에서 서로 견해를 달리하는 바람에 이런 논의를 할 수 없었다. 아쉬운 대목이었다.

지방 선거가 끝나자 곧 내 선거가 다가왔다. 제19대 국회의원 선거다. 그러나 나는 쉽게 선거 체제로 나와 나의 생활을 바꿀 수 없었다. 무엇보다도 제18대 국회의원 선거전에서 봤던 적나라한 인간상의 모습을 다시 보고 싶지 않았다. 게다가 노무현 전 태통령의 자살 사건과 김용우 전 의장의 죽음을 겪으면서 도대체 정치가 무엇인데 사람을 이렇게 만드는 것인가 하는 깊은 회의에 빠졌던 것이다. 굳이 내가 정치를 또다시 해야 하는 가에 대한 번민이 깊어진 것이다. 그러던 중 2011년 6월 10일에서 13일 사이에 경남변호사회에서 부부동반으로 백두산을 다녀올 기회가 있었다. 그때 나는 제19대 국회의원 선거 불출마를 결심하였다. 그당시 일기이다.

백두산의 천지를 보러 갔었다. 정말 감격적이었다. 맑은 날씨에 아직도 얼음과 눈이 완전히 녹아내리지 않고 만든 무지개가 백두산의 천지 아래로 펼쳐졌기 때문이다. 여기가 바로 우리 민족이 발원한 영지다. 몇 년 전에 왔을 때 이틀 연속으로 천지 보기를 시도하였으나, 비바람과 안개 때문에 아쉬운 마음을 접어야 했기에 더욱 감동스러웠을지도 모른다.

그런 중에 내가 왜 꼭 정치를 해야 하는가 하는 생각이 불현듯 들었다. 국회의원이 되는 것은 어릴 적부터 꿈이었고 또 그 꿈을 39살의 나이로 이루었는데, 왜 또다시 국회의원이 되려고 하는가 하는 생각이 들었다. 명예, 권력, for what? 그것이 내 다른 인생을 희생해 가면서 이루어 내야 할 정말 값진 것인가?

나는 깨달았다. 내가 내년 총선을 준비하는 것이, 내 스스로가 간절히 원해서가 아니라 남들이 당연히 그렇게 생각하니까 습관적으로 하고 있다는 것을. 그리고 작년 지방 선거에서 내가 지원했던 분들이 많이 당선되고 또 중앙의 정치 지형이 달라지고 있으므로 잘하면 다시 국회의원이 될 수 있다는 막연한 기대로 가고 있다는 것을. 아니 내년에 안 되더라도 그 다음을 위해서라도 총선을 치르지 않을 수 없다는 생각에서 꾸역꾸역 가고 있다는 것을 깨달았다.

멈추고 다시 내 인생을 리셋할 필요가 있다고 느꼈다. 이제는 내가 청년이 아니라 몸 여기저기에서 건강의 적신호가 오기 시작하는 장년이 되었다는 것을 절감했다. 통풍이 있다는 것을 알게 되었고, 간암의 위험으로 보험회사는 간암 리스크를 안는 것을 거절했다. 평생 아프지 않던 허리가 아파 한 달 동안 통증을 느껴야 했다. 절친한 친구는 간암으로 2년 전에 벌써 세상을 버렸다. 10년 전 정치를 시작했을 때 아이였던 우리 애들이 벌써 고1, 중3, 초5, 4학년이 되어 있었다. 나만의 인생이 아니라 그들의 인생도 고려해 나가야만 했다.

인생은 노년으로 향해 14년 밖에 남지 않았는데, 내가 진정으로 원하는 것을 깨닫지도 못한 채, 표를 위한 인간관계에 몰두해 있었다. 심지어 양심의 소리와 달리 표를 위해 종교를 선택하여야 하는 걸까 하는 고민에 빠져 있었다. 10년 전에는 패기 찼었고, 심지어 17대 국회의원 선거 때는 매일 저녁 지역구 술집과 밥집을 돌아다니면서 유권자들이 주는 술을 벌컥벌컥 마셨고, 내 몸도 그것을 견뎌냈다. 국회의원이 되면 세상이 완전히 달라지리라는 믿음이 있었다.

국회의원이 막중한 자리이고 보람찬 자리임에는 틀림없다. 그러나 현실의 국회의원과 국민들이 생각하는 국회의원은 전혀 다른 것이었다. 국민들은 아직도 국회의원들이 명예뿐 아니라 권력, 돈을 가질 수 있는 자리라고 생각하고 있으나, 돈은커녕 권력도 지방자치제도로 인하여 80퍼센트 이상이 빠져나가 버리고 없었다. 몇몇 의원들을 제외하고는 고위 선출직 공무원 그 이상도 그 이하도 아니었다. 나는 돈을 빌렸다가 이자를 내지 않았다는 이유로 난생처음 법정에 서는 모욕을 당했다. 아내는 서울 월세 아파트에서 줄어든 수입으로 아이 넷을 키워야 했다. 국회의원에게 고개를 숙이는 것은 국회에 불려나온 장차관뿐이었다. 그러나 그들도 여의도를 떠나면 언제 그랬냐는 듯이 자신의 위세를 굽히지 않았다. 시장, 군수는 지역의 사업과 인사권을 틀어쥐고 국회의원의 지역구 사업이라는 것은 자신이 기획하지 않으면 모든 게 그들의 입장이 반영되었다. 심지어 지역 통합이라는 관점에서 열린우리당에 있던 사람을 한나라당에 입당시켜 시장에 당선시켜 주었지만, 내가 공천에 떨어지자 하루아침에 한나라당 후보에 돌아서서 제일 앞장서 배신하였다.

국회의원 스스로는 자신이 큰 권력을 행사하고 있다고 생각할지 모르나 사실은 반쪽으로부터 항상 욕을 먹는 연예인과 다를 바 없다. 누구의 지적대로 옛날에는 정치인들이 검투사들의 혈투를 보며 즐겼는데, 이제 그들 자신이 검투사가 되어 남을 즐겁게 하는 처지에 빠진 것이다.

인생의 전반전을 끝내고 후반전을 새롭게 시작하고 싶다. 우주의 진리와 인류 지혜를 찾아 나서고, 이를 알리며 살고 싶다. 이러한 목표는 내 자신의 몸 상태와 아이들의 인생과 충분히 조화롭게 이루어 낼 수 있다.

나는 정치 아닌 다른 곳에서 내 인생 후반을 살고자 했다. 인생과 우주의 진리를 깨우쳐 이를 널리 알리는 역할을 하고 싶었다. 그래서 우리 가족들, 가까운 측근인 차홍기 회장 및 오랫동안 나의 일을 도와준 조치흠 부장 외 몇몇과 내년 총선 불출마를 논의하였다. 그러자 난리가 났다. 일부 나와 의견을 같이 하는 사람들도 있었지만, 대부분이 반대했다. 그중에서 차홍기 회장의 반대가 심하였다. 차 회장은 17대 총선에서 통영 조직 총책임자가 된 이후 정말 나의 일이면 물불을 가리지 않고 헌신해 왔다. 나보다 연장자임에도 불구하고 언제나 깍듯이 대했을 뿐 아니라 나를 대신하여 아무런 정치적 자리를 바라거나 사업적 이익을 원하지도 않으면서 자신의 돈을 써 가면서 나를 지지하는 사람들을 이끌어 왔고, 어떤 선거에서든 나의 뜻을 헤아려 최선을 다해 헌신해 왔다. 내가 정치판에 뛰어든 이후 얻은 가장 큰 인연이요 고마운 분이었다. 이런 분이 "이번 선거에 내가 이길 것이라 철석같이 믿고 따르는 사람들이 부지기수인데 이제 와서 갑자기 불출마한다고 하면 그들을 어떻게 할 것인가" 하고 거세게 반대를 하니 나로서도 쉽게 내 주장만 관철할 수도 없었다. 불출마 선언을 지금(6월) 불쑥하면 모양새도 이상하니 12월 말경까지 미루자고 했다.

그러나 12월이 되니 총선 분위기가 잡히고, 내가 나가는 것은 너무나 당연한 일로 받아들여졌다. 내가 불출마를 선언하면 내게 많은 기대를 걸고 있는 시민들에게 엄청난 배신감을 안길 것이 뻔했다. 가족, 측근들과 공천까지는 가 보자고 타협이 되었다. 공천 신청을 하되, 공천에서 떨어지면 출마하지 않는다는 조건으로 나서게 되었다. 나로서는 어쩌면 마지못한 출전이었고, 정치를 떠나 다른 길로 간다는 것은 가지 못한 길이 되어버렸다.

제19대 국회의원 새누리당 후보 경선

2011년 12월 예비후보로 등록한 후 친구인 백성구를 수행원으로 하여 통영과 고성 지역을 돌아다녔다. 차로 일정 지역까지 갔다가 차를 세워두고서는 그 일대 상가와 주민들에게 인사하는 방식이었다. 내가 너무나 오랫동안 변호사업에 치우쳐 대외활동을 하지 않았기 때문에 서먹서먹했다. 선거 때가 되어서야 또 나선다는 핀잔을 듣기도 하였다. 그러나 오히려 이런 투어를 통하여 내가 18대 선거 패배 이후 너무나 웅크려 있었다는 것을 알게 되었다. 나를 만나는 많은 사람들이 그동안의 안부를 묻고 반갑게 맞아 주었다. 평소에 뵙지 못하던 친구 어머님들, 고향 사람들, 의정활동 중 만났던 사람들이 옛일을 추억해 주며 반갑게 맞아 주었다.

날이 지날수록 나의 마음도 녹아갔다. 일반 시민들은 그 자리에 있는데, 18대 선거에서 사람에 덴 내가 이제껏 웅크리고 있었다는 걸 깨닫게 된 것이다. 나를 배신하고 정치에 환멸을 느끼게 한 사람들은 20만 유권자들에 비하여 한 줌의 흙도 안 되는 소수였다. 그 소수 때문에 대다수 민중들까지 멀리한 내 자신이 부끄러울 정도였다. 시민들과 군민들을 보고 다시 올바르게 열심히 한다면, 정치는 해 볼 만하다는 확신이 생겼다.

공심위 면접이 있어 창원으로 갔다. 나와 강석우, 송건태, 진의장 전 시장이 면접장에 왔다. 내가 면접장으로 들어가려니 이방호 전 사무총장이 보였다. 격세지감이었다. 저번 공천에서는 무소불위의 칼을 휘두르던 사람이 다른 사람들에 섞여 면접을 보러 온 모양이 권력무상을 그대로 보여 주었다. 나는 웃는 낯으로 인사하였다. 면접은 각 후보들에게 자신의 입장을 간략하게 이야기할 기회를 주었다. 공심위에서는 진의장 전 시장을 따로 남겨 여러 가지를 물었다.

공심위의 결정은 우리 지역은 나와, 이군현, 강석우 세 사람이 당내 경선을 통하여 공천자를 결정한다는 것이었다. 현역에 지난 4년 동안 나름 정권의 실세 언저리에 있었던 이군현 의원에게는 불쾌한 결정이었겠지만, 나와 강석우에게는 기회였다. 대의원은 원래 1,500명가량을 예상하였으나 808명으로 축소 확정되었다. 이 정도의 대의원 수로 공천 후보자를 정한다는 것은 조금 불합리하였다. 일단 지난 4년 동안 이 지역당을 장악하고 있던 현역 당협위원장에게 당연히 유리한 것이었고, 808명이란 숫자는 통영·고성 유권자들의 의사를 충분히 반영할 수 있는 수가 아니었다.

그러나 나는 비록 적은 수와 대의원 구성에 문제가 있으나, 국회의원 공천자를 지역 구민의 손으로 뽑는 경선이 도입되었다는 점에서 진일보한 공천 방식이라고 환영하였다. 나는 국회를 민주화시키려면 공천 과정에서 지역 구민들의 손으로 후보를 뽑는 방식이 도입되어야 한다고 누차 주장해 왔다. 그래야 당의 권력자가 공천권으로 국회의원을 줄 세울 수 없을 뿐 아니라, 지역에서 열심히 일한 일꾼이 지역민의 손에 의하여 공당의 대표로 나갈 수 있기 때문이다. 제일 좋은 것은 오픈 프라이머리를 통하여 각 당의 후보 공천자를 지역 주민 중 특정당 후보 추천에 투표하고자 하는 사람은 누구나 투표할 수 있도록 하는 방법이겠으나, 이는 법제화되지 않으면 상대당의 역선택 등의 위험이 있다. 이 제도가 도입되지 않은 상태에서 이와 같이 소규모라도 경선을 통하여 후보자를 공천한 것은 진일보한 것이라고 생각한다.

그런데 문제는 현역과 두 명의 도전자를 경선 대상으로 정한 것이다. 현역은 그래도 4년 동안 각종 당내 선거와 의정활동으로 당원과 선거인단을 일정 정도 관리하고 있겠지만, 나와 강석우 후보는 그렇지 못한 상태였다. 현역과 1대 1로 싸우지 않는 한 승산은 없다는 것이 냉정한 나의 계산이었다. 그리하여 나는 강석우와 몇 차례 단독 회동을 하면서 단일화 방법을 논의를 하였다. 각자 여론조사기관을 선정하고 설문지는 통일하되 경쟁력 있는 후보가 단일후보자가 되자는 안까지 어느 정도 합의가 이루어지기도 하였다. 그런데 실제 여론조사를 실시할 예정일이 잡히자 강석우 쪽에서 기술적인 어려움이 있다면서 임하지 못하겠다고 했다. 결국 두 사람의 단일화는 무산되었다.

이렇게 두 사람의 단일화가 무산되자 경선은 개표하기 전에 이미 끝난 셈이 되었다. 우리 캠프에서도 대의원들과 인연이 닿은 사람들을 찾아 득표활동을 하였지만, 이군현 의원이나 강석우 입장에서도 그러하였을 것이니, 808명의 대의원들은 아마 전화 받느라 힘들었을 것이다. 3파전이었으니 300표만 확보하면 이길 수 있었다. 우리 캠프에서도 300표 이상이 나오는 걸로 집계되었다. 그러나 여기에 허수가 없을 수 없었다. 이쪽에도 저쪽에도 표를 주겠다고 한 사람들이 부지기수였을 것이기 때문이다. 마지막에 우리 캠프에서 대의원들에게 수고비를 주어야 한다는 이야기가 나왔다. 나는 단호히 거절했다. 선거 운동원들에게 돈을 주는 것은 수고의 대가를 주는 것이지만, 대의원들에게 돈을 주는 것은 매표 행위로서 용납할 수 없는 부정이었기 때문이다.

결과는 이군현 의원의 승리였다. 이미 강석우와 내가 단일화하지 못했을 때 예견된 일이었다. 그러나 내가 실망하지 않은 것은 이번 기회를 통하여 새로운 희망을 보았고, 부정한 돈 한 푼 안 쓰고 정정당당하게 임하였기 때문이다. 나는 깨끗이 승복기자회견을 하였고, 백의종군하며 새누리당 후보를 돕겠다고 했다. 그런데 선관위에서 우리 경선이 공직선거법상 경선이 아니라는 통지가 왔다. 즉 경선에 여러 가지 가산점을 준 것은 공직선거법상에서 말하는 경선이 아니어서, 탈당하여 무소속으로 출마할 수 있다는 것이다. 그러나 나는 이런 트집을 잡아 무소속으로 출마할 경우 정정당당한 것이 될 수 없다고 생각했다. 게다가 이군현 후보가 가산점을 받았지만, 그것을 제한다 해도 그가 1등인 사실은 변함이 없었다. 그런데 이런 선관위의 통지를 받고 강석우는 무소속 출마를 결심하였다. 곧 기자회견을 연다고 술렁거리고 진의장이 무소속 단일후보로 강석우를 밀기로 했다는 소식도 나왔다. 그러나 하루 만에 이를 철회하고 서울로 올라가 버렸다.

제19대 국회의원 선거 본선은 싱겁게 끝났다. 진의장 전 통영시장이 무소속으로 나왔으나, 뇌물죄로 비록 무죄를 최종 선고 받았지만 1, 2심에서 유죄를 받아 몇 달이나 구속되어 있던 사람이 뜬금없이 국회의원이 되겠다고 나왔으니 바람을 일으킬 수가 없었다. 나는 이군현 의원의 요청에 따라 선대본부장을 맡았고, 강혜원, 유정철 의원도 나와 뜻을 같이 하여 새누리당에 입당하여 힘을 보태어 주었다.

이번 선거판은 내게 아주 긍정적인 것이었다. 18대 국회의원 선거 이후 웅크렸던 내 마음이 시민들과의 접촉으로 열리게 되었다. 정치에 대한 근본적인 회의에서 벗어나 그래도 정치가 사람이 태어나서 할 수 있는 최대의 봉사 중 하나라는 나의 신념을 다시 일깨워 주었다. 비록 정치판이 놀이판이 아니라 이전투구와 같은 구석이 없지는 않으나, 누군가는 이 일을 해야 하기에 나와 같이 이런저런 경험을 통하여 정치를 배운 사람이 더 잘할 수 있다는 자신감이 생겼다. 배신에 대한 원망과 회의 대신 정치에 대한 비전과 희망을 다시 세운 좋은 계기가 되었다. 비록 나는 졌지만, 당내 경선에 적극적으로 임하고 대의원 매수라는 유혹을 이겨 내었으며 결과에 깨끗이 승복하여 승자를 지원해 주는 멋진 모습을 보일 수 있었다. 이런 것이 국민들이 바라는 진정한 민주주의 아니겠는가.

의원내각제 혹은 분권형 대통령제 개헌

우리나라도 이제 1인 영웅시대는 지나갔다.[1] 우리 헌정사상 국민들로부터 가장 높은 지지를 받는 대통령은 박정희이다. 5 · 16쿠데타와 유신헌법이라는 헌법 파괴적이고 비민주적 통치에도 불구하고, 그가 가장 지지를 많이 받는 이유는 두말할 것도 없이 한강의 기적이라 불리는 우리나라의 경제 성장을 견인해 내었기 때문이다. 그때 그를 중심으로 하여 우리나라 국민들이 '잘살아 보자'는 각오로 열심히 일하지 않았다면 세계 10위권의 경제규모를 자랑하는 오늘날의 대한민국이 없었다는 주장에 대하여는 일리가 있다.

그러나 오늘날 박정희식의 리더십이 통할 수 있겠는가? 오로지 경제발전을 위해 국민의 기본권을 한계 지우자고 하면 누가 찬성을 하겠는가. 아이가 어른이 되면 아이로 돌아갈 수 없듯이 지금 대한민국도 또다시 개발독재로 돌아갈 수는 없는 일이다. 그리고 그 당시 박정희 모델이 성공할 수 있었던 것은, 우리나라가 절대적 빈곤도 벗어나지 못한 후진국인 상태에서 대통령은 국가의 모든 정보와 권력을 한 손에 움켜쥐고

---

1) 이 글은 졸저 『헌법사 산책』(2010, 도서출판 산수야)에서 전재한 것이다.

지시 명령할 수 있었기 때문이다. 이제 그런 시대는 지났고, 어느 누구도 박정희와 같은 권력을 향유할 수는 없다.

87년 헌법 시행 이래 민주화되면서 우리 국민이 알게 된 것은 대통령도 보통 인간과 다를 바 없다는 것이다. 또 이와 같이 대통령도 '우리들 중의 1인'이라는 인식이야말로 민주주의의 한 표식이기도 한 것이다. 그리고 대한민국의 현 수준은 무조건적인 지시와 명령으로 움직이기에는 너무 복잡다기화되어 각 부분마다의 자율성을 최대한 존중할 때 오히려 국가가 발전한다는 인식도 보편화되어 가고 있다. 이제 우리나라도 통치에 대한 패러다임을 바꿀 필요가 있다. 1인 대통령에게 모든 권한을 주어서 그가 구세주와 같이 우리나라를 더 발전시킬 것이라는 사고에서 벗어나, 그도 뛰어난 사람 중의 한 사람으로만 인정하고 나머지 뛰어난 사람들과 함께 국가를 경영하도록 하는 패러다임으로 전환하여야 한다. 대통령 선거에서 이겼다는 이유 하나만으로 임기 동안 국가의 모든 운명을 맡기기엔 시대가 너무 빨리 변화하고 또 국가의 책무가 너무나 많아졌다. 그렇기에 우리는 지금껏 우리나라의 정부 형태였던 대통령제에서 벗어나 의원내각제 혹은 분권형 대통령제의 도입을 적극 검토할 때가 된 것이다.

대통령제의 한계는 다음과 같다. 첫째, 정부(대통령)가 무능력하거나 국민의 의사와 달리 운영되는 데도 단지 한 번의 선거에서 이겼다는 이유로 임기가 끝날 때까지 그 자리를 지키고 국가를 이끌어 간다는 것은 불합리하다. 정부의 입장에서도 국정 운영이 야당의 강한 반대에 의하여 되는 것 없이 흘러가고 있을 때는 오히려 선거를 통하여 재신임을 묻는 것이 바람직할 경우가 있다. 실제 노무현 대통령 시절은 대통령제의 문제점을 그대로 드러내었다. 대통령 스스로가 강한 야당의 반대에 부딪쳐 국정에 대한 신임을 묻고 싶었는데 그런 제도적 장치가 없어, 대통령이 스스로 대통령직이 힘들다며 그만 두고 싶다고 함에도 불구하고 이를 제도적으로 수용할 수 있는 길이 없었다. 만약 의원내각제였다면 선거를 통하여 다시 국민으로부터 신임을 받거나 새로운 정부가 들어서 책임정치가 가능했을 것이다.

둘째, 오늘날 정당정치의 발전과 정당의 이념적 대표성의 확립으로, 대통령 선거가 단지 그 개인의 상대방 후보에 대한 우월성을 의미하는 것이 아니라, 대통령이 몸담고 있는 정당에 대한 신임 투표적 성격이 강하여졌다. 그럼에도 선거 결과에 대한 권력은 대통령 한 개인에게 집중됨으로써 대통령의 자의적 권력 행사를 막을 길이 없다. 그리하여 그 정당은 선거 이후 다시 들러리로 전락하고 대통령 개인의 국정운영을 위한 도구에 지나지 않게 된다. 대통령 선거 자체가 정당 투표적 성격이 있다면 이에 비례하여 대통령의 권한도 제한되고 그 정당에 국정운영의 성패 책임을 물을 수 있도록 하여야 한다.

그리고 대통령과 국회가 지난날 제왕적 대통령 시절과 달리 민주화됨에 따라 각자 제 자리를 찾아가면 대통령과 국회가 비등한 권력을 행사하게 되고, 이것은 결국 국정의 갈등과 불필요한 국력 낭비를 가져올 수 있다. 원래 대통령제도의 큰 단점 중 하나가 대통령과 국회 사이의 갈등으로 인한 국정마비인데, 이것이 우리나라에서 문제가 되지 않았던 것은 이제까지 국회가 국회로서 그 기능을 다하지 못하고 대통령이 국회를 하수인으로 부릴 수 있었기 때문이었다. 그러나 국회가 국회로서의 기능을 찾아가면 대통령이 국회를 통제할 수 있는 합법적 권한이 없어 국정 혼란을 야기할 수 있다. 특히 연방국가여서 각 주가 사실상 하나의 나라같이 운영됨으로써 대통령제의 연방 정부의 혼란이 미국 전체의 혼란으로 이어지지 않는 미국과 달리, 단일 국가인 우리나라는 국정 혼란 자체가 전국적 영향력을 미쳐 그 단점은 더욱더 커질 수밖에 없는 구조이다.

이런 까닭에 우리나라도 의원내각제적 정부 구성을 고려해 볼 때가 되었다. 흔히 의원내각제의 가장 큰 단점으로 정국의 불안정을 든다. 그리고 실제 우리나라 헌정사상 의원내각제를 채택하였던 4·19혁명 헌법에 의한 정부가 5·16쿠데타로 붕괴된 이유도 정국의 불안정 때문이라고도 한다. 그러나 의원내각제의 단점인 정국 불안정은 현재 우리나라의 정당 구조가 양당 체제로 되어 있고 국회의원 선거에서 다수대표제를 현행대로 유지한다면, 정당의 난립으로 인한 정국의 불안정은 상당 부분 해소할 수 있다. 그리고 국회의 잦은 정부 불신임으로 인한 정국의 불안정은 독일에서 제2차 세계대전 이후 도입된 건설적 불신임제도를 도입함으로써 방지할 수 있다. 즉 국회의 다수로서 새로운 수상을 선출하지 못하면 내각을 불신임할 수 없도록 함으로써 국회에 의한 무책임한 내각불신임을 막아 정국의 혼란을 방지할 수 있다.

만약 당장 의원내각제를 그대로 수용하기 어렵다면(의원내각제가 당장 실시하기 어렵다고 생각하는 것은 첫째 국민들의 국회에 대한 인식이 서구와 달리 부정적이라는 것, 둘째 국민들에게 대통령제가 너무 익숙해져 있다는 것, 셋째 국민들이 자신의 손으로 직접 국가의 최고지도자를 선출하고자 하는 의식이 쉽게 바뀌기 어렵다는 점 등이다), 프랑스식의 분권형 대통령제도(이원정부제도) 도입도 고려해 볼 필요가 있다. 프랑스의 분권형 대통령제는 대통령을 국민이 직접 선출하되 대통령에게 국가원수로서의 지위(이 지위에서 의회 해산권과 수상 지명권을 행사한다)와 국가의 대외적 주권활동 즉, 외교와 국방에 관한 권한만 부여하고 일상적인 내정은 국회의 신임에 의존하는 수상(우리로 치면 국무총리)에게 맡기는 제도이다. 그럼으로써 내정에 있어서는 국민의 의사를 즉각적으로 반영하는 책임정치를 실현함과 동시에 내정의 혼란이 곧 국가 전체의 혼란으로 이어지는 것을 방지할 수 있는 것이다.

그리고 이와 같은 의원내각제 혹은 분권형 대통령제는 향후 우리나라가 북한과 통일된다면 취할 수 있는 이상적인 통치구조가 될 것이다. 왜냐하면 대통령제는 권력분점이 불가능하나 의원내각제 혹은 분권형 대통령제는 권력분점이 가능하여 북한 지역의 이익을 대표할 수 있는 세력을 그들의 대표성을 가지고 정부에 참여시킬 수 있기 때문이다. 우리도 이제 권력의 패러다임을 바꿀 때가 되었다.

통일된 대한민국 헌법을 꿈꾸며

우리 헌법사에 있어 가장 영광스러운 때가 앞으로 온다면 그것은 남
북한이 통일되어 통일을 위한 헌법을 제정하는 일일 것이다.[2] 우리와 같
은 시기에 우리와 비슷한 정치적 상황에 의하여 동서독으로 분단된 독
일이 1990년 통일을 이루고 이를 위하여 통일헌법을 논의하는 과정은
우리 민족에게는 이보다 더 부러울 수 없는 역사적 장면이었다.

나는 우리 민족에게도 적어도 30년 안에는 이런 통일의 때가 반드시
올 것이라고 생각하고 있다. 그것은 1945년 우리 민족을 둘로 가르던 세
계적인 힘이었던 동서냉전 이데올로기가 1990년대 소멸되어 이제 그 이
유로 우리 민족과 한반도가 분단될 이유는 없어졌기 때문이다. 그 당시
북한을 공산주의 국가로 만들었던 가장 큰 힘이었던 소련도 이미 국가
체제를 민주주의로 변혁시켰고, 북한의 혈맹인 중국도 이미 경제 부문
에서는 시장경제를 받아들여 우리나라와 경제 부분 뿐 아니라 정치, 사
회, 문화 모든 면에서 교류하고 있다. 이런 마당에 우리 민족이 남북한
통일을 못할 이유가 없다고 생각하기 때문이다.

---

2) 이 글은 졸저 『헌법사 산책』(2010, 도서출판 산수야)에서 전재한 것이다.

그럼에도 현재 통일에 대한 전망을 가장 어둡게 하는 것은 북한의 국가 체제이다. 북한은 1960년대 중소분쟁을 거치면서 독자적인 국가 발전 노선을 정하고 김일성의 유일 체제가 성립된 이후 세계적인 역사 흐름과는 반대로 19세기적인 봉건절대왕조로 퇴행하는 길을 걸어왔다. 역사 발전 동력을 인민의 주체 역량에서 찾으면서도 역설적이게도 수령의 지도 없이는 인민의 발전도 없다는 도그마에 빠져, 인민의 자율과 창의에 바탕을 둔 국가 발전을 담보해 내지 못했다. 그리고 인류 역사에 있어 이미 구시대적이고 반인민적이라고 판명된 '핏줄에 의한 권력승계'를 이루었고 또 이루려고 시도함으로써 북한이 19세기적 왕조국가로 전락하고 있다. 게다가 경제 부분에 있어서도 세계 경제에서부터 고립되어 인민들의 생활수준이 절대빈곤에서 벗어나지 못하는 처지에 빠지게 하였다. 그럼에도 체제 유지를 위하여 군사력 증강에 매진하여 핵과 장거리 미사일 개발로 미국에 맞서겠다는 냉전 시대적 전략을 버리지 않고 있다.

그러므로 한반도 통일을 위한 급선무는 북한의 체제 변화이다. 북한이 러시아식의 정치, 경제 등 모든 분야에서의 과감한 서구화가 불가능하다면, 적어도 중국과 같은 '사회주의시장경제' 체제로 이행하는 체제 변화야말로 남북한 통일의 첫걸음이 될 것이다. 이런 체제 변화를 통하여 남북이 적어도 경제 분야에 있어서는 상호 장벽 없는 교류가 이어지고 연후 사회, 문화적 통합을 통하여 종국에는 자연스럽게 정치 통합까지 이루어지는 것이 가장 바람직한 통일의 방안이 될 것이다.

그러나 이런 북한의 체제 변화를 우리가 강제할 수는 없는 노릇이다. 체제 변화 강제의 극단적인 방법인 전쟁은, 이미 6·25전쟁을 통하여 그 피해가 얼마나 엄청난 것인가를 우리가 경험하였거니와, 우리 민족을 궤멸시키고 대한민국이 그나마 쌓아 놓았던 기반도 모두 무너뜨리는 재앙이 될 것이다. 전쟁을 통한 통일보다는 전쟁 없는 분단이 백번 나은 일이다. 우리가 할 수 있는 일은 북한이 군사적 모험주의를 버리고 세계와 보조를 맞추어 자신의 국가 발전 전략을 수립하도록 도와주는 것이다.

이런 관점에서 현행 헌법 제3조에서 북한 지역을 대한민국의 영토로 규정한 이른바 영토조항을 개정하거나 삭제할 필요가 있을 것이다. 즉 우리 헌법 제3조에는 "대한민국의 영토는 한반도와 그 부속도서로 한다"고 규정하고 있어 북한 지역도 우리의 주권이 미치는 영토로 하고 있다. 이 규정은 전형적인 냉전시대의 논리에 의하여 만들어진 것으로 북한 지역의 정부를 인정하지 않고 대한민국의 정당성만을 인정하는 것이다. 이것이 남북한 체제 경쟁과 동서냉전시대에는 우리나라를 북한의 위협으로부터 보호하는 헌법적 근거 규정이 된 것은 사실이지만, 1989년 이래 와해된 동서냉전과 오늘날의 현실을 보자면 불필요하거나 적어도 북한의 정치적 실체를 인정하는 식의 개정은 필요한 것이다. 이런 우리들의 적극적인 북한 실체 인정의 노력이야말로 향후 북한이 스스로 체제 변화를 시도할 수 있게 하는 첩경이 될 것이다.

우리나라의 현재적 모순 중 가장 큰 것은 우리 민족의 일부인 북한이 세계에서 가장 폐쇄적인 전체주의적인 국가 체제를 유지하고 있다는 것이다. 우리나라가 산업화되고 민주화되어 세계 어디를 가도 자신감을 가지고 일할 수 있어도 항상 벽에 부딪치는 것이 바로 남북 분단의 현실이다.

만약 우리나라가 통일만 된다면, 우리는 지리적으로 미국, 일본, 중국, 러시아라고 하는 세계 4대 강국의 중간에 위치하고 있어 그들의 모든 문화를 향유할 수 있고, 그 시장을 이용할 수 있으며, 그들과 상호 교통하는 나라가 될 수 있을 것이다. 그리하여 우리 민족이 대륙으로 해양으로 뻗어나가 마음껏 우리의 창조력을 발휘하고 우리의 근면함으로 세계사의 한 획을 그을 수 있을 것이다.

다행히 세계사적 조류는 우리에게 통일의 희망을 가질 수 있는 방향으로 흐르고 있다. 1980년 당시에는 꿈도 꾸지 못하던 일이 공산권의 붕괴로 일어났다. 한때 철의 장막으로 우리가 접근하기조차 어려웠던 중국과 러시아는 우리의 이웃이 되었다. 특히 중국과는 무역교역량에서 전통적 우방인 미국을 앞지름으로써 경제적 측면에서는 미국보다 더 긴밀한 사이가 되었다. 북한이 우리에게 중국과 같은 나라가 되지 못하는 법이 어디 있는가.

독일 민족이 1990년 이루어 내었던 통일과 통일헌법의 제정을 우리 민족이라고 못할 이유가 어디 있는가. 아무리 멀어도 30년 안에는 우리 민족도 통일이나 통일에 준하는 나라를 건설하고 헌법을 마련할 수 있을 것이라 믿는다.

세 번째 이야기

하늘이 허락한 나의 삶

아버지와 어머니

나는 한산도 용초라는 작은 섬에서 태어났다. 용초도는 하나의 산봉우리를 좌우로 용초 마을과 호두 마을로 나누어져 있다. 우리나라에서 바닷가에서 가장 가까운 학교였던 용호초등학교는 이 두 마을 해안을 따라 가운데에 위치해 있어 양 마을에서 걸어서 통학하던 학생들이 서로 불만이 없게 하였다. 용초 마을도 큰말(큰마을이란 뜻이다)과 작은말로 나뉘는데, 나는 작은말 출신이다.

우리 집안은 선대에 만든 족보에 의하면 입향시조가 김해김씨 삼현파의 64세손인 사태 할아버지이다. 실제 일 년에 한 번 모시는 시제(시사)에 모이는 친족들은 70세손 영철 할아버지의 6형제 자손들이 대다수이다. 우리는 그중 둘째 경락 할아버지의 후손인데, 경락 할아버지가 나에겐 고조부가 되신다. 내가 어릴 적 삼촌이라 부르던 분들은 모두 위 6형제들의 증손자들이시다. 정확히는 11촌 숙부 되시는 분들이나 작은말에 같이 사니 그냥 '삼촌'이라 불러 지금도 삼촌이라 부른다.

나는 초등학교 2학년 때 이 섬을 떠나 통영 시내로 이사하게 되었는데, 이것은 오로지 아버지의 노력 덕택이었다. 아버지는 당신의 백부가 자손이 없었고, 여형제 네 명밖에 없어 그 당시로는 두 형제 집안의 하나뿐인 귀한 아들이었다. 그래서 할머니께서 아버지를 일찌감치 장가를 보냈는데, 그 나이가 19살 때였다. 군대도 가기 전에 장가를 보낸 것이다. 그래도 이것이 우리 집안으로서는 다행이었던 것이 할머니는 아버지가 군대 간 사이 42살의 젊은 나이로 돌아가셨는데, 할아버지와 네 딸들을 간수할 어머니를 들이고 나서 돌아가신 결과가 되었기 때문이다. 어쩌면 할머니 당신이 돌아가실 것을 알고 아버지를 일찍 장가보냈을 수도 있다. 아버지는 제대 후 졸지에 생계에는 관심이 없었던 할아버지뿐 아니라 아내와 네 여동생들을 책임지게 되어 정말 열심히 일했다고 한다.

그 당시 용초도에서 생계를 위하여 할 수 있었던 일은 조상으로부터 물려받은 땅에 농사를 짓거나 배를 타는 일이었다. 아버지는 성실한 천성으로 새벽부터 밭을 일구었으나 이것이 큰돈이 안 된다는 것을 깨닫고는 그 당시 섬에서 멸치배(기선권현망) 어로장을 하던 이웃 어른을 따라 배를 타게 되었다.

통영의 멸치배는 여러 어선이 하나의 선단을 만들어 멸치를 어획하는데, 멸치 떼가 어디에 있는지를 알아내고 전체 선단을 지휘하는 전파선(어탐선), 멸치 떼를 양 갈래 그물로 끌어 포획하는 두 척의 끌선(본선), 올라온 멸치를 바다에서 바로 삶아 가공하는 한 척의 가공선, 그 외 보조선 1, 2척으로 구성된다. 선원은 어로장을 포함하여 수십 명이 된다(아버지의 시절에는 50여명이 넘었다고 하는데, 이후 조업이 기계화되면서 많이 줄었다고 한다). 이런 배를 타는 선원들의 가장 큰 꿈은 어로장이 되는 것이다. 어로장은 통영에서는 물선주라 부르기도 하는데, 바다에서는 선주와 같다는 뜻이다. 어로장은 해상에서의 어로 작업 전체를 지휘할 뿐 아니라 대개가 선원들의 채용과 해고까지도 선주로부터 위임 받아 행사한다. 또한 어로장의 능력에 따라 어획고가 차이가 날 수밖에 없어 선주로서는 좋은 어로장을 구하는 것이 가장 중요한 일이 아닐 수 없다. 그러니 자연 어로장은 다른 선원들과 달리 수입이 많을 수밖에 없다.

아버지 인생에서 당신의 가장 큰 자랑은 당신 나이 29살에 어로장이된 것이다. 20대에 모든 선원들이 선망하는 어로장이 되었으니, 공부하는 사람들이 20대에 국가고시 합격하는 일에 비견될 만한 일이다. 그결과 아버지는 가족들을 이끌고 섬을 나와 통영 시내로 이사할 수 있었다. 나도 자연 시커먼 섬 아이에서 반듯하게 양복 입고 사진을 찍을 수있는 시내 아이가 될 수 있었다. 그것도 통영에서 가장 유명한 통영초등학교에 다니고 그 학교 바로 밑, 그 당시로서는 살 만한 동네인 문화동 골목에서 자랄 수 있게 된 것이니, 이보다 더 큰 유년의 복이 있을 수없었다.

한편 어머니는 밀양박씨 집안으로 나이 20살에 아버지에게 시집을 왔는데, 지금은 한산도 본섬과 다리로 연결된 추봉도에 있는 추원이 고향이었다. 외할머니는 외할아버지가 일찍 돌아가시는 바람에 재혼하여 추원을 나가셨다고 한다. 그래서 어머니는 아주 어릴 적부터 오빠와 두 남매가 삼촌댁에서 삼촌 자녀들과 어울려 함께 살았다. 어머니가 자신을길러준 분들이 친부모가 아니라 삼촌 내외이고 동생들이 사촌 동생들이라는 걸 알게 된 것은 시집을 갈 즈음이었다고 한다.

어머니는 시집을 오고 난 후 얼마 지나지 않아 남편이 군대 간 사이시어머니가 돌아가시는 바람에 젊은 나이에 시아버지와 시누이 넷을 책임지게 되었다. 후에는 군대에서 돌아온 남편까지 졸지에 일곱 식구의 가정을 도맡아야 했고, 고모들에게는 할머니의 맞잡이 역할을 할 수밖에 없었다. 고모들을 다 시집보내고 다시 우리 네 형제를 키우는 수고를 아끼지 않으셨다.

어머니는 그 시절 섬에서 태어난 여자들이 대개 그러하였듯 학교 문턱에도 가지 못하여 문맹이었다. 그러나 머리가 좋아 기발한 방법으로 셈을 빨리하고 필요한 것은 외웠다. 그래도 남자라서 초등학교를 나와 읽고 쓸 줄 아는 아버지가 누구 집 전화번호를 알고 싶을 땐 전화번호부보다 어머니를 먼저 찾았다.

그러나 내가 지금도 가장 감명 깊은 일은 어머니가 절대로 자식들 앞에서는 아버지를 헐뜯지 않고 칭찬한 일이다. 아버지가 대개의 뱃사람들이 그렇듯 술을 과하게 먹은 날은 집에 와서 술주정을 하는 일이 종종 있었다. 어린 나의 눈으로 보아도 분명 아버지가 잘못하는 일인 것 같았다. 그런데도 어머니는 아버지 없는 자리에서 나에게 "너거 아부지가 술에 취해서 그렇지 그래도 얼마나 착하고 열심인 줄 모른다. 섬에서 살 때 다른 사람들이 다 배 빌려 토영 놀러 갈 때 젊은 나도 얼매나 가고 싶었는지 모른다. 그럴 때면 너거 아부지가 '두고 봐라 나가 언젠가는 아예 토영으로 이사 갈 터이니 조금만 기다리라'고 했다. 그때는 못 데려가서 미안해서 하는 소린 줄 알았는데, 이렇게 진짜 토영으로 살러 안 왔느냐, 너거 아부지는 정말 열심히 일한 사람이다."라고 말하기도 하고, 군대 갔다 와서 가족들 먹여 살릴 거라고 아무도 일어나지 않은 꼭두새벽에 산에 올라 밭을 일군 이야기를 들려주기도 하였다. 어머니의 이런 어질고 현명한 태도가 어쩌면 일평생 내가 아버지에게 한 번도 반항하거나 미워한 적 없고 효도하려는 마음을 간직할 수 있게 한 것 같다.

아버지의 인생 황금기는 어로장이 되어서 온 가족을 통영의 가장 살기 좋은 문화동으로 이끌고 나온 그 즈음이었던 것 같다. 이후 나름대로 부를 쌓은 아버지가 장어잡이를 하는 통발배라는 당신의 사업을 몇 년간 하였는데, 이것이 잘되지 않아 가세가 기울었다. 그래서 우리 한 가족만 살던 집 중 큰방 두 개를 전세 주고 한 방에서 온 가족이 같이 생활하기도 하였다. 아버지는 다시 어로장으로 일하러 나갔지만, 예전처럼 한 배에 오래 있지 못하고 자주 중간에 하선을 하였다. 나중에는 어로장 밑의 선장이나 기관장을 하려고 하였으나, 다른 어로장들이 어로장 출신이라고 받아 주지를 않아 일자리를 찾는 게 쉽지 않았다.

이렇게 되자 어머니가 집에서 삯바느질을 하였다. 그 당시 '베전방'이라 불리던 중앙시장의 포목점에서 주문이 들어오면 베개, 이불, 주검옷 등을 만들어 주었던 것이다. 나의 중고등학교 시절은 어머니의 재봉틀 소리, 긴 천의 한쪽을 잡아 주면 가위 한 날로 귀신같이 일직선으로 쭉하니 잘라 내던 신기한 손놀림, 큰방에 흩날리던 이불솜이 있던 때였다.

이런 형편에 내가 대학교를 나오게 된 것은 행운이었다. 형님은 고등학교 진학 때 아버지 사업이 망해서 어쩔 수 없었고, 누이들은 여자들이어서 둘째 아들인 나에게 대학교에 진학할 기회가 주어진 것이다. 지금으로 보면 아버지의 나름 전략적 선택이 내게 큰 행운을 가져다준 것이다. 지금도 이 부분에 대하여 형제들에게는 미안하고 어려운 형편에도 대학교에 보내준 부모님께는 감사하다. 가족들에게 항상 큰 빚을 진 느낌이다.

어머니는 결국 가난을 벗어나지 못한 채 돌아가셨다. 자궁암이었다. 집안이 넉넉하였더라면 미리 알 수도 있었을 병이었는데, 통증이 있으면 인근 약국에서 진통제를 사먹는 것으로 대신하다가 병원에 갔을 때는 이미 손을 쓸 수 없는 지경의 말기암이었다. 투병 생활 중 당시 사법시험을 준비하던 내가 안부전화를 할 때면 통증이 심하다가도 내 전화를 받을 때는 정신을 꼿꼿이 하고 아프지 않은 척 공부나 열심히 하라고 당부하셨다. 내가 사법시험 1차에 합격하고 그 소식을 전하자 "너거 아부지 옆에서 운다" 하시던 어머니의 목소리가 아직도 생생하다. 내가 1차 시험 합격 후 잠시 통영에 내려와 어머니에게 염주를 사드리고 2차 사법시험 때문에 서울로 떠나올 때 안방에서 "어여 가" 하시면서도 뼈만 남은 얼굴에 눈물을 보이셨는데, 그것이 살아생전 어머니를 마지막 뵌 때였다. 나는 다음에 또 뵐 기회가 있을 것이라 여겼지만 어머니 당신은 이게 살아생전 마지막이란 걸 너무도 잘 알고 있었던 것이다.

어머니가 돌아가시고 난 이듬해 나는 사법시험에 최종 합격하고 결혼을 했으며 이후 아이 네 명을 낳아 기르고 있다. 아이들이 예쁜 짓을 하고 내가 행복할 때는 종종 이런 생각이 든다. 어머니가 살아 계셨으면 얼마나 기뻐하셨을까. 그리고 우리 4형제도 이제 가정을 이루고 심지어 조카들이 곧 새로운 가족을 이룰 때가 되었다. 이 모든 행복을 어머니가 하나도 누리지 못하고 가셨다고 생각하니 마음이 먹먹하다. 형님이 마산에 있는 고등학교를 다녔기 때문에 주말에 올 기회가 있으면 꼭 형님이 좋아하는 빵을 만드시던 어머니, 고등학교 시절 늘 저녁 도시락을 싸들고 학교에 오시던 어머니, 서울에서 방학 때 내려가면 미처 대문에 들어서기 전에 내 발자국 소리를 알아 들이시고 "아이고, 내 새끼 집에 오나" 하며 환하게 웃으며 맞이해 주시던 어머니. 그 어머니가 그립다.

사랑

내가 아내를 처음 여인으로 만난 건 1988년 겨울이다. 그 당시 나는 결핵을 앓아 치료 중이었다. 내가 1988년 7월 하숙집에서 각혈을 했는데, 하숙집 아주머니가 병원에 가보라고 했다. 결핵이었다. 식사도 변변치 않으면서 그 당시 캠퍼스 분위기에 젖어 학생운동에 쫓아다닌 것이 화근이 된 모양이었다. 휴학을 하고 1년간 꼬박 집에서 요양을 했다. 그러던 중 그해 겨울 아내가 동생들 과외를 부탁하기 위하여 지금은 윤이상 음악당이 세워진 충무관광호텔 커피숍에서 만났는데 아내가 갑자기 여인으로 다가왔다. 아내는 그 당시 하얀 외투를 입고 있었는데, 내 눈에는 그 모습이 얼마나 기품 있게 보였던지 알퐁스 도데의 소설 『별』에서 나오는 목동이 스테파네트 아씨와 우연찮게 밤을 지내며 별을 보았을 때의 감정을 한순간 이해할 수 있었다.

"우리 주위에는 총총한 별들이 마치 헤아릴 수 없이 거대한 양떼처럼 고분고분하게 고요히 그들의 운행을 계속하고 있었습니다. 그리고 이따금 이런 생각이 내 머리를 스치곤 했습니다. 저 숱한 별들 중에 가장 가냘프고 가장 빛나는 별님 하나가 그만 길을 잃고 내 어깨에 내려앉아 고이 잠들어 있노라고."

그렇게 운명과 같이 아내와 사랑에 빠졌다. 동생들의 공부를 봐주러 아내의 집으로 찾아 갔으므로 자연스레 그 집에서 어울려 이야기도 하고 아내의 피아노 반주에 맞춰 노래 부르기도 하면서 가까워졌다. 1989년 1학기 개학이 되어서는 여느 연인과 마찬가지로 시간이 되면 데이트를 하였다. 한번은 이대 정문 앞에서 아내를 기다리며 섰는데, 그렇게 쏟아져 나오는 여학생들 사이로 유독 아내에게서만 환한 빛이 쏟아져 나오는 경험을 했다. 사랑을 해 본 사람은 이 말을 이해하리라.

　그런데 군대 문제가 불거졌다. 연기를 할 수는 있지만 대학을 졸업하면 곧바로 군대를 가야 했다. 그래서 먼저 병역의무를 마치기로 하였다. 몸이 좋지 않았으므로 보충역으로 편입되어 집에서 병영까지 출퇴근하는 방위병으로 1년 6개월을 근무하였다. 그 기간 동안에도 아내와 계속 사귀었는데, 그 당시에는 주로 전화로 데이트를 하였다. 일과가 끝나면 전화통을 붙들고 1시간이고 2시간이고 이야기를 해댔다.

　그러다 내가 방위 근무를 마칠 때쯤 우리의 혼사 이야기가 나왔다. 부모님을 문화동의 한 고깃집에 모시고 아내를 인사시켰다. 구체적으로 신혼여행지까지 말이 나왔다. 그러나 곧 혼사 이야기는 없던 일이 되었다. 그 당시 처갓집은 장인어른이 지병으로 돌아가시고 장모가 멸치배 선단을 운영하고 있었다. 처갓집은 할아버지 때부터 멸치배를 운영하는 선주집에다 통영에서 하나뿐이던 봉래극장을 가지고 있을 정도로 이름난 부잣집이었다. 처조부로부터 처백부는 봉래극장을, 장인은 멸치배 선단을 각자 상속받아 경영하였던 것이다. 장모로서는 첫째 사위가 되는 내가 서울대 법대를 다닌다고는 하지만 집안도 형편없이 가난한 데다 아직 사법시험도 합격하지 못한 처지라 쉬이 혼사를 시키기 어려웠던 것이다.

말은 내가 사법시험 공부가 끝난 다음으로 혼사가 미뤄진 것이라지만 실질적으로는 파혼하는 것과 마찬가지였다. 아내는 이에 대한 실망으로 나에게 이별을 통보하였고, 나의 아버지는 우리 집이 가난하다고 장모가 얕본 것이라며 노발대발하였다. 이후 나는 이별의 고통을 앓아야 했고, 아내와 4년간을 만나지 못했다. 복학하여 사법시험을 준비하면서 가끔 아내에게 전화를 해도 아내는 받지 않았다. 우리의 사랑은 서서히 서로 잊혀져 가고 있었다.

그런데 1994년 처갓집의 사업이 부도가 났다. 설날 때 집으로 내려갔더니 아버지가 "너거 유갱이 집이 부도가 났다더라"고 말씀을 하셨다. 그 말을 처음 들었을 때는 "예, 그래요?" 하고 넘겼다. 내 스스로도 이제 아내를 남으로 생각하기로 마음먹기도 하였기에 다소 무덤덤하여 있던 것이다. 그러나 고시원으로 걸려온 아내의 전화를 받고서는 모든 게 달라져 버렸다. 집이 어렵게 되었으니 오빠가 내려와서 좀 도와주면 안 되겠냐는 것이었다. 그 전화는 마치 운명의 부름과 같았다. 완전히 꺼져 버렸다고 믿었던 사랑의 불씨가 그 전화 한 통으로 확 타올랐던 것이다. 그래서 사법시험 2차 준비로 한창 바쁜 때인데도 불구하고 부도 뒤처리를 도와주러 내려갔다.

내가 내려가 있다고 별다른 수는 없었다. 이미 한 번 부도가 나버렸기 때문에 은행들은 처갓집의 부동산 등을 경매에 집어넣어 원금 회수에 바빴고, 사채업자들은 혹시 자신의 채권을 회수하지 못할까 노심초사하여 발을 동동 구르고 있었다. 요즘은 회생이나 워크아웃 절차 등이 잘 정비되어 채권자집회 등을 통하여 기업을 살릴 수 있는 길도 있으나, 그 당시 이런 법적 장치가 없어 모두들 우왕좌왕하였다. 그 당시 처갓집은 통영 요지에 부동산도 많고 멸치 선단 자체가 값이 나가서 채무보다 자산이 많은 상태였기 때문에 채권자들이 조금씩 양보하면 살릴 방도도 있었으나, 결국 서로 이해관계가 맞지 않고 어렵게 조업 나간 배도 이 문제를 해결할 만큼 어획량을 올리지 못하였다.

그 당시 고등학교 시절 교회에 다니면서 읽었던 성경 중에 내일 골고다 고원으로 올라가 십자가 못 박히게 될 예수가 겟세마네 동산에서 기도하던 때가 내게 절절히 떠올랐다. 예수가 내일 제자에게 배신당하여 죽음을 당할 것을 알고 자신이 가장 믿고 사랑하던 베드로에게, "베드로야, 베드로야, 내 마음이 심히 고민하여 죽게 되었으니 나와 함께 깨어 있어다오" 하고 부탁을 하였다. 그러나 낮 동안의 선교여행에 지친 베드로는 피곤하여 잔다. 그리하여 예수가 다시 베드로를 깨워 기도를 부탁하였으나 또다시 베드로는 잠들어 버린다. 결국 예수는 "하나님 아버지 만일 할 만하시거든 이 잔을 내게서 지나가게 하옵소서, 그러나 내 뜻대로 하지 마옵시고 하나님 뜻대로 하옵소서"라는 기도를 마치고 곧 도착한 로마 병사들에게 붙들려 간다.

하나님의 아들이라고 자부하고 인류의 구세주라고 자신하던 예수가 오죽하였으면 제자에게 자신을 위해 깨어 있어 자신을 위해 기도해 달라고 부탁을 하였겠는가. 인류 역사상 가장 위대하다는 영웅인 예수가 이러할진대 우리와 같은 범부 인생에서 얼마나 많은 순간 남들의 도움의 손길이 필요할 것인가. 그러나 남들 또한 그 인생의 무게로 나를 위해 한 시간조차도 깨어 있지 못하는 그 절대 고독의 순간은 또 얼마나 많을 것인가. 내가 사법시험 공부하는 어려운 시기에 아내가 한 번도 찾아주지 않은 고독이 있었다면, 아내에게도 지금 나도 똑같이 아무런 도움이 되지 않는 것 아닌가. 인간이란 아무리 가까운 사이라도 타인이 어찌해 주지 못하는 자기 나름의 십자가는 누구에게나 있는 법이다. 그러나 예수가 그러했듯이 자신의 운명을 깨끗이 받아들이고 자신의 십자가를 짊어짐으로 말미암아 새로운 부활의 계기는 생길 수 있다.

그리하여 나는 결심했다. 내가 만약 내년에 사법시험에 합격한다면 아내와 결혼하겠다. 사법시험에 합격하지 못한다면 가난한 내가 아내를 도울 방법이 막막하겠지만, 사법시험에 합격한다면 그래도 우리 두 사람이 밥을 굶기야 하겠는가. 그리고 그해 사법시험에 합격했다. 나같이 평범한 사람이 시험 준비 3년만에 합격한 것이다.

1994년 사법시험에 최종적으로 합격하고 막상 결혼을 추진하려니 이번에는 아버지가 반대하고 나섰다. 사실 1년 전에 어머니가 암으로 돌아가시고 난 후 아버지는 힘겹게 나를 뒷바라지 하셨기 때문에 아들이 사법시험에 합격하자 고생이 끝났나 싶은 마음도 있었을 것이다. 그런데 합격하고 얼마 지나지 않아 아내와 결혼한다고 하니 오죽 힘들었을 것인가. 내가 아버지와 식사를 하면서 이 말을 꺼내자 아버지는 상을 엎었다. "쎄 빠지게 고생해서 공부시켜 놓은 게 부도난 집에 장가간다고? 그것도 니 가난하다고 걷어찬 집에. 니는 배알도 없는 놈이가." 그러고는 우셨다. 나는 "아부지, 걱정 마이소. 잘살게요"라고 말씀 드릴 수밖에 없었다.

사실 내가 아버지의 반대에도 불구하고 아내와 결혼을 추진할 수 있었던 것은 돌아가신 어머니가 내가 아내와 결혼할 것이라고 예언 같은 걸 하셨기 때문이기도 하다. 아직 처갓집이 부도가 나지도 않고 내가 사법시험 1차도 합격하기도 전에 암으로 투병 중이던 어머니가 꿈에서 아내가 당신을 찾아와서 절을 하더라는 것이다. 그러면서 "줄아, 아무래도 유갱이가 니하고 결혼 하낀갑다. 꿈에 나타나 나한테 절을 다하는 것 보모" 하시던 말씀이 늘 가슴에 있었다. 그리고 여하간 내가 이 세상에서 가장 사랑한 어머니가 살아생전 본 내 유일한 짝이었으니, 아내가 어머니께 제사를 올리면 어머니가 얼마나 좋아하실까 싶었다.

결혼식은 조촐하게 통영에서 했다. 평소 존경하던 한옥근 장로님을 주례로 모시고, 처가 식구는 거의 참석하지 못한 채 진행했다. 그래도 나는 행복했다. 어쨌든 하늘이 내게 내 청춘의 사랑이 열매 맺게 허락해 주었기 때문이다.

이후로 우리는 4명의 자녀를 낳았다. 사법연수원 시절 첫째 준영이가 태어나 내가 광명도서관에 공부를 하러 가면 동자승 같은 머리를 하고 아장아장 도서관 마당을 돌아다녔다. 둘째 원영이는 태어나자 곧 울산 법원 판사로 임용되어 돌잔치를 울산에서 했다. 셋째 자헌이는 내가 변호사를 개업한 다음해 태어났는데, 태어날 때까지 아들인 줄 몰랐다가 아들로 태어나 온 집안에서 기뻐했다. 넷째 다은이는 아내가 자헌이를 출산하고 곧 임신이 되었는데, 내가 셋째가 아들이니 넷째는 아들이든 딸이든 부담 없으니 한 명만 더 놓자 하여 낳게 되었다. 지인께서 이름을 두 개를 지어 주셨는데, 그중 많을 多에 은혜 恩이 내 마음을 그대로 표현하는 것 같아 이름을 그걸로 정하였다.

옛말에 결혼은 사랑으로 하지만 결혼생활은 정으로 한다고 한다. 살아보니 이 말이 진리라고 생각한다. 20대 그 뜨거웠던 사랑은 마치 멋진 영화를 한 편 본 것처럼 지나가 버리고, 이제 남은 것은 아이들 네 명을 키우느라 좌충우돌 고민하는 전형적인 한국의 중년부부이다. 그러나 이런 것은 자연의 섭리이니 여름이 지나면 가을이 오는 것과 마찬가지이다. 그럼에도 내 인생이 이만큼이나마 따뜻한 것은 열대 사막의 뜨거운 태양 같은 사랑이 내 인생의 20대에 있었기 때문이리라. 다만, 내가 아내에게 미안한 것은 울퉁불퉁한 내 인생으로 말미암아 아내의 꿈을 이루도록 도와주지 못한 일이다. 원래 아내의 꿈은 교수였다. 그래서 이화여대 경영학과에서는 유사 이래 처음으로 박사과정에 들어가기도 했다. 그런데 내가 이리저리 내 꿈을 좇다 보니, 잠시 시간 강사를 한 것 외에 달리 경력을 쌓을 기회를 얻지 못했다. 훗날 성균관대학교에서 박사학위를 받았지만, 내가 국회의원 선거에 떨어져 가족 모두가 통영으로 내려오는 바람에 아까운 능력을 사장시켰다. 두고두고 미안한 일이다.

아, 어찌하여
사랑의 불길은
하늘에서 풀려나와
내 가슴
한 점 불꽃으로
만들어버렸는가.

말해다오,
운명의 여신이여.
시간 속에 뿌려진 씨앗의 비밀을 알고 있는 그대.
내게 무슨 일이 일어나고 있는지를

어찌하여, 내 두 눈은

강렬한 빛살 앞에 내놓였으며

내 혼은 전율하고 있는지를.

(1989.2.18.)

아이들

　인간으로서 가장 큰 축복 중 하나가 가정을 이루고 자식들을 갖는다는 것이다. 아내와 나는 네 아이를 가졌는데, 준영, 원영, 자헌, 다은이다. 준영이와 원영이는 내가 사법연수원 시절 경기도 광명시에 살 때 얻었고, 자헌이와 다은이는 내가 통영에서 변호사 개업을 한 이후에 낳았다. 1, 2번(우리는 남들 알아듣기 쉽게 이렇게 부르기도 한다)은 결혼의 기쁨에 겨워 당연히 출산한 경우라면, 3, 4번은 변호사를 개업한 이후에 낳았다. 만약 변호사 개업으로 경제적 여유가 없었다면 자헌, 다은이를 가질 엄두도 못 냈을 것이니 한 번씩 웃으면서, "3, 4번은 변호사 개업 기념이다"라고 했다. 이를 들은 짓궂은 친구들은 "그럼 국회의원 당선 기념으로 한 명 더 놓지 그래. 이런 시대에 가장 큰 애국 아닌가"라고 농을 했다.

　흔히 자식을 낳아봐야 부모 마음을 안다고 했는데, 나도 자식을 낳아 길러보니 우리 부모님이 우리를 어떻게 길렀는지 알게 되었다. 정말 눈에 넣어도 아프지 않겠고 열 손가락 깨물어 안 아픈 손가락 없었다. 첫 아이가 태어나 처음 뒤집기를 하고, 아빠 엄마라는 말을 처음하며, 아장아장 걸을 때의 감격이란 생명의 신비와 기적을 보는 느낌이었다. 또 아이들이 유치원, 초등학교에 다니며 귀엽고 예쁜 짓을 하는 것을 보면 하늘에서 천사들을 내게 보낸 것이 틀림없다는 생각을 하게 하였다. 이러니 부모가 자신을 희생해가면서 아이들을 돌보지 않을 수 없다.

내가 아이들에게 조금 미안한 것은 아이들을 내 성공과 실패에 따라 전학을 많이 시킨 것이다. 원래 아내는 아이들을 서울에 있는 사립초등학교에 보내자고 했다. 그래서 준영이와 원영이는 경기초등학교에 다녔다. 그 학교는 진학을 희망하는 학부모들이 많아 뺑뺑이를 통한 추첨으로 학생들을 선발하는데, 1, 2번 모두 당첨되는 행운이 있었다. 그 학교는 해마다 전교생을 대상으로 음악경연제를 실시하는데, 준영이와 원영이는 모두 1학년 때 독창 부문에서 대상을 탔다.

아이들이 이렇게 학교에 적응하며 잘 다니고 있었는데, 갑자기 내가 제17대 국회의원 출마 준비를 하면서 아이들을 용남초등학교로 전학시켰다. 그 당시 내 생각으론 지역의 대표로 출마하는 사람이 아이들을 서울에 있는 초등학교에 보내고 있는 것이 사리에 맞지 않다고 생각한 것이다. 지금 생각하면 굳이 그럴 필요가 있었나 하는 생각도 들지만, 그때는 그게 당연하다고 생각했고 아빠의 꿈을 위해 아이들이 희생을 했다.

이후 국회의원에 당선되고 나서는 다시 서울로 이사를 가는 바람에 1, 2번은 집과 가까운 여의도초등학교에 다니게 되었다. 자헌, 다은이는 유치원을 다닐 나이가 되었는데, 알아보니 주변 사립유치원은 비싼데 반하여 국회어린이집은 싸고 프로그램도 좋았다. 그래서 3, 4번은 국회어린이집을 다녔다. 원래 국회어린이집은 국회의원들의 자녀가 아니라 국회 공무원들의 자녀를 위한 시설인데, 국회의원 자녀들이 다닌 것은 처음이었다고 한다.

제18대 국회의원 선거에 낙마를 하자, 아이들 문제가 가장 컸다. 나는 당연히 통영으로 내려가 훗날을 도모해야 한다고 생각했지만, 아이들을 통영에 다시 데려오자니 미안한 마음이 앞섰기 때문이다. 그런데 다행히 아이들을 좋아하는 나를 잘 아는 아내가 흔쾌히 같이 내려오겠다고 하여 통영으로 전학을 했다. 이런 까닭에 준영이는 초등학교를 세 군데, 원영이는 무려 네 군데를 다니게 되었다. 처음 경기초등학교를 다니던 1, 2번을 내려오게 한 것은 잘한 일인지 후회가 되기도 하지만, 나중에 내가 낙마하고 아이들이 같이 내려 온 것은 참 잘한 일인 것 같다. 가족은 부대끼며 살아야 추억을 함께 만들고 정을 느낀다고 생각하기 때문이다.

어느 부모라도 겪는 일이지만, 우리 부부도 아이들이 청소년기에 이르러 자신들의 자아가 형성되고 부모로부터 독립하려고 했을 때 엄청난 갈등을 겪었다. 우리 부부로서는 당연한 일이 아이들 입장에서는 당연한 것이 아니라고 여겨질 때 그 갈등이란 쉬운 것이 아니었다. 특히 첫째가 그런 갈등을 심하게 느꼈다.

고등학교 1학년까지 별 탈 없이 다니던 첫째가 겨울방학이 지나고 2학년이 되면서 점점 엄마와 갈등이 심해졌다. 학교에서도 자주 양호실에서 쉬기도 하고 몸이 아프다며 조퇴를 하기도 하였다. 한 날 아이가 아프다고 해서 학교에 가보니, 상담 선생님이 아이가 정신적으로 많이 힘들어 한다며 잘 보살펴 주라고 하였다. 사실 나도 잘 이해가 되지 않았다. 나는 아이들을 풀어주는 스타일이라 아이들에 대하여 별 다른 개념이 없었고, 아내는 아이들에게 공부를 채근하는 스타일이지만 대한민국 부모 치고 공부를 채근하지 않는 부모가 어디 있나 싶었기 때문이다.

첫째는 청소년기의 큰 홍역을 치르고 지금은 새로운 학교에 잘 적응하여 자신의 인생을 자신이 선택한 길을 따라 개척해 나가고 있다. 그러나 그 홍역 기간 중 우리나라의 청소년들이 얼마나 힘들게 살고 있는지를 절감할 수 있었다. 우리 부모 세대들은 권위주의와 여전한 빈곤의 시대를 살았기 때문에 공부는 당연히 해야 되는 것이라는 사실에 이의를 제기하는 학생들이 드물었다. 그러나 우리 아이 세대들은 개방적이고 풍요로운 시대에 살다보니 공부를 도대체 왜 해야 하는지 의문을 품고 있다. 게다가 요즘은 공부 외에도 많은 성공의 길이 있는데, 아직도 부모들은 공부만이 성공의 길이라고 생각하니 부딪칠 수밖에 없다는 생각이 들었다.

아이들 양육에 관한 책을 보면, 하나 같이 부모들은 아이들의 안식처가 되어야 하고 칭찬하는 샘이 되어야 한다고 한다. 그러나 현실적으로 부모들이 그렇게 되기 쉽지 않다. 아이들을 통하여 자신이 못 다한 꿈을 이루고 싶어 하기 때문이다. 그리고 세상의 치열한 경쟁에서 살아남으려면 학창 시절에 준비를 잘하여야 한다고 굳게 믿기 때문이다. 그러니 아이들의 안식처가 되어 주는 것은 이상이고 아이들이 경쟁력 있는 사람으로 자라나야 하는 것은 현실이기 때문에 늘 이상에 앞서 현실을 선택한다. 나 자신도 이런 이상과 현실 사이를 왔다 갔다 한다. 그런데도 첫째 아이 일을 겪으면서 부모의 역할은 아이들을 믿고 안식처가 되어야 하며 칭찬의 샘이 되어야 한다는 데 동의한다.

첫째의 갈등을 겪고 나서 나는 셋째 아들에 대해서는 이상적인 아빠에 더 가까워지려고 노력을 했다(둘째 원영이는 첫째와 1년 차이라 첫째와 덤으로 넘어갔다). 공부를 닦달하는 아버지가 아니라 아들과 함께하는 큰형과 같은 아빠가 되려고 했다. 그래서 캠핑도 같이 가고 중학교 1학년 1학기 동안 주중에 테니스 레슨을 같이 받았다. 이런 행동에서 아들의 즐거움보다 내 즐거움이 더 컸다.

나의 운명이 아쉽다. 첫째와의 갈등을 통하여 배운 것들을 3, 4번에게 되풀이하지 않겠다고 생각하고 노력 중이었는데, 더 이상 같이 할 시간이 없는 것 같다. 내가 더 살아서 이 아이들이 한 가정을 이루는 것까지, 아니 적어도 대학교에 들어가 성년이 되는 것까지라도 보았으면 좋으련만, 하늘이 그 복까지는 허락하지 않는 것 같다. 그러나 아이들은 아이들 나름의 인생을 꿋꿋이 잘 살리라 생각한다. 이 광활한 우주에서 인간으로 태어난 것만으로도 얼마나 큰 행운인가를 알게 된다면, 인생에서 조금 부족한 부분은 감내하고도 남음이 있을 것이라 생각하기 때문이다. 아이들의 구김살 없고 맑고 밝은 행복한 인생을 바라는 마음 간절하다.

형제들

형제들은 우리 인생에서 가장 소중한 사람들 중 하나이다. 어릴 적에는 같이 자라면서 서로 영향을 주고 어른이 되어 독립해서는 가장 믿을 수 있고 의지할 수 있을 뿐 아니라, 설혹 멀리 떨어져 있어 자주 보지 못해도 늘 기꺼운 사람이다. 그러면서도 부모 품에서 자라날 때는 서로 다투며 싸우기도 하지만, 사회에 나가서는 각 가정을 이루고 나서는 서로 도우며 평생 살아가는 귀한 인연들이다.

나는 네 형제의 셋째이다. 형, 누나, 나 그리고 여동생 순이다. 원래 형 위에 첫째 형이 있었는데, 어릴 적 첫 돌을 지내지 못하고 죽었다고 한다. 그래서 우리 형제들의 중간 이름에는 목숨 명(命)자를 쓰고 있다. 오래 사라는 뜻이다. 내 이름도 원래 오래 사라고 명줄이라고 지었는데, 줄자에 해당하는 한자가 마땅치 않아 기둥 주자를 쓰게 된 것이다. 이런 연유로 내 이름이 김명주가 되었으니, 인생이란 요모양이다.

아버지가 용초 섬에서 우리 가족을 이끌고 통영 시내로 올라온 것이 내가 초등학교 2학년 시절이다. 그 당시에는 아버지가 어로장으로 제법 돈을 벌 때라 집에 여유가 있었다. 그래서 중학교 시절 전학 온 형님은 보이스카웃 활동도 하면서 학교 선생님으로부터 직접 과외를 받기도 했다. 그런데 형님이 고등학교로 진학을 앞 둔 때 아버지가 새로 시작한 통발 사업이 망하는 바람에 가세가 급속히 기울어졌다.

가세가 기울자 우리 형제들에게도 불행이 찾아왔다. 형님의 진로가 공업계 고등학교로 정하여진 것이다. 아버지 입장에서는 어려운 형편에 형님을 대학교 보낼 엄두를 내지 못한 것이다. 그리하여 형님은 취업이 잘된다는 이유로 공업계 고등학교로 진학하였다. 그 당시는 이런 고등학교 합격을 라디오 방송으로 알렸는데, 합격 통지를 받고 기뻐하던 형님과 절망하던 아버지의 모습이 선하다. 누나와 여동생도 이런 불행을 피하지 못하고 상업계 고등학교를 진학하고 졸업 후 곧바로 취업에 나섰다. 특히 누나는 중학교 시절 제법 공부를 잘하였는데, 3학년 때 담임 선생님으로부터 "왜 너는 공부를 열심히 안 하냐"는 말을 듣자 "저는 여상 갈 건데 공부를 왜 해요"라고 했다가 그 당시 담임이었던 한옥근 선생님으로부터 뺨을 맞았다고 한다. 가슴 아픈 이야기이다.

이런 와중에 나는 남자라는 것과 공부를 조금 잘한다는 이유로 이런 불행에서 비켜갔다. 나라도 공부를 시키겠다고 부모님들이 결정한 것이다. 이런 부모님들의 전략적 선택이 내가 대학교를 나오고 그 뒤에 이룬 성과의 밑바탕이 되었다. 다른 형제들에게는 미안한 일이었지만 나로서는 큰 행운이었다.

형님과 정재선 형수 내외는 내가 사법시험에 합격하기까지 늘 든든한 후원자가 되어 주었다. 내가 재수할 때도 부산 형네에서 편하게 공부할 수 있었을 뿐 아니라, 대학생활과 고시생활을 할 때에도 넉넉하지 않은 신혼살림에 나의 학비와 하숙비 일부를 도맡아 주었다. 만약 형님 내외의 이런 도움 없었더라면 나도 많이 힘들었을 것이다. 사실 서울 법대생들 중에도 이런 도움마저 받을 길 없는 학생들은 직접 아르바이트를 해서 돈을 벌면서 공부하는 사람들도 많았다. 내가 돈을 벌지 않고 오로지 공부에만 열중하고 수월하게 고시생활을 마칠 수 있었던 가장 큰 이유도 형님 내외의 이런 헌신적인 도움 때문이었다. 늘 고맙게 생각한다.

명희 누나는 우리 네 형제 중 자타가 공인하는 가장 머리 좋은 사람이다. 형님이 공고를 다닐 때 한 번씩 집에 와서는 누나와 나를 가르치기도 했는데(형님의 원래 꿈이 선생님이었다), 누나가 당연 나보다 먼저 외우는 바람에 내가 시샘을 하기도 하였다. 누나는 머리가 영민해서인지 가난한 집안에 산다는 것에 대해 예민하게 반응했던 것 같다. 고등학교 때 교회를 다닌 것도 그런 연유가 아닐까 짐작한다. 집안 형편만 좋았더라면 좋은 대학을 나왔을 것이고 오늘날과 같은 세상이었다면 전문직 여성도 될 수 있었을 것인데, 아쉬운 대목이다. 그러나 직장생활하면서 자형을 만나 현재 어느 형제보다 잘 살고 있으니 후회만 할 일은 아닌 것 같다. 누나는 나와 함께 미수동의 케네디홀 레스토랑을 개업하였고, 내가 국회의원 선거 당시 손을 뗀 이후에도 레스토랑을 통영 최고의 풍광 좋은 만남의 장소로 운영 중이다. 최창수 자형은 내가 국회의원이 되고 난 이후 정치적 문제뿐 아니라 소소한 일까지 챙겨주면서 나를 도와주셨다. 꼼꼼하지 못한 나 대신 많은 일을 처리해 준 것이다. 지금도 나는 크고 작은 일을 아내보다 자형과 더 의논하는 편이다.

동생 명수는 고등학교 시절에 나와 같이 RCY활동을 한 것 외에는 서로 다른 생활공간에서 살다보니 친해질 기회가 많지 않았다. 가정을 이루고 어른이 되어 만나보니, 동생이 네 형제 중 가장 다른 사람을 많이 배려하고 배포가 큰 것 같다. 동갑내기 이주일 매제를 만나 이런저런 사업을 하면서 아이들을 키우는 것과 사회활동을 하는 것을 보니 그러하다. 사람을 좋아하고 배려한다는 것은 가장 큰 인간의 덕목이다.

어머니는 생전에 우리들을 보고 "같은 공장에서 났는데 왜 이리 다를까" 하는 말씀을 자주 하셨다. 돌이켜 보면, 정말 그러한 것 같다. 같은 부모 밑에서 자라났지만 네 형제 모두 제각각의 인생을 살아왔다. 그러고 보면 옛말에 자기 숟가락은 자기가 가지고 태어난다는 말이 틀림이 없는 것 같다.

네 형제 중 내가 가장 대중적인 삶을 살아왔다. 남들이 쉽게 이루지 못한다는 서울대 법대 합격, 판사, 심지어 국회의원도 당선되어 보았다. 그러나 산이 높으면 골도 깊은 법이고, 천석군은 천 가지 걱정 만석군은 만 가지 걱정이 있는 법이다. 나는 평범한 인생이라고 하여 결코 사회적으로 성공한 인생보다 못하다고 생각하지 않는다. 사회적으로 성공한 사람들도 가까이서 보면 범인들보다 못한 인격을 가진 자도 수두룩하고, 인생을 즐길 줄도 모르며 도대체 무엇 때문에 사는지도 모른 채 맹목적으로 성공에 매진하는 사람들도 허다하기 때문이다. 허상일 경우가 태반이다. 자기 인생길에서 자신이 할 수 있는 일에 최선을 다하고 자신의 인생을 즐긴다면 사회적 성취의 다소는 아무런 문제가 되지 않는 것이다. 형제들이 있어 행복했고, 인생고락을 함께해 준 형제들에게 감사하다.

청소년적십자회

　나의 학창 시절 중 가장 기억에 남는 것은 고등학교 때 청소년적십자회(RCY)에 입단하여 활동한 것이었다. 청소년적십자회는 대한적십자회의 청소년 단체이다. 1859년 전쟁터(이탈리아 통일전쟁)에서 부상자를 아군과 적군 구별 없이 구호하려는 스위스 청년실업가 장 앙리 뒤낭의 인도주의 활동이 열매 맺은 것이 국제적십자운동이다. 청소년적십자 탄생의 연원 역시 전쟁과 관련되어 있다. 제1차 세계대전 중에 캐나다, 미국, 호주 등의 청소년들이 전쟁의 피해를 입은 유럽의 여러 나라 청소년들에게 학용품과 구호품을 모아 보낸 것이 시초가 되었다고 한다.

　우리나라의 청소년적십자 운동 역시 6 · 25전쟁 중에 결성되었다. 1952년 부산 시내 중 · 고등학생 200여 명에게 적십자에 대한 지식과 청소년적십자 운동의 취지를 설명하는 강연회의 기회가 있었고, 그 이듬해 3월에 문교부의 승인과 대통령의 재가를 받아 우리나라에서도 청소년적십자가 탄생하였다. 1953년 부산에서, 전쟁으로 폐허가 된 우리의 산야를 푸르게 가꾸기 위해 황폐한 국토에 1만 그루의 나무를 심었다. 이것이 우리 청소년적십자 운동의 시작이었다고 한다.

　나는 통영고등학교에 진학하여 RCY에 가입하게 되었는데, 그때는

RCY가 앞서 본 바와 같은 역사와 이념을 가진 단체라는 것을 알고서 가입한 것이 아니라 내가 그 당시 누나 따라 중앙교회에 다니고 있었기 때문에 적십자사가 교회와 연관되는 봉사 단체라고 알고 가입하였던 것 같다.

내가 RCY활동을 열심히 하고 나중에는 통고 RCY 단장 뿐 아니라 통영 전체 회장까지 맡게 된 것도, 1학년 때 참가하였던 캠프 때문이었다. 그 당시 통영시 전체 RCY는 일 년에 한 번씩 수련회를 개최했는데, 1982년에는 여름방학을 이용해 산양면 연명초등학교에서 2박 3일 하기 수련회가 있었다. 나는 그 당시 항상 같이 붙어 다녔던 절친한 친구 이강용과 함께 그 수련회에 참가하였다. 수련회 진행을 마산에서 온 전문 강사가 하였는데, 캠프 화이어는 물론 토론회, 싱어롱 등 다양한 활동으로 정말 재밌는 수련회가 되었다. 내가 이 하계수련회를 기억하는 것은 아마도 학교와 집 외에는 아무것도 모르던 아이가 공개된 장소에서 남녀 학생이 어울려 레크리에이션을 즐기며 2박 3일 동안 즐거운 시간을 가졌기 때문이리라. 오죽 하였으면 그 당시 쓰지도 않던 일기장을 마련하여 2박 3일 일정을 시시콜콜 기록해 두었을까.

고등학교 2학년이 되자 통고 RCY 단장을 뽑는 선거가 있었다. 대단한 선거는 아니고 소풍 때 RCY 단원들이 10여 명이 따로 모여 선거를 했는데, 원래 단장 후보로 선배들이 내심 생각하였던 내 동기가 나오지 않는 바람에 어부지리로 내가 당선된 것이다. 그 친구는 집안이 좋은 아이였는데 RCY에 적을 두고 있었으나 평소에 RCY 활동에 잘 참석하지 않았다.

내가 2학년 때는 대한민국 RCY가 창립 30주년 되는 해였다. 이를 기념해서 제주도를 횡단하여 걷는 국제캠프가 열렸다. 우리 통영 지역에서도 나를 포함하여 김용득, 후에 RCY 단장이 된 임창규 후배와 여학생 몇이 같이 참석하였다. 이 캠프는 각국에서 온 회원들을 두 그룹으로 나누어 한 그룹은 서귀포에서 왼쪽으로 또 다른 그룹은 오른쪽으로 도보로 일주하여 제주에서 만나는 형식으로 진행되었다. 우리 팀에는 싱가포르에서 온 여학생과 필리핀에서 온 남학생이 있었다. 그 당시 필리핀에서 온 학생이 영어를 유창하게 구사하는데 막상 필리핀 자국어는 잘 못해서 의아한 기억이 난다. 되지도 않은 짧은 영어로 손짓, 발짓으로 소통하면서 일주일 동안 재밌게 지냈다.

내가 통영 지역 전체 회장이 되자 회원들 사이에서 보이스카웃은 단체복이 있는데 우리는 없다며 단체복을 만들자는 의견이 많았다. 그리하여 흰 바탕에 한 쪽 팔에 RCY 문양을 새긴 단체복을 우리 지역 자체로 만들었다. 그리고 한산대첩 축제 등과 같이 교통을 통제할 필요가 있는 행사에서는 단체복을 입고 교통통제에 참가하였다. 이후 오늘날까지 그 단체복과 교통통제를 통한 봉사는 계속 이어져 오고 있다. 그 당시까지 통영의 RCY는 주로 주말마다 남망산에 있던 공설운동장(지금은 문화회관이 들어 선 곳)에 아침 일찍 모여서 청소 봉사를 주로 하였는데, 단체복을 만들고 이런 행사 봉사를 시작하여 우리 스스로 많은 자부심을 느꼈다.

내가 그 당시 청소년 시절을 어떻게 보낼 것인가 하는 무슨 철학이 있어 이런 단체에 들어 봉사활동을 한 것은 아니지만 지금 보니 참 행운이었던 것 같다. 자칫 대학교 입학시험에 매몰될 뻔한 고등학교 시절을 이런 봉사활동과 단체 생활을 통하여 더욱 알차고 신선하게 보내었으니 말이다. 네 아이를 키우는 부모 입장에서 아이들의 현재 생활을 보면 한 번씩 측은할 때가 있다. 우리 시절보다 더 다양한 입학 전형이 있는 것 같은데, 더 경쟁이 치열해져 마음 놓고 편하게 이런 봉사 단체에 들어 활동하기는 더 어려워진 것 같다. 아이들을 입시 지옥으로부터 해방시 켜야 한다는 데는 동의하면서도 내 아이는 공부를 잘해야 한다는 딜레 마에서 우리 모두 힘들어 하는 것 같다. 그래도 청소년들이 건전한 봉사 활동이나 단체 생활을 통하여 청소년기에 공부 외에도 다른 즐거움을 누릴 수 있도록 하는 것은 우리 어른들의 책무라고 생각한다.

문화적 충격

1985년 내가 서강대 물리학과에 갔을 때 받은 문화적 충격은 이루 말할 수가 없었다. 나는 태어나서 고등학교 졸업 때까지 고향 통영을 떠나 보지 못하였기에(심지어 방학 때에 어디 가서 몇 달 살아본 적도 없었다) 내가 생각하고 사는 모습이 당연하고 정상적이라고 여겼다. 그런데 서울에 올라가 보니, 내가 촌놈이라도 그렇게 상 촌놈이 따로 없었다.

무엇보다 충격이었던 것은 전두환 정권의 실상에 관한 것이었다. 그 당시 나는 전두환은 빨갱이들이 일으킨 광주사태를 강력하게 진압하여 나라를 구한 영웅쯤으로 생각하고 있었다. 분명 1980년 텔레비전에서 정상 방송을 중단하고 검은 화면만 나오던 때를 기억하였지만, 그것이 오늘날 모든 국민들이 알듯이 그런 엄청난 사태라는 생각을 하지 못하고 있었다. 주위 어느 누구도 이에 대하여 말해 주지 않았으니 이 진실을 알 턱이 없었다.

그러다 대학에 입학하니, 전두환은 역적 중의 역적이었다. 마침 그때가 전두환 정권이 1988년 올림픽을 앞두고 유화책으로 학원자율화법을 시행했던 때였다. 그래서 그 당시 대학 캠퍼스에 상주하던 이른바 짭새(학내 운동권 학생을 체포하기 위해 다니던 사복경찰)들이 철수하고, 처음으로 학생들의 자치기구인 총학생회가 각 학교별로 결성되었다. 그리하여 적어도 대학교 내에서 전두환이 구국의 영웅이 아니라 무고한 광주시민을 학살하고 쿠데타로 정권을 찬탈한 역적이라는 것이 상식이 되어 있었다. 그래서 매일이 데모였다. 학생들이 광장에서 집회를 열고 스크럼을 짜고 교외 진출을 시도하면 경찰들은 최루탄을 쏘면서 군중을 해산시켰다. 그중 일부는 교외까지 진출하여 짱돌과 화염병을 던지고 경찰들은 이런 학생들을 붙잡아 들이는 일이 일상이었다.

그러니 나 같은 촌놈이 문화적 충격을 받지 않을 수 있겠는가. 하늘이 땅이 되고 땅이 하늘이 된 격이니 상대성 이론이 어떻고 입자물리학이 어떻고 하는 것이 온전히 내 머리 속에 들어올 리가 있을 것인가. 완전히 아노미 상태에 빠져 도대체 어느 것이 옳은지 알 수도 없는 상태에서 전체 학교의 분위기 따라 휩쓸려 다녔다.

한편으로는 물리학과에는 재수를 하고 들어온 김용완이란 친구가 있었는데, 이 친구가 내게 또 다른 문화적 충격을 주었다. 그 친구는 서울에 있는 중동고등학교 출신이었는데 고등학교 시절에는 학교 교지 편집장을 지낼 정도의 문학도였다. 그런데 재수를 하면서 인문학이 답도 없이 뜬구름만 잡는 것 아닌가 하는 회의에 빠져 우주에 대한 나름 명쾌한 답이 있어 보이는 물리학을 전공하겠다고 온 친구였다.

그런데 이 친구와 어울려 다니다 보니, 내가 얼마나 문화적 소양이 부족한지를 뼈저리게 느끼게 되었다. 그 친구가 자연스레 인용하는 문학가와 음악이 내겐 생소했으니, 촌에서 공부만 하던 나로서는 한편으론 신기했지만 한편으론 정말 낯부끄러운 일이었다. 그래서 이 친구가 추천하는 방식으로 문화적 소양을 쌓기로 하였다. 그 방식이란 한 작가를 정하여 그 작가의 초기 작품부터 말년 작품까지 다 읽어보는 것이었다.

그 당시 그 친구가 좋아하던 작가가 헤르만 헤세였는데, 나도 그의 저작들을 읽어보기로 하고 그 당시 문고판으로 나와 있던 저작들을 하나둘 읽어 나갔다. 그러다 보니 정말 헤세의 정신을 어렴풋이나마 이해하게 되고 문학은 대강 이런 것이구나 하는 감을 잡는데 큰 도움이 되었다. 특히 그의 저작들은 주로 자연을 노래하거나 성장 소설들이 많아 자연을 다시 보고 내 인생을 반추하는데 큰 도움이 되었다. "새는 투쟁하여 알에서 나온다. 알은 세계이다. 태어나려는 자는 하나의 세계를 깨뜨려야 한다."라는 유명한 그의 소설 『데미안』에 나오는 표현은 그 당시 나에게 너무나 딱 맞는 표현이었다.

한편으로 음악에 대하여 용완 친구는 조지 거쉰의 '랩소디 인 블루'류의 재즈풍을 좋아했다. 그러나 나는 이왕 교양으로 공부할 거면 교과서에 나오는 모차르트와 베토벤을 공부해 보자 싶어, 그들의 음악을 테이프로 듣고 또 들었으며 심지어 도서관에서 그 악보를 구하여 손을 짚어가며 보았다. 그랬더니 처음에는 지겹던 음악이 어느 순간 내 몸에 적응되어 처음엔 머리가 나중엔 입술이 따라 리듬을 타고 흥얼거리게 되었다. 특히 베토벤의 교향곡은 1번부터 9번까지 모두 사서 계속 들었는데, 처음에는 이 정도는 내가 알아야지 하는 허영심에서 시작된 것이 나중에는 정말 그 음률에 따라 흥얼거릴 정도가 되니 교향곡을 해설한 글들이 이해가 되었다. 도이치 그라모폰의 그 노란 상표만 봐도 흥분하던 시절이었다.

1985년은 내게 정말 중요한 변곡점이었던 것 같다. 사회역사 의식에 눈떴을 뿐 아니라 문화적 소양에 대하여도 생각할 기회를 가졌기 때문이다. 만약 1985년이 오늘날과 같은 일상적인 대학생활이 가능했었더라면 나의 길은 어쩌면 아직도 물리학 언저리에 있었을 것이다. 그 길을 천직으로, 운명으로 알고 살아가고 있었을 것이다. 그러나 그 시절의 문화적 충격이 결국 나를 재수로 이끌고 새로운 길을 걷게 만들었다.

재수생

　내가 부산과 인연을 맺게 된 것은 1986년 형님 댁에서 재수를 하였기 때문이다. 나는 고등학교 2학년 때 선생님의 권유로 물리학을 전공하기 위하여 자연반을 선택했고, 대학교 입시 학력고사에서 나온 점수대로 서강대 물리학과에 진학하였다. 그러나 그 당시는 내가 물리학에 매진할 수 있는 시대가 아니었다. 학원자율화법을 시행하여 대학 캠퍼스에서 캠퍼스 주둔 경찰이 사라졌고, 각 대학에서는 총학생회가 부활하여 직선제 총학생회가 꾸려졌다. 총학생회는 군부독재와 맞서는 합법적 전위대였다. 매일 데모였다. 당연 전두환을 구국의 영웅으로 보던 촌놈에게 큰 문화적 충격이 주어졌다. 세상을 바꾸는 것은 물리학이 아닌 것 같았다. 재수를 결심했다.

　집안 형편이 어려운 것을 뻔히 알면서도 재수를 결심했으니, 아버지를 설득할 명분이 필요했다. 그래서 내세운 것이 대한민국 부모들이 모두 흠모하는 서울대 법대였다. 아버지에게 사회문제를 공부해 보겠다고 하면 알아들을 리 만무하니, 법대 가서 부모님이 원하는 판검사가 되겠다고 했다. 뉴턴이나 아인슈타인의 이름조차도 모르던 분들이 공부를 시키고 있는 아들이 물리학을 하겠다고 하였으니, 얼마나 가당치 않았겠느냐마는 이번에는 흔쾌히 재수를 허락했다.

처음에는 그 당시 신혼살이를 하던 형님네도 내가 같이 살 형편이 안 되어 형수님의 언니 집에서 하숙을 하였다. 그런데 다행히 형님 회사 사장이 소유하던 아파트를 싸게 살 기회가 있어 연산8동의 삼경아파트에서 기숙할 수 있었다(거의 30년이 지나 둘러보니 아직도 그 자리에 있었다).

내가 다닌 학원은 한샘학원이었다. 그 당시 서한샘 씨가 저술한 국어 참고서가 마치 수학의 정석처럼 국어 참고서의 바이블처럼 되어 있었는데, 그분이 부산에 설립한 학원이었다. 그 학원은 처음에는 서면에 있었는데, 곧 지금의 연산로터리에 있는 신한은행 자리로 이사하였다.

재수 시절에 나는 참으로 안으로 침잠하여 내면과 많은 이야기를 나누었다. 고등학교 시절처럼 모두가 다 아는 친구들도 아닌 낯선 사람들이라 내가 굳이 말을 할 필요가 없었기 때문에 공부에 매진하고 남은 시간엔 내 나름의 생각을 할 좋은 시간들이었다. 그래서 점심시간 때 도란도란 모여서 식사를 같이 하던 몇몇을 빼고는 학원에서 말할 기회가 별로 없었다. 게다가 나는 일반 재수생들보다 나이도 한 살 더 많아 말을 하기 애매했고, 여학생들도 있었다. 특히 내가 속했던 반은 특별반이라 모두 공부에 열심이어서 내가 굳이 말을 꺼낼 이유가 없었다. 그러니 자연 나 혼자서 이런저런 생각을 해 볼 기회가 많았다.

그리고 그 당시 내 내면을 이끌던 이는 니체였다. 니체는 19세기말 독일의 철학자다. 니체를 처음 만나게 된 것은 언제였는지 기억에 없다. 그러나 니체의 『짜라투스트라는 이렇게 말했다』를 읽고서는 그 문체, 사상, 분위기에 푹 빠져 재수 내내 이 책을 읽고 또 읽은 것 같다. 니체의 이 책은 특이하다. 철학책이면서도 논증적이지 않다. 그냥 자신이 생각하는 바를 산에서 수도를 끝낸 짜라투스트라가 세상에 나와 사람들에게 설파하는 형식으로 만든 책이다. 그것도 논리적으로 설명하는 것이 아니라 온갖 비유와 상징으로 표현하여 흡사 긴 시를 읽는 것 같다.

너는 너 자신에게 자신의 선과 악을 부여하고 또 자신의 의지를 하나의 율법처럼 네 머리 위로 내걸 수 있는가? 너는 네 자신에 대해 재판관이 되고 너의 율법의 징벌자가 될 수 있는가? 자기 자신의 율법의 재판관과 징벌자와 함께 혼자 있다는 것은 무서운 일이다. 그렇게 하여 거친 공간 속에, 고독의 차디찬 숨결 속에 한 별은 내던져 있는 것이다.

내가 그 당시 흠뻑 빠졌던 구절 중에 하나이다. 니체에 대하여 여러 해석이 가능하다. 그러나 나는 니체를 치열하게 자기 자신을 넘어서려고 했던 사람으로서 좋아한다. 그는 온갖 관습과 인습을 물리치고 오로지 자기가 중심이 되어 자신이 옳다고 믿는 가치를 향하여 갈 것을 요구한다. 그렇기에 심지어 그는 그 당시(19세기 후반) 분위기상 감히 입에 담기조차 힘들었던 명제인 "신은 죽었다"라는 말을 과감히 외친 것이다. 이런 치열한 자기 극복의 요구와 이를 위하여 고독할 수밖에 없다는 당위는 그 당시 재수를 하던 나에게 절절히 와 닿았던 것 같다.

하루 중 제일 좋았던 시간은 학원에 가는 시간이었다. 처음에는 학원까지 지하철로 다녔는데, 학원이 연산로터리로 이사하고 나도 연산동 형님 댁으로 들어간 이후로는 아침마다 걸어서 학원에 갔다. 그 당시 거창하게도 사르트르의 『존재와 무』를 틈틈이 읽었었는데, 학원가는 길에 몇 줄 읽었던 문장들을 음미하는 것이 정말 재미있었다. 물론 내가 이

책을 이해했다고는 할 수 없지만, 그가 던진 질문에 대해 생각해 보는 것만으로도 뭔가 새로운 것을 체험하는 것 같았다.

그리고 그 당시 프로이트의『꿈의 분석』이라는 책을 읽고는 그와 마찬가지로 꿈을 꾸다 잠을 깨면 그것을 바로 일기장에 남겼다. 이렇게 하면 평소 하루도 지나지 않아 모두 잊어버리기 마련인 꿈들이 일기장을 다시 읽어보면 생생히 기억나 진짜 현실처럼 느껴지기도 하였다. 그 당시에는 내가 꿈꾸는 것이 재미있었고, 또 적어 놓았다가 다시 보는 것도 즐거웠다. 적어도 현실에서 있을 수 없는 일들이 꿈속에서는 현실과 같이 일어나니 말이다. 기실 요즘 생각해 보면, 낮 동안에는 유전적이나 학습된 연결 방식에 따라 각 뉴런들이 소통하다가 밤 동안에는 이런 연결방식을 무시하고 연결되어 우리가 생각지도 못했던 이미지들이 만들어지는 것이 꿈인 것 같다.

또한 그 당시에는 학원 옥상에 올라가 흘러가는 구름을 보는 것이 좋았다. 언젠가는 저 구름이 흘러가듯 나도 따라 흘러가서 온 세상 구석구석을 구경할 수 있으리라는 희망을 꿈꾸었다. 또 푸른 하늘을 우러러 보는 것만으로도 현실의 빡빡한 일상이 한 개의 깃털처럼 가벼워지기도 하였기 때문이리라.

이 당시 우연히 일요일 집에서 쉬다가 텔레비전 명화극장에서 비비안 리, 로버트 테일러 주연의「애수」를 보았는데, 얼마나 가슴이 절절했는지 모른다. 올드랭사인(Auld Lang Syne)이 그렇게도 아름답고 슬픈 노래가 될 줄은 그 영화를 보기 전에는 몰랐다. 청순한 발레리나가 전쟁 중에 군인을 연인으로 만나 결혼을 하기로 하였으나, 자신은 발레단에 쫓겨나고 군인은 사망하였다는 소식을 접하게 된다. 결국 생활고를 못 이겨

창녀가 되고 마는데, 군인이 살아 돌아와 그녀를 만나 결혼을 서두른다. 차마 더럽혀진 몸으로 결혼할 수 없는 가련한 여인은 차에 뛰어들어 자살하고 만다. 군인은 그 여인을 처음 만났던 워털루 다리에서 과거를 회상하며 그 여인이 천진난만한 얼굴로 행운의 부적으로 주었던 마스코트를 바라본다.

　재수 시절은 내 인생에서 가장 밀도 있었던 1년 중 하나였다. 그렇게 내 자신과 깊이 대화하고 내 자신을 깊이 본 적은 그전에도 그 이후에도 없었던 것 같다. 밀도 있게 지내다 모의고사를 마치고 학우들과 해운대에 놀러 가서 모래사장에서 노래하던 것이 엊그제 같다. 하지만 그것이 벌써 30년 가깝다.

6 · 29선언

내가 서울법대에 입학하던 1987년은 우리나라 정치역사상 가장 중요
한 한 해이다. 6 · 10항쟁이 일어나 전두환 정권이 국민의 열망인 직선
제개헌을 수용하고 현행 헌법인 87년 헌법이 제정된 해이기 때문이다.
1960년 4 · 19혁명은 자유당 정권을 몰락시키고 민주 정부를 구성했으
나 곧 5 · 16쿠데타라는 반동으로 민주화가 가로막혔다. 그러나 1987년
6 · 10항쟁은 직선제 개헌으로 이후 점진적이지만 꾸준한 민주화로
2014년 현재 우리나라는 세계에서 보기 드문 민주화를 이루었다.

내가 입학할 당시 이미 정국은 엄청난 소용돌이에 빠지고 있었는데,
서울대 학생인 박종철이 그해 1월 물고문 끝에 죽은 사건이 발생한 것이
다. 경찰에서는 처음에는 책상을 탁치니 억하고 죽었다고 발표했다가
이후 고문으로 죽었다는 것이 밝혀져 온 나라가 시끄러웠다. 내가 합격
자 발표를 보러 갔을 때에도 이미 전경들이 정문을 에워싸 수험표를 보
여 주어야 학교 진입이 허용되었다.

매일 데모가 일어나고 이 국면을 어떻게 풀어나갈 것인가에 대하여
학생회관 벽면에 각 진영별로 대자보가 나붙어 사상투쟁이 벌어졌다.
그 당시 학생운동은 대다수의 일반 학생들을 이념화 조직화된 학생운동

단체들이 이끌었는데, 그중 대표적인 것이 민족해방을 앞세운 NL파(민족해방파)와 민중해방을 앞세운 CA파(제헌의회파, 나중 PD파)였다. NL파는 우리나라 최대의 모순은 민족이 분단된 모순이기 때문에 이를 가로막는 미국이 이 땅에서 물러나야 한다는 입장이었고, CA파는 자본가와 노동자의 모순이 가장 큰 모순이므로 노동자가 떨쳐 일어나야 한다는 것이었다. NL파는 지금으로 보면 북한의 시각에서 우리나라를 공산화하기 위한 전략을 구사하는 집단이었고, CA파는 마르크스의 공산주의 이론을 이 땅에도 그대로 적용하자는 파였다.

그 당시 학생운동은 이와 같이 공산주의 이론에 입각한 혁명운동이었고, 이는 캠퍼스 내에서는 공공연한 사실이었다. 물론 처음부터 학생운동이 이와 같이 된 것은 아니었다. 80년대 초 전두환 정권이 쿠데타로 들어서자 이에 항거하여 시작된 80년대 학생운동은 처음에는 순수하게 군부독재를 타도하고자 하는 민주주의 이념으로 시작하였다. 그러나 점차 단순히 민주주의 회복이 아니라 우리나라는 공산혁명이 필요하다는 식의 논리가 스며들었고, 1987년에는 각 대학 캠퍼스 주위에는 공공연히 이런 사상이 유포되었고 이와 관련된 책들이 범람하였다. 그 당시 조금이라도 사회변혁에 관심이 있는 학생이라면 이런 사조를 벗어나기 힘들었다. 혈기 넘치는 대학생들에게 그 당시 암담한 상황에서 민주화와 동시에 한반도 통일을 이룰 수 있다고 생각했던 공산혁명이론은 무슨 전염병처럼 퍼졌다.

법대 분위기도 별반 다르지 않아, 누구 하나 이런 학생운동에 관심을 갖지 않고 오로지 고시 공부할 엄두를 내지 못했다. 지금은 판사와 교수가 된 우리 지역 고등학교 선배 두 분(이흥구, 강성태)도 고시는커녕 이미 학생운동에 깊숙이 연루되어 있었다. 나 또한 당장 고시 공부할 생각도 없었을 뿐더러 교내 분위기로 이를 허락하지 않아 당연 학생운동에 관심을 가졌다. 그리하여 집회에 가고 데모 현장에 따라 나서게 되었다.

박종철 고문치사 사건으로 전국이 들끓자 전두환 정권은 4월 13일 전격적으로 그 당시 진행되던 개헌논의를 중단시키는 호헌조치를 발표하였다. 개헌을 주장하면 가차 없는 탄압을 하겠다는 협박이었다. 그러나 이런 협박에도 국민들은 멈추지 않았고 같은 해 6월 9일 연세대학교에서 데모하던 이한열 학생이 최루탄에 맞아 중태에 빠지자 분노의 불길은 그 다음날 전두환 정권의 노태우 대통령 후보 지명대회를 맞아 전국으로 번져나갔다. 특히 6월 10일 '박종철 군 고문치사 조작, 은폐 규탄 및 호헌철폐 국민대회'가 온 국민적 지지 속에 치루지고, 이후 대회에 참여한 사람들이 명동성당에서 농성을 계속하자 이를 중심으로 전국에서 '호헌철폐, 민주개헌'의 시위가 일어났다. 대학생뿐 아니라 심지어 회사원들조차 데모에 참여하여 이에 호응하니 전국은 그야말로 일촉즉발의 상황까지 갔다.

그 당시 나는 이 사태에 대하여 내심 군부가 또다시 1980년 광주처럼 잔인한 진압에 나서지 않을까 많은 염려도 하였다. 그 당시 나의 일기에는 이렇게 적혀 있다.

비록 「6·10대회」에서 일반 시민의 높은 호응을 얻었다손 치더라도 우린 곁엔 '군부'가 존재한다. 우리가 비록 무장봉기로 시청을 점령하더라도, 군부가 개입하게 된다면 더 심한 반동정치가 가능할 것이기 때문인데, 80년 광주가 그것을 잘 보여 주었다.

아마 나뿐만 아니라 많은 국민들이 그것을 염려하였을 것이다. 그러나 전두환 정권은 이런 강공책을 쓰지 않고 그야말로 손자병법을 쓴 손자조차도 감탄할 만한 카드를 내놓았으니, 노태우의 6·29선언이다. 그 당시 민정당 대통령 후보였던 노태우가 전두환 대통령에게 건의하는 형식으로, 국민들이 원하는 직선제 개헌을 받아들이고, 김대중을 비롯한 정치범을 사면하며, 언론의 자유를 허용한다는 것이다. 형식적으론 국민의 요구를 수용하는 것이면서도 내용적으로는 김대중을 사면하여 야권을 분열시켜 대통령 선거에 이기고자 하는 전략도 숨겨져 있는 고도의 정치술수였다.

당장 정국은 급변하여 6·29선언은 일반 국민들에겐 전두환 정권의 항복 선언으로 비쳐졌고, 민정당의 노태우는 그 선언을 이끈 스타로 탈바꿈되었으며, 야권은 차기 대통령 자리를 두고 분열하였다. 대학생들도 이런 갑작스런 사태에 하나된 대오를 갖추지 못하고 각자의 사상, 편향에 따라 분열되었다. 민중운동가인 백기완을 대통령으로 하여야 한다는 그룹이 있었는가 하면, 재야와 같이 김대중 비판적 지지파, 양김 후보 단일화파 등으로 나뉘어졌다. 나는 후보 단일화파의 입장을 지지 하였는데, 누가 보아도 김대중, 김영삼이 단일화되지 않고서는 이번 대통령 선거에서 이길 수 없다고 보았기 때문이다. 나를 비롯한 후보 단일화파가 김영삼의 통일민주당, 김대중의 평화민주당 당사를 점거하여 농성하기도 하였으나, 양김은 끝끝내 단일화하지 못했다. 결국 12월 16일 대통령 선거에서 노태우 36퍼센트, 김영삼 28퍼센트, 김대중 27퍼센트 등으로 전체 국민 절반 이상이 양김을 지지했으나, 36퍼센트의 지지를 얻은 노태우가 당선되었다.

허망하기 이를 때 없는 결과였다. 87년 헌법의 가장 큰 문제점 중에
하나가 대통령 선거에 결선투표제도가 없는 것이다. 프랑스 헌법처럼
결선투표가 있어 1차에서 과반수를 얻은 후보가 없으면 1, 2등을 결선
투표하여 대통령을 선출하도록 하였다면 역사는 바뀌었을 것이다. 그러
나 전두환 정권은 이미 이런 결괴를 예상히고, 6 · 29선언에서 김대중을
사면하고 87년 헌법에 결선투표제도를 도입하지 않았다. 죽 쑤어 개 준
꼴이 된 것이다. 대통령 선거 개표 당시 나는 열차를 타고 서울로 올라
가고 있었다. 수원에서 영등포로 가는 사이 왜 그렇게 십자가는 많고,
그것들이 허망하게 보였던지.

지금 돌이켜 보면 1987년은 우리나라의 역사의 분수령이 된 것은 맞
다. 그 당시 만들어진 87년 헌법이 아직도 그대로 유지되면서(우리나라에서
거의 30년 동안 이렇게 오래 유지된 헌법은 이 헌법이 처음이다) 노태우, 김영삼, 김대중,
노무현, 이명박, 박근혜 대통령이 차례대로 취임하였다. 그러면서 우리
나라의 민주화는 꾸준히 진행되어, 대통령 아래 헌법이 아니라 헌법 아
래 대통령이 명백해졌고, 정권교체가 자연스러워졌으며, 인신의 자유뿐
아니라 전 분야의 기본권이 보장되어지며, 권력의 민주화도 이루어졌
다. 6 · 29선언이 그 당시 전두환 정권으로서는 기만전술이었으나, 결과
적으로 우리나라가 피와 총칼 없이 자연스럽게 민주화되는 계기가 되었
다. 역사의 아이러니다.

혁명

　젊은 시절에 공산주의자가 되지 않으면 열정이 없는 사람이고 늙어서 공산주의를 버리지 못하면 어리석은 사람이라는 말이 있다. 돌이켜 나와 같은 이른바 386세대(60년대 태어나 80년대 대학교를 다니고 이 말이 나올 당시의 30대였던 세대)에겐 젊은 시절 공산주의이론을 비켜가기 힘들었다. 1980년 짧은 서울의 봄 이후 광주민주화운동을 총칼로 짓밟고 전두환 정권이 들어서자 이 땅의 젊은이들은 절망하거나 분노하였다. 절망한 것은 우리나라는 민주화되는 게 가망 없다는 전망이고, 분노한 것은 무고한 국민을 총칼로 죽이고 들어선 군부독재에 대한 것이다.

　처음 대학 내에서도 소수에 지나지 않았던 공산혁명 지지자들이 세를 얻게 된 것은 1985년 학원자율화법 시행 이후라고 생각한다. 그전에는 일부 핵심 운동권에서만 운위되던 공산혁명이론이 대학 캠퍼스에 상주하는 경찰이 없어지고 교내에서 자유로운 사상 풍토가 성행하자 자연 대중화되기 시작하였다. 이미 전 세계적으로 사망선고를 앞두고 있던 공산주의 이론가, 실천가들이 1980년대 대한민국 대학가에서 되살아나 마치 사상계의 록스타처럼 군림하였다. 마르크스는 물론이거니와, 엥겔스, 레닌, 트로츠키, 스탈린, 그람시, 로자 룩셈부르크, 마오쩌둥 심지어 김일성까지 연구대상이 되었다. 오랜 군부독재에서 금기시 되었던 사상과 혁명이론이 봇물처럼 터져 나온 것이다. 내가 법대 1학년 때 든 서클 이름이 "고전연구회"였는데, 여기서 고전이란 그리스 로마 고전이 아니라 당연히 공산주의 고전이었다.

이에 따라 학생운동을 주도하던 그룹 내부에서도 각기 운동노선이나 사상에 따라 분파가 생겨나고, 1980년대 우리나라의 사회구조가 과연 어디에 해당하는지 하는 이른바 '사회구성체논쟁'도 치열하게 전개되었다. 우리나라가 아직도 미 제국주의의 식민지이고 반봉건 사회라는 주장과 우리나라는 봉건주의를 벗어난 자본주의 사회라는 논쟁이 그것이다. 우리나라를 반봉건 식민지로 보는 시각은 마치 우리나라가 일제 식민지 시대에 있는 바와 마찬가지로 현재 미국의 식민지이므로 미국을 몰아내는 일이 가장 중요한 혁명과업이라고 했다. 이에 반해 우리나라를 자본주의 사회로 보는 시각은 우리나라는 자본가와 결탁한 군부가 노동자를 착취하고 있으므로 계급의 철폐라는 원래의 공산혁명이 있어야 한다는 주장이었다. 통상 전자를 NL파(민족해방파)라 하고, 후자를 PD파(민중혁명파)라 했다.

당시 대중적 지지는 NL파가 많았는데, 그 이유는 NL파에서는 외부적으로 공산혁명이란 말을 내세우지 않고 일반 대중들과 같은 표어를 내세웠기 때문이라 생각한다. 즉 그들은 1987년 개헌 국면에서 '호헌철폐, 민주개헌'의 슬로건을 적극 지지했는데, 이것은 국민들의 개헌요구와 정확히 일치하는 것이었다. 다만 그 뒤에 자신의 정체성을 드러내는 '반미독재타도, 양키 고 홈'도 종종 나왔으나, 대중들에겐 쉽게 어필되는 면이 있었다. PD파는 이론의 정치성에도 불구하고 '혁명으로 제헌의회 구성'을 전면으로 내세워 대중들과의 정서적 괴리를 만들었고 결국 소수파가 되었다.

그때 내 입장에서는 NL파가 잘 이해되지 않았다. 우리나라가 아직도 미 제국주의의 식민지이며 반봉건 사회라는 말이 아무래도 잘 납득이 되지 않았기 때문이다. 오히려 우리나라가 자본가와 결탁한 군부가 그들의 이익을 위해 노동자계급을 착취하고 있다는 것이 더 간명해 보이고 옳게 보였기 때문이다. 그래서 심정적으로는 PD계열과 그 노선을 지지했다.

1987년 직선제 개헌과 대통령 선거는 '혁명을 꿈꾸는 젊은이들'에겐 양날의 칼이었다. 한편으론 사상언론의 자유가 엄청나게 보장됨으로써 골방에서 쉬쉬하며 논의되었던 공산혁명이 공개적으로 논의될 수 있는 여건이 조성되었으나, 또 한편으론 그 자유의 보장으로 인한 중산층의 혁명대오 이탈이라는 대중적 흐름이 잡혔기 때문이다. 게다가 이제 혁명의 열기는 학생들 손을 떠나 노동자들의 손으로 넘어가기 시작하였다. 직선제 개헌 이후 학내에서만 들리던 운동가요가 심지어 지하철 구내에서도 들리기 시작하였던 것이다.

사실 나는 1987년 직선제 개헌 이후 민중이 정권을 무릎 꿇게 하였다고 생각하고 그 힘을 느끼며 의기양양했다. 1988년에는 학생운동이 통일운동으로 전환하였는데(문익환 목사와 임수경이 북한으로 넘어가 통일운동을 벌인 것이 그 이듬해 1989년이다), 나도 그 일원으로 열차를 타고 휴전선을 넘어가는 운동을 전개하러 나섰다가 현장에서 체포되어 하룻밤을 지내고 훈방 조치되었다. 그러나 이런 것들이 무섭지 않고 마치 훈장처럼 느껴졌던 것은 그 당시 사회 분위기가 그런 것을 용인하는 분위기였기 때문이다. 그 당시 나도 제법 혁명의 열기로 달아올랐던 것 같다.

그러나 불행인지 다행인지 1988년 7월 내게 폐결핵이 찾아왔다. 의사가 결핵이라며 휴학을 권고했다. 촌놈이 밥도 잘 안 먹으면서 싸돌아다니다 보니 걸린 것 같았다. 6개월 동안 거의 바깥출입을 하지 않은 채 보건소에서 준 약을 먹고 집에서 요양을 했다. 그러나 그해 12월 지금의 아내를 만나 사랑에 빠지고, 1989년 한 학기를 마치고 군대 때문에 다시 휴학을 하고 대학 캠퍼스에 되돌아간 것이 1991년 3월이었다.

거의 3년 만에 되돌아간 대학 캠퍼스는 어디에도 공산혁명의 열기는 느껴지지 않았다. 그도 그럴 것이 1989년 10월 베를린 장벽이 무너지면서 동유럽의 공산주의 국가가 몰락하기 시작하였고, 공산주의 종주국인 소련마저 고르바초프의 개혁 이래 해체의 위기에 몰려 있었다. 게다가 1988년 서울 올림픽이 성공적으로 개최된 이래 우리나라는 경제적인 번영을 구가하고 있었고, 노태우의 유화 정책으로 캠퍼스 내 학생운동이 소수 학생운동으로 전락하고 있었다. 더욱 중요한 것은 1988년 대학생들에게 과외가 허용됨으로써 과외로 자신의 차를 몰고 다니는 학생들이 등장할 정도로 학생들이 풍족해졌다. 극소수 운동가를 제외하곤 공산혁명을 말하는 것이 뜬금없는 상황이 되어 버린 것이다.

돌이켜 보면, 우리나라가 1980년대 공산혁명의 시도 없이 원만하게 민주화된 것은 정말 기적 같은 일이다. 만약 전두환 정권이 6 · 29라는 기만책이라도 쓰지 않고 강공으로 나갔더라면, 세계사의 흐름이 공산국가의 몰락이라는 쪽으로 가지 않았다면, 우리나라가 1988년 서울 올림픽 이후 경제적 번영을 구가하지 않았다면, 어찌 보면 모두 내부적으로 공산혁명이 시도될 수도 있었을 것이다. 그러나 우리나라는 이런 모든 위험에서 벗어나 2차 세계대전 이후 독립한 나라 중 유일하게 경제 성장과 함께 민주화를 이룬 나라가 되었다. 경제적으로는 무역 규모 면에서는 세계 10위권의 국가이고 아시아에서는 일본보다 더 민주화된 나라가 되었다. 더욱이 현재에도 전 세계적으로 혁명이나 내전으로 무고한 국민들이 죽어가는 나라들을 보면, 우리나라가 그 당시 혁명 없이 민주화의 길에 들어서게 된 것에 감사한다.

방위병

1989년 7월 나는 방위병으로 입대하였다. 눈도 나빴고 평발에다가 폐결핵까지 앓았으니 당연한 것이다. 게다가 그 당시에는 현역으로 가던 자원들도 해안 경비를 위해 방위병으로 돌리던 때였다. 한 달 동안의 창원 39사단의 훈련을 받고, 통영 연안을 방위하는 해안2대대로 배속 받았다.

그런데 내가 배속 받은 부대는 5중대였다. 해안2대대에는 그 안에 몇 개의 중대가 있었는데, 다른 중대가 해안 경비를 맡는 중대인 반면 내가 배속된 5중대는 전투를 담당하는 중대여서 매일 태권도, 특공무술, 총검술 등의 훈련을 강도 높게 받았다. 그래서 어느 중대보다 군기가 세었고, 심지어 현역병들도 방위병이라고 무시하지 못할 정도였다(통상 현역병들은 군기가 세고 복무기간이 길어 같은 계급이라도 방위병을 하대하였다).

내가 5중대에 배속되고 나서 본부중대 행정실에 갔는데, 내 친구(하현승)가 그곳 인사과에서 근무하고 있었다. 그 친구가 나를 보고 "명주야, 네가 왜 5중대로 빠졌지. 나는 네가 당연히 행정병으로 빠질 줄 알았는데" 하는 것이었다. 그 친구 입장에서는 서울대 법대에 재학 중인 내가 행정병이 아닌 전투병으로 빠진 것을 의아해 했다. 그런데 행정병으로 빠지는 것은 그 당시 큰 특혜(대부분 훈련을 빠질 수 있다)여서 군의 간부들에게 미리 수를 쓰지 않으면 안 되었다. 그러나 가난한 우리 부모가 이런 것을 알 턱이 없고, 학생이었던 내가 그걸 할 수도 없는 노릇이었다. 그러니 배경이 있는 아이들이 편한 보직을 가고 나 같은 아이들은 되는 대로 팽개쳐지는 형편이었다.

내가 5중대에 배속되어 군 생활을 시작할 당시가 하필이면 혹서기 훈련기라 들어가자마자 특공무술을 배워야 했다. 나는 학창 시절에도 별반 운동에는 소질이 없고 또 무술에는 아무런 인연이 없었는데, 이를 뙤약볕에서 배워야 하니 죽을 노릇이었다. 폼도 엉성하여 자세도 나오지 않고. 고문관도 그런 고문관이 없었다. 게다가 그 당시에는 군대에 구타가 만연하던 시절이었다. 걸핏하면 쉬는 시간에 구타가 행하여졌다. 방위병은 아침에 출근하여 저녁이 되면 '보람찬 하루 일을 끝마치고서' 퇴근하는 병사였으나, 낮 동안에 반드시 어느 창고에서 구타가 일어났다.

하루는 우리 기수가 우리보다 넉 달 먼저 들어온 기수들한테 집단 구타를 당하였다. 이유는 우리 기수 중 한 명이 퇴근하고서 자기 기수 한 명에게 말을 놓고 시비를 걸었다는 것이다. 그 당시 구타는 개별 구타보다는 한 기수에서 잘못한 병사가 있으면 나머지 같은 기수들을 한꺼번에 구타하여 연대책임을 묻는 식으로 때리는 것이 상례였다. 그 당시 얼마나 맞았든지 일평생 맞은 것보다 많은 구타를 당한 것 같다. 게다가 나는 재수를 하고 대학교를 다니다가 입대했기 때문에 나이가 평균 두 살은 많은 편이었는데, 군에서는 선배지만 사회에서는 후배들한테 맞으니 이보다 더 환장할 노릇이 없었다.

사실 우리나라 군대는 6·25전쟁 이후 가난한 나라에서 엘리트들이 가장 많이 진입한 집단이었다. 그 당시 육군사관학교에 들어가는 것은 가난한 서민들에게 가장 큰 영광이었다. 학비를 국가에서 전액 지원하는 데다 육사를 나오면 출셋길이 보장되었기 때문이다. 심지어 예편하고도 바로 사무관으로 공직생활을 할 수 있도록 보장한 적도 있었다. 우리가 대학에 입학하던 시절에도 서울대 들어가는 것만큼이나 육사에 입학하는 것을 영광으로 생각하였다. 그래서 육사를 중심으로 하는 군대 문화가 아직도 봉건적 잔재로 남아 있고 문맹이 많았던 우리나라의 가장 선진적인 문화였던 때가 분명 있었다고 생각한다.

그러나 1980년대 군대는 이미 우리나라의 선진적인 조직이 아니라 우리나라 최대의 부패한 기득권 조직이었다. 군부독재가 몇 십 년을 이어오면서 그 조직을 기반으로 한 권력이 사회전반에 퍼져 있었다. 1980년 전두환의 쿠데타는 바로 군대의 속성을 그대로 드러낸 사건이다. 박정희 사후 당연히 민간으로 권력이 넘어올 줄 알았지만, 기득권자였던 군부가 순순히 권력을 내주지 않았던 것이다. 그리하여 국가 내 어떤 조직도 감히 손을 대지 못하던 조직이었고, 그렇기에 부패할 수밖에 없었던 것이다.

1987년 6 · 10민주화운동으로 직선제 개헌이 되어 민주화가 시작되었다고는 하나, 내가 군 생활을 하던 1989년, 1990년에는 아직도 이런 군사문화가 잔존하고 있었던 것이다. 아무리 군대가 상명하복을 생명으로 하는 조직이라고는 하지만, 상관이라고 하여 아무런 이유 없이 부하들을 구타할 수 있는 권리는 없는 것이다. 나는 권력이라고 하는 것, 그리고 인간의 동물성의 민낯을 보려면 그 당시의 군대에 가보라고 말하겠다. 단순히 군대에 먼저 왔다는 이유 하나만으로 계급이라는 완장을 차고는 자기보다 낮은 사람을 대하는 태도를 보면, 경악을 금치 못한다.

이런 측면에서 김영삼 대통령이 1993년 문민정부를 내세우면서 그 당시 군부의 핵심 세력인 하나회를 하루아침에 숙청한 것은 시대적 요청에 부응한 큰일이다. 만약 김영삼 대통령이 그 당시 하나회를 숙청하지 못하였다면 이후 우리나라의 민주주의는 끊임없는 쿠데타 위협에서 벗어나질 못하였을 것이다. 그가 이끈 문민정부는 비록 IMF사태로 초라하게 끝을 맺었지만, 하나회 척결은 금융실명제와 함께 그가 이룬 가장 큰 치적 중 하나라 생각한다.

방위병 시절이 내게 많은 것을 가르쳐 주었다. 항상 나와 비슷한 사람들과 생활하다가 나와 가정 사정, 사회적 직업적 사정, 심지어 개성까지 전혀 다른 사람들하고 살면서, 앞으로 내가 살아갈 사회의 원시적 모습이 이러하겠다는 생각을 많이 하였다. 내가 다닐 때의 군대는 사람이 신보다는 동물에 더 가깝다는 것을 몸으로 체험하는 장소였다.

고시생

민족이건 개인이건 언제나 예와 같은 모습으로서는 더 이상 자기발전을 꾀할 수 없는, 되려 기존의 자기가 누리고 있던 자유와 행복조차도 무너져 내리는 그리하여 새로운 자기건설이라는 힘겨운 투쟁이 요구되는 혁명과도 같은 결정적인 시기가 있는 법이다. 그리하여 그때 자기가 어떠한 자기 자신을 만들어 내느냐 하는 것에 그의 미래가 달려 있는 때가 있는 것이다.

(1992. 새해 아침에)

내가 방위병 복무를 마칠 때쯤인 1990년 말경 나왔던 나와 아내와의 결혼 이야기는, 우리들 처지의 무력함만 드러낸 채 유리창 깨지는 소리를 내며 서로에게 상처만 남겼다. 아내와 나는 어린 마음에 군대를 마치고 결혼하고 안정된 가정에서 고시 공부를 하면 좋겠다고 생각했던 모양이다. 처음엔 장모도 신혼여행지까지 알아보면서 추진하였고, 나도 아내를 부모님께 정식으로 인사 시키며 준비하였다. 그러나 곧 장모가 마음을 바꿨고, 경제적 여력이 없었던 우리 부모님으로서는 속절없이 그대로 따를 수밖에 없었다.

명분이야 내가 고시에 합격하고 나서 결혼시키자는 것이지만, 속으로는 결혼시키고 나서 내가 고시 합격을 못 하면 어쩔 것인가 하는 불안함과 우리 집안이 형편없이 가난하여 어우러진 결정이었다. 지금으로서는 장모의 입장도 이해가 되는 것이 아내가 바깥어른이 없는 5형제 중 맏이여서 내가 맏사위가 될 터인데 철없는 것들을 결혼시켜 될 일이냐고 생각할 수도 있었기 때문이다.

우리 부모님들은 우리가 먼저 결혼 말을 낸 것도 아닌데 없이 산다고 괄시하는 거냐며 노발대발이었고, 아내는 아내대로 충격을 받아 나와 헤어지겠다고 선언했다. 나는 장모로부터는 불신을, 부모님들부터는 불만을, 아내에게서는 실연의 고통을 한꺼번에 받는 처지가 되어 버렸다. 별 수 없는 노릇이었다. 내가 무엇을 할 수 있겠는가.

이런 처지가 되다보니 1991년 복학하고 나자 고시 공부는 불가피한 내 운명이 되었다. 다행히 학내 분위기도 더 이상 고시 공부를 벽안시하는 분위기도 아니었고, 한때 운동권으로 나갔던 선배들도 하나둘 돌아와 고시 준비를 하는 분위기였다. 심지어 80년대 전설적인 운동권의 한 선배는 사법고시는 물론 행정고시, 외무고시까지 합격하여 세간을 놀라게 하고, 학력고사에서 전국 수석을 하고 80년대 학생운동, 노동운동을 거쳤던 원희룡 선배도 1992년 다시 사법시험에 수석 합격하기도 한 때였다.

1987년 법대에 합격하고 1991년 제대 후 고시를 위해 책상에 앉을 때까지 정말 파란만장하게 살았다. 철학 공부, 학생운동, 연애, 군대, 심지어 결혼준비까지 4년 동안 대학에서 해 볼 것은 다 해 본 뒤 앉은 책상이었다. 더 이상 물러날 곳도 변명할 것도 없었다. 법대생으로서 당연히 나의 능력을 시험하지 않을 수 없었다. 그래서 학과 공부를 하면서 고시 공부도 병행하게 되었다.

일기는 1986년부터 거의 매일 써왔지만, 고시 시절의 일기는 공부 진도를 체크하고 깨우친 바를 기록하며 앞으로 공부할 것을 미리 계획하는 용도로 사용되었다. 이런 학습일기가 돌이켜 보면 큰 도움이 된 것 같다. 고시 공부라는 게 대학교 입시와 달리 어느 누가 나를 붙잡아 시키는 것이 아니라 철저히 자신이 계획하고 실천하여야 하는 것이기 때문에 이렇게 학습 일기를 씀으로 말미암아 자신의 진도를 확실히 체크할 수 있기 때문이다. 요즘 말로 자기 주도 학습을 위한 유용한 도구가 된 것 같다.

또 한편으로 일기는 나를 독려하는 용도로 유용하게 사용되었다. 고시라는 게 기본적으로 자기와의 싸움이기 때문에 주위에 자신의 고통이나 기쁨을 나눌 동료들이 거의 없다. 다른 고시생들도 힘든데 나의 힘듦까지 그들에게 얹을 수 없기 때문에 서로 조심한다. 그런 가운데 일기는 나의 슬픔과 고통을 들어 주고 나의 빛나는 미래 청사진을 들어 주는 좋은 친구가 되었다.

그리고 그 당시 나는 우연히 손자병법을 알게 되었는데, 손자의 한마디 한마디가 바로 공부의 비법과 직결된다는 것을 그때 알았다. 그중 "승병선승이후구전(勝兵先勝以後求戰)"은 내가 여러 법학 교과서에 제일 첫 장에 새겨 놓은 말인데, "싸움에서 이기는 병사는 먼저 이겨 놓고 싸움을 한다"는 말이다. 공부를 어느 정도 하다 보면 교과서 전체가 머리에 체계적으로 들어오고 출제자가 무엇을 낼 것인가를 대강 알 수 있는 단계가 있다. 나는 그 정도 단계에 이르면 어떤 시험도 능히 이겨낼 수 있다고 생각했다. 그 단계에 이르면 손자가 말하는 이미 이겨 놓고 싸우는 단계가 되는 것이다. 그 외에도 수험생으로서 모든 역량을 집중하여 시험 시간에 한꺼번에 쏟아부어야 한다는 의미의 말이라든가 수험 생활은 결코 길어져서는 안 된다는 말을 뜻하는 문장 등 숱한 명언들이 있었다. 아마 손자병법은 진짜 전투에서뿐만 아니라 어떤 전투와 같은 인생사에도 적용할 수 있는 지혜일 것이다.

1992년 1차 시험 실패는 정말 아쉬웠다. 정말 1년 열심히 하였기 때문이다. 몇 개 차이로 떨어졌었는데(1차 시험은 객관식이라 몇 개 틀린 것으로 커트라인을 알 수 있다), 내가 선택한 영어에 비해 많은 수험생들이 선택한 독어가 너무 쉬워 법 과목에서가 아니라 외국어로 당락이 결정되어 버린 것이다. 상원서점 벽면에 붙은 수험 번호에서 내 것이 없을 때의 허탈함이란. 그러나 그날 밤 김홍태 친구의 옥탑 방에서 시험을 끝내고 함께 자리를 한 강병훈 친구의 이야기를 듣고 내가 너무 큰 욕심을 부리고 있다는 생각을 했다. 그는 우리 친구들 중에 고등학교 다닐 때 줄곧 수석을 했을 뿐 아니라 졸업하자마자 서울대 법대에 들어온 수재였다. 그런 그가 이미 몇 년을 공부하고 작년에 2차 시험에서 떨어져 올해 1차 시험을 쳤는데 다시 떨어졌으니 얼마나 낙담이 되었을까.

정말 등이 휠 것 같은 고통이라고 하면서도, 지난 어린 시절 추운 겨울날 연 주우러 다니다가 똥 밟고 지붕 무너져 내리던 이야기를 하며 밤이 늦어가는 것도 잊고 즐겁게 이야기하던 그 친구를 보면서 배꼽을 잡고 웃으면서 많은 위안을 얻었다. 저런 수재도 이렇게 힘들게 하는데 내가 무어라고 1년 공부하고 낙담할 것인가 하는. 아마 수험 생활 중 가장 낙담되었지만 가장 흐뭇한 밤이 그날 밤 아닐까 한다. 그 친구는 당연히 그 이듬해 1차와 2차 동시에 합격하여 지금은 훌륭한 판사가 되어 있다. 나는 그 친구가 만약 집안이 조금만 형편이 되어 고시 공부할 때 과외하면서 자기 생활비를 버는 노고를 하지 않았다면 더 일찍 합격하였으리라 확신한다.

다행히 나의 고시 공부는 운 좋게도 1993년에 1차 시험에 합격하고 그 이듬해인 1994년에는 2차 합격과 최종 합격을 하면서 끝맺을 수 있었다. 3년 6개월이 걸린 셈이고, 1994년 졸업하던 해 합격하였으니 대학 졸업 후 별다른 공백 없이 이듬해 사법연수원에 입학하여 본격적인 법조인의 삶을 걸을 수 있게 되었다.

이 기간 중에 나는 아내와 다시 만나게 되었다. 얄궂게도 처갓집이 1994년 초에 부도가 났기 때문이다. 만약 처갓집의 부도가 없었다면 서로 찾지 않았을 수도 있었을 것이다. 그런데 처갓집이 어려움에 봉착하자 아내는 나를 찾았고, 나 또한 그 손을 뿌리치기 어려웠다. 운명이 있다면 이런 것이 운명이리라. 그래서 1994년 2월 며칠 동안 통영에 내려와 아내를 위로하고 올라왔고 그해 가을 사법시험에 최종 합격하자 아내와 결혼을 추진하였다.

그리고 이 기간 중에 나는 이 세상에서 나보다 더 나를 사랑했을 어머님을 하늘나라로 보내드렸다. 1993년 내가 사법시험 1차에 합격하고 나서 얼마 후였다. 자궁암이셨는데, 발견하자 이미 말기여서 손을 쓸 수 없는 지경이었다. 요즘 그 암은 조기에 발견하기도 쉽고 치료도 쉬운 편이라 하는데, 그 당시 어머니의 처지가 이런 걸 돌볼 틈도 없이 생활하기 바쁜 가난했던 시절이라 통증이 오면 가까운 약국에서 진통제를 먹고 넘기다 이런 변을 당하신 것이다.

부산에서 치료를 조금하시다가 곧 가망이 없다고 하여 집으로 내려와서 투병 생활을 하셨다. 1993년 1차 시험에 합격하고 어머니를 뵈러 내려갔다. 그런데 할 말이 없었다. 분명 엄청난 고통에 힘들고 얼마 남지 않은 인생에 대한 여러 소회로 힘드실 것인데 나에게 따로 내색을 하지 않으시니, 나도 무슨 말씀을 드려야 할지 알 수가 없었다. 그래서 나는 어머니가 평소 아침마다 천수경 등을 듣고 향을 피우며 불공을 드리는 모습을 보아왔기에 가까운 가게에서 염주를 하나 사다 드린 게 다였다. 그리곤 서울로 떠나오려는데, 나를 보내며 말없이 눈물을 흘리셨다. 나는 다음에 뵐 수 있겠지 하고 올라왔는데, 당신은 그게 나와 마지막 만남이란 걸 너무나 잘 알고 계셨기 때문일 것이다. 아! 그 눈물이 이 세상에 내가 보아온 눈물 중 가장 슬프고 고귀한 눈물이 아닐까 싶다. 자식에 대한 하염없는 사랑, 염려 그리고 애틋함이 담긴 눈물이었을 것이다.

나는 어머니가 돌아가시고 나서야 전화를 받았다. 부랴부랴 내려가니 이미 어머니는 입관하고 고요히 누워 계셨다. 어머니는 돌아가시기 전에 내가 마지막으로 선물한 염주를 꼭 관에 넣어달라고 하셨단다. 나는 별 생각 없이 선물한 것을 어머니는 나의 깊은 효심이라고 여기셨던 것 같다.

내가 나의 능력에 비해 1차에 한 번 떨어지고 곧이어 1차, 2차에 연이어 무리 없이 합격한 것은 바로 어머니가 마지막 내게 남겨 주시고 간 선물이라고 생각한다. 어머니가 돌아가실 때까지 나의 합격을 기원해 주지 않았던들 어찌 내 능력으로 고시 합격의 영광을 그것도 그렇게 빨리 볼 수 있었을 것인가. 다 어머니의 음덕이다.

신혼살이

우리의 신혼집은 광명시 철산동 주공아파트 11평 월세 14만 원짜리였다. 사법연수원은 서울 서초동 지금의 행정법원 자리에 있었으나, 형편상 서울에 집을 구할 수는 없고 마침 광명시에 살던 임창규 후배의 소개로 이 월세집을 구한 것이다. 광명시는 바로 인근이 구로공단이라 이렇게 싼 서민용 아파트가 많았다. 여기에 우리 부부 외에도 부도가 나서 갈 곳 없던 장모, 처제 둘도 같이 살았다. 조금 후에는 우리 첫째 준영이가 태어나서 그 작은 집에 6명이 부대끼며 살았다.

그 당시 사법연수원에서는 연수생들을 준공무원으로 대우하여 월 40만 원씩의 실비를 지급하였다. 원래 사법시험의 정원이 150명가량이 될 때까지는 사법시험에 합격하면 별다른 일이 없으면 전원이 판사 내지 검사로 임용되었다. 그래서 국가에서 2년 동안 판사 혹은 검사로 활동하기 위한 능력을 기르는 연수의 목적으로 사법연수원이 운영되어 몇 십만 원의 실비가 지급되었다. 이후 내가 합격할 때에는 정원이 300명 시대라 절반 정도가 판검사로 임용되고 나머지는 곧바로 변호사로 진출하였지만, 여전히 사법연수생들에게 이와 같은 실비가 지급되었다. 논란이 있었지만, 변호사에게 공익의무를 부여하므로 국가에서 이 정도의 실비는 지급하여도 된다는 논리였다.

이런 작은 월급으로 월 14만 원의 월세를 내고 살림을 꾸릴 수 있었던 것은 시중의 한 은행에서 사법연수생들에게 마이너스 통장을 개설해서 신용대출을 해주었기 때문이다. 나도 이를 통해 집 보증금도 내고 모자라는 생활비도 충당하였다. 그러나 마냥 빚을 지고 살 수는 없는 노릇이라, 사법연수원 1년차 후반기 때부터 서울대 앞에 있던 고시학원에서 강의를 했다. 주로 형사법과 헌법을 가르쳤는데, 가르치려고 고시 공부할 때 보던 책을 보니 더 잘 이해되었다. 내가 왜 공부할 땐 이걸 몰랐을까 싶었다. 심지어 강의를 해 보니 올해 시험에는 이것이 나올 것 같다는 예감도 생겼다. 실제로 2차 사법시험을 앞두고 내가 낸 문제가 비슷하게 실제 시험에 나와 내가 가르치던 학원에서 이를 대대적으로 홍보하기도 하였다. 보수는 수강 인원에 따라 책정되었는데, 나름 대형 강의실에서 강의할 때도 제법 있어 보수가 나쁘지 않았다. 그러나 이를 오래할 수는 없었다. 사법연수원 성적이 판검사 임용을 좌우했기 때문에 연수원 공부를 게을리 할 수가 없었기 때문이다.

하루는 광명의 작은 아파트에 경찰이 들이닥쳤다. 부도 낸 장모가 우리 집에 함께 살고 있다는 것을 안 사채업자 한 사람이 경찰을 데리고 찾아온 것이었다. 암담한 일이었다. 장인이 상속받거나 생전에 이룬 재산은 이미 부도가 나서 경매로 모두 넘어갔지만, 사채를 빌려 주었던 사람들은 돈 받을 길이 없으니 형법상 사기로 고소한 것이었다.

통상 이런 경우 부도날 것을 미리 예견한 사업주가 자기 재산을 빼돌려 놓았다가 이와 같이 구속되면 빌린 돈의 일부로 합의하는 경우가 허다하다. 그러나 장모는 당신이 부도가 날 줄은 꿈에도 생각지 못했다.

워낙 선대부터 탄탄히 해 오던 가업인데다 통영 요지에 부동산도 많았고 권현망의 특성상 힘들다가도 멸치를 한 방 잘 뜨면 순식간에 몇 억을 버는 것이 예사이기 때문에 이런 일이 벌어질 것이라 전혀 예견을 못했던 것이다. 게다가 맏이인 아내 밑으로 딸 셋에 아들 하나가 있었지만, 모두 그 당시 어려(아내가 막 대학교를 졸업할 때였고, 막내아들은 당시 중학생이었다) 사업에 도움을 줄 수 있는 처지도 아니었다. 그런 까닭에 장모로서는 법에 따른 처벌을 받을 방법 밖에 없었다.

원래 사기죄란 돈을 빌릴 때 변제할 능력이나 의사가 없어야 성립된다. 그런 까닭에 돈을 빌릴 당시 그 돈을 갚을 능력이 있고 갚을 뜻이 있었다면 사기죄가 성립되지 않아야 한다. 장모의 경우 사업을 선대 이래 수십 년 해왔고 재산도 많은 상태였으므로 돈을 빌릴 당시 변제할 능력이나 의사가 없었다고 하기는 어려울 것이다. 그러나 문제는 결국은 돈을 갚아야 할 때 못 갚았다는 것이다. 그리하여 실무상 돈을 빌렸다가 못 갚으면 빌릴 당시 변제할 능력이나 의사가 없었다고 추정된다. 장모가 고소인과 계속적으로 사채거래를 해왔기 때문에 사기가 아니라고 주장하였지만 받아들여지지 않았다. 사기죄로 실형이 선고되었다.

이후 내가 사법연수원 졸업할 즈음 판사 임용 면접 때 면접관이 이 문제에 대하여 내게 물었다. 판사가 되려는 사람의 장모가 사기죄로 실형을 살고 있으면 되겠냐는 취지였다. 나는 장모가 사업을 하다 부도가 나서 결과적으로 사기죄로 처벌 받고 있는 것이고 일반적인 사기죄와 같은 파렴치범이 아니어서 문제없지 않느냐며 항변한 것 같다. 이런 질문을 예상하고 있었지만 실제로 면접관이 물으니 하늘이 노래졌다. 나오면서 이게 문제된다면 어쩔 수 없는 것이겠지 했지만 기우로 그쳤다.

사법연수원 2년 동안 광명시 철산동의 비록 11평 월 14만 원의 월세 아파트에 아등바등 살았고 장모님 문제로 힘들었지만 그래도 나름 행복했던 것 같다. 7년에 걸친 연애 끝에 결국 사랑하는 사람과 가정을 이루었고 첫째 준영이 둘째 원영이를 얻었기 때문이다. 게다가 목표했던 대로 판사로 임용 받아 부러울 게 없었던 시절이었다.

나는 사법연수원 시험공부를 광명도서관에서 하였다. 걸어서 갈 수 있었던 데다가 식당이 있어 싼 값에 식사를 할 수 있었기 때문이다. 도서관에서 공부를 하고 있으면 한 번씩 아내가 갓 돌을 지난 준영이를 데려오곤 하였다. 아이가 머리카락도 채 나기 전이라 까까머리를 하고서는 값싼 원피스를 입고 아장아장 걸어 다녔다. 그 모습이 얼마나 예쁘던지 아직도 광명하면 떠오르는 행복한 기억이다.

이제 20년의 세월이 다 흘러간다. 우연히 내가 살던 아파트를 다시 찾아보니, 이제는 광명에서 제일 좋을 법한 고층아파트 단지가 들어서 있었다. 도서관도 내부가 리모델링되어 깨끗해졌고, 군대식 1식 3찬이 나오던 식당은 이제는 카페테리아 수준의 식당이 되어 있었다. 처음에는 그 당시 아련했던 기억이 서린 장소가 없어져 아쉬운 감이 없지 않았다. 그러나 세월이 흘러 나의 추억이 묻은 곳이 이렇게 반듯하게 변화한 것이 나 자신이 그렇게 변한 것처럼 여기자고 생각하니 도리어 뿌듯한 생각도 들었다. 그때 낳았던 첫째, 둘째가 벌써 대학생이 될 때가 되었으니, 이런 변화도 당연한 것이다. 가난했지만 행복한 시절이었다.

판사

　내가 판사로 임용 받은 때는 1997년 3월이다. 통영 출신의 이일규 대법원장으로부터 임명장을 받았다. 부산지방법원 울산지원이 첫 근무지였다. 울산지원은 이듬해 곧 울산지방법원으로 승격되었다. 울산이 1997년 경상남도에서 분리되어 울산광역시가 되었기 때문에 법원도 승격된 것이다.

　울산법원 판사는 내게 첫 직장인 셈이다. 어느 직장에도 직장 내 에티켓이 있겠지만, 판사들 간의 에티켓은 좀 특이한 구석이 있다. 그것은 나이와 직급이 높은 판사라도 같은 판사 사이에서는 서로 존댓말을 한다는 것이다. 물론 개인적으로 가까워지면 나이 때문에 말을 놓는 경우는 있지만, 직급이 높다는 이유로 함부로 다른 판사들에게 말을 놓지 않는다. 그런 한편으로 엄격한 서열에 관한 에티켓도 있어 식사 자리에 앉거나 차를 탈 때 심지어 한 부를 구성하는 3명의 판사가 산책을 할 때에도 앉는 자리와 걷는 위치가 정해져 있다. 처음에는 어색했지만, 익숙해지니 그것보다 편한 게 없다. 나중에 알고 보니 그런 에티켓은 비단 판사 사회뿐 아니라 모든 공식적인 자리의 에티켓이기도 하였다. 서로 막 대하는 것이 아니라 서로 존중하는 가운데 위치를 정하려다 보니 생긴 것이 에티켓이니만큼 그것이 판사 사회에 자연스레 자리 잡게 된 것 같다.

한편으로 나의 초임 부장님이었던 윤재윤 부장님은 개인적으로도 아주 훌륭한 인격을 갖춘 분이어서 내가 살아가는데 큰 영향을 미쳤다. 타인에 대한 배려와 존중이 몸에 밴 태도는 거친 바다의 뱃사람 기질을 가진 내가 사회생활을 하면서 다른 사람들에게 적어도 실수는 하지 않게끔 가르쳐 주었다. 한 날은 술자리에서 부장님이 계신 가운데 선배 판사와 언성을 높이며 싸우게 되었다. 당연히 후배인 내가 참았어야 했으나, 그 당시는 워낙 정제되지 않은 때라 내 생각이 옳다고 생각되어 통영 특유의 뱃사람 기질을 발휘한 것이다. 그때 부장님은 그 자리에서 좋은 말로 싸움을 말리고서는 다음날 아침 당신의 방으로 나를 불러 어제 나의 행동이 무엇이 잘못되었는지를 차분히 말씀해 주었다. 그때 나는 감복했고, 아랫사람을 이렇게 꾸짖어야 한다는 걸 배웠다. 나의 자연적 성정 같았으면 당연히 그 자리에서 술판을 엎고 혼을 내었을 것이다. 이후 나는 직장 생활을 하면서 그 교훈을 잊어본 적이 없다. 또 그 자리에서 나는 내가 정열은 있으되 기본이 안 되어 있다는 것을 절감하였다. 그리하여 거친 내 성격을 판사다운 성격으로 개조하기 위해 많은 노력을 했고, 이후 내가 혹 타인에 대한 배려가 엿보였다면 그것은 오로지 이때 윤재윤 부장님으로부터 배운 것이다.

울산은 비록 공업도시로 알려져 있지만, 시내 가운데는 태화강이 유유히 흐르고 있고 또 바다와 접해 있어 풍광 좋은 곳이 많다. 특히 천년 고도 경주가 차로 약 40분이면 갈 수 있는 곳인데다가 영남알프스라 불리는 1000미터가 넘는 산들이 주위에 많아, 나름의 문화와 등산을 즐기기에 정말 좋은 도시이다.

윤재윤 부장님을 따라 몇 번 경주에 가다 보니 나 자신도 경주가 좋아져서 가족들과 자주 들렀다. 그 당시 유홍준의 『나의 문화답사기』가 크게 히트를 친 이후여서 그 책을 읽고 경주에 가면 정말 아는 만큼 보인다는 말을 실감했다. 나는 특히 석탑에 많이 이끌렸었는데, 목조로 된 절들은 세월 따라 소실되었으나 석탑은 천년을 넘게 남는 것이 인상적이었다. 게다가 석탑도 자세히 보면 시대에 따라 그 양식이 변화하는데 이를 눈 여겨 보면 재미있었다. 불국사와 같이 온전히 그 모습이 유지되고 있는 절 안의 석가탑, 다보탑도 보기 좋지만, 나의 상상력을 더 자극하는 것은 절터에 홀로 남겨진 석탑들이다. 이런 탑들은 어느 절터의 탑이라 하여 무슨무슨 사지 석탑이라 대개 이름 붙여진다. 이런 석탑들을 만져 보면 마치 내가 신라시대로 돌아가 이 탑을 만들어 염원하던 이들의 영혼을 만나는 것 같다. 특히 감은사지 3층 석탑은 몇 번을 보아도 좋았다.

판사들이 즐겨 하는 운동은 테니스와 등산이다. 아마 테니스장이 갖추어져 있지 않은 법원은 없을 것이다. 그래서 자연스레 판사들은 일가후 테니스 채만 있으면 즐길 수 있는 테니스가 취미가 되었을 것이다. 그리고 테니스 못지않게 동호인이 많은 운동이 등산이다. 요즘은 전 국민이 등산객이 될 정도로 등산이 국민운동이 되었지만 이런 붐이 일어나기 전에도 법원에서의 등산은 판사들뿐 아니라 직원들과의 화합을 위한 스포츠로서 각광을 받았다. 나도 초임 판사로서 테니스를 조금 배웠지만 재미를 붙이지는 못했고, 대신 등산에 흠뻑 빠졌다. 법원에서 가는 등산뿐 아니라 개인적으로도 가족을 데리고 혹은 혼자서도 주말이면 배

낭을 메고 훌쩍 떠났다. 해 뜨기 전에 산에 올라 해가 운무를 헤집고 나올 때의 장관, 달빛이 교교히 흐를 때 달빛에만 의지해 산행할 때의 그 기분, 이때 모두 배운 것이다. 게다가 울산은 남부 지방임에도 의외로 겨울이 되면 산이 높아서 눈이 많이 쌓였다. 쌓인 눈에 무릎이 푹푹 빠지면서 산행하는 즐거움도 이때 알게 되었다. 그 당시 얼마나 산에 빠졌든지 산행기를 한 달 사이에 세 개를 남겨 놓았다.

울산 판사 시절 가장 기억에 남는 것은 어떤 은행원의 배임수재 사건을 무죄 판결한 것이다. 사건은 피고인이 거래처 사람으로부터 카오디오를 업무와 관련하여 부정한 청탁의 대가로 받았다는 것이다. 이미 1심 단독재판에서 유죄가 인정되었는데, 항소심으로 올라온 것이었다. 이 사건이 배석판사를 하던 내게 배당이 되었는데, 변호사도 없이 본인이 직접 부정하게 받은 것이 아니라 그 당시 중고가로 매수한 것이라는 절절한 항소이유서가 제출되어 있었다. 결국 내가 강현안 부장판사님께 무죄의견을 내어 무죄판결이 선고되었다. 법정에서 무죄가 선고되자 피고인이 너무나 기뻐하면서 법정을 나가면서도 우리에게 몇 번인가 인사를 하면서 유심히 쳐다보았다.

이후 우리에게 그 사람으로부터 편지가 왔다. 내용인즉, 자신이 1심에서 유죄판결이 나자 주위에서 모두 항소를 포기하라고 했다는 것이다. 1심에서 유죄가 났는데, 같은 판사들끼리 어찌 이를 뒤집겠냐는 것이 요지였다. 게다가 큰 사건이면 모르겠는데 벌금형의 작은 사건이라서 판사들이 신경도 쓰지 않을 것이라도 했단다. 그래도 자신은 너무 억울해서 항소를 하고 직접 항소 이유서도 썼는데, 이렇게 무죄판결이 나니 1년 5개월 동안의 불명예를 씻게 되었고, 정의가 살아 있다는 것을 확인

했으며 판사들에 대한 믿음이 다시 생겼다는 것이다. 그리고 꼭 세 분 판사님들의 얼굴을 기억하고 싶어 법정에서 오랫동안 우리를 보고 갔었다고 했다.

편지를 읽어 보니 우리가 옳았다는 확신이 들었다. 편지 구절구절 진심이 서려 있었기 때문이다. 재판이 판사들에게는 일상적인 일이라도 재판을 받는 당사자들에게는 일생일대의 사건이다. 그것이 자신의 일생을 뒤바꿔 놓을 큰일이거나 세월 지나면 그저 그런 일이 있었다고 여겨질 일이라도 평범한 국민들에겐 재판 받는 일은 정말 중요한 일인 것이다. 만약 그 당시 편지를 받지 않았다면 그저 또 하나의 판결문을 쓴 것에 지나지 않았을 것이다. 그러나 그 편지를 받고서는 새삼 판사의 판결이 한 사람에게 얼마나 큰 영향을 미칠 수 있고 또 국민이 법원과 법을 바라보는 시각을 바꿀 수 있는가를 배운 계기가 되었다.

신불산 야간 산행기

지난 1998년 2월 10일 정월 대보름 전날 밤, 야간 산행을 영남알프스의 주봉이라 할 신불재로 다녀왔다. 내가 우리 법원에 온 이래로 법원 차원에서 야간 산행을 간 것은 달음산, 재약산을 포함하여 이번이 세 번째이다.

이번 야간 산행은 김종대 지원장님께서 지난 보름에 우리 법원 전체 법관이 야간 산행을 가기로 하였다가 일기예보 관계로(일기가 아니라 예보 때문이었다. 예보에 의하면 달을 볼 수 없을 것이라고 하였지만, 실제는 보름달만 휘영청 떴다.) 취소하였는데, 그 아쉬움을 달래기 위하여 저번에 법관 전체를 대상으로 하였다가 낭패 본 경험을 거울삼아 이번에는 합의부 배석들만 동행키로 하고 기획하신 것이다.

그런데 여기에 조병현 부장님께서 적극 참가하기로 하시고, 민사1부 배석들은 바쁜 업무와 개인 사정으로 빠져서 결국 김종대 지원장님, 조병현 부장님, 이규홍, 배인구, 이동욱 판사와 내가 참가하기로 하였다. 또한 일천한 우리 판사들의 등산 실력으로는 야간 산행을 제대로 감당하기 어려울 것 같아서 재야에서 등산을 즐기시는 송철호, 정세용, 박상호, 심규명 변호사님들이 함께하셨다.

야간 산행코스는 박상호 변호사님께서 준비하셨는데 언양면 가천리에서 신불산의 공룡능선과 영취산(취서산)의 아리랑능선 사이의 계곡을 따라 올라가 신불산 정상과 영취산 정상 사이의 신불재를 넘어 반대편의 백련암이 있는 배냇골로 가는 것으로 계획되었다.

언양의 청송민물고기집에서 준대기(멸치같이 생겼나) 찜과 매운탕으로 저녁 식사를 한 후, 언양면 가천리 입구에서 산행을 시작하려는 지점까지는 봉고차를 이용하고, 그곳에서 장비를 챙긴 후 본격적인 일정을 시작하였다. 그때가 저녁 6시 45분경이었다.

우리 일행 중 등산 경험이 가장 많은 박상호 변호사님께서 길잡이로 나섰고, 그 뒤를 따라 하얀 눈을 보드득 밟으며 걸어가기 시작하였다. 눈길은 곧 끝나고 오르막이 시작되었는데, 박 변호사님의 빠른 걸음에 곧 일행들의 숨소리가 거칠어 졌고, 급기야 동서의 산행 장비를 빌려 나섰다는 이동욱 판사가 산행 포기를 선언하기 일보직전까지 갔다. 오랜만에 그것도 야간에 산행을 하려니 힘들었던 것 같다. 그러나 우리를 태우고 온 봉고는 이미 산 넘어 배냇골에서 우리를 기다리고 있는데다가 그 당시 우리가 걸어온 길은 얼마 되지 않았으나 봉고차로 들어온 길이 제법 깊어서 돌아가는 것보다 오히려 걸어서 넘어가는 것이 낫지 않겠느냐는 심규명 변호사님의 간곡한 설득과 회유에 이 판사는 마음을 다잡고 천천히 뒤따르기 시작했다. 솔직히 내가 그러하였거니와 심 변호사님도 간담이 서늘하였을 것이다. 그때 이 판사가 진짜 포기해 버리고 내려가려고 했다면 나와 심 변호사님은 의리상 꼼짝없이 중도에 포기하고 내려가야 했을 터인데, 그날따라 달은 얼마나 좋던지……. 이런 달밤에 영남알프스의 겹겹이 싸인 산들을 보지 못하고 내려간다는 것은 얼마나 가슴 아픈 일이었겠는가.

박 변호사님을 비롯한 선두 일행을 겨우 따라 가면 선두 일행은 일어서서 가 버리고 우리(나와 이 판사, 심 변호사님, 후에 우리와 같이 한 이규홍 판사님)는 겨우 따르기를 몇 번을 하던 중, 눈 덮인 바위를 타기 시작하였다.

처음에는 별 어려움 없이 나뭇가지를 잡고 바위를 탔는데, 갑자기 큰 암벽을 앞두고 길을 찾지 못했다. 오른쪽으로 길이 있는지 탐색하러 가신 송철호 변호사님께서 "여긴 절벽이야" 하는 순간에 우리는 잠시 당황하였으나 왼편 암벽 사이를 점검하던 정세용 변호사님께서 "여기가 길이다"며 앞장 서 암벽을 타고 올랐다. 우리들은 '어, 이거 장난이 아닌데' 하고 뜻하지 않은 암벽등반을 했다.

그런데 잠시 후에 소동이 벌어졌다. 밑에서 보기에는 그 암벽만 오르면 우리가 예정했던 정상에 다다를 줄 알았는데 올라보니 하얀 물감을 봉우리에 쏟아부어 흘러내린 듯한 눈 덮인 삼각형의 산이 다시 나타났을 뿐 아니라 바로 앞의 커다란 바위들 사이로 길이 있는지조차 알 수 없었던 것이다.

등반대장인 박상호 변호사님께서는 원래 가려던 계곡 길은 전망을 볼 수 없으니, 능선을 타면서 달빛 비친 언양을 보는 재미를 더하고자 선택한 코스였는데, 막상 능선을 타다 보니 길을 잃었을 뿐 아니라 길이 있어도 그야말로 전문가코스를 타게 되어버린 것이다.

박상호 변호사님께서는 당장 철수를 주장하셨다. 안전을 담보할 수 없을 뿐 아니라 이제부터 이와 같은 능선을 타면 추위가 살을 에어 낼 것이라는 이유 때문이었다. 이번 야간 산행코스를 준비한 박 변호사님 입장에서는 당연한 주장이었다. 만약 어떤 돌발 사태가 발생하여 산행이 엉망이 된다면 전적으로 당신의 책임이라고 생각하셨을 것이다. 사실 어떤 일을 준비한 사람으로서는 혹시 참가자들이 조금이라도 만족하지 못하는 기색을 보이기거나 심지어 조난이라도 당한다면 그보다 더한 낭패감은 없는 것이다. 이규홍 판사님도 우리나라 사람들이 에베레스트 산을 많이 오르지만 무모하여 죽기도 많이 한다며 이에 동조하여 무모하지 않는 것이 좋겠다고 하였다.

그러나 산행을 계속하기로 결정되었다. 지금까지 올라온 길로 내려가는 것이 올라가는 것보다 더 위험하다는 조병현 부장님의 주장에 많은 사람들이 동조하였는데다, 송철호, 정세용 변호사님께서 바위 사이로 난 길을 찾았기 때문이다. 나는 계속 가자는 주장에 동조하였다. 인간이 빚어낸 불빛도 사라지지 않은 그곳에서도 왼편의 공룡능선과 오른편의 아리랑능선, 그리고 산봉우리가 달빛과 엊그제 내린 눈으로 그려내는 그림은 아름답기 그지없는데, 만약 불빛도 없고 산이 첩첩이 싸인 정상에서 보면 얼마나 아름다울까를 생각하니 도저히 고지가 바로 저긴데에서 말 수 없다는 생각이 들었기 때문이다.

김종대 지원장님께서는 "허허" 하시다가 우리 일행이 산행을 시작하자 "그러면 가야지" 하고 맨 뒤에서 따르셨다. 험한 코스가 계속되자 지원장님께서는 "야, 이러다가 헬리콥터 뜨는 것 아이가" 하셨고, 주위 사람들은 "그러면 매스컴에 나서 창피당하는 것 아닙니까" 하며 엄살을 피웠다. 조금 전만 해도 죽겠다던 이동욱 판사는 언제 그랬냐 싶을 정도로 아예 선두그룹에 끼어 뒤따르던 우리를 황당하게 했다.

마지막 커다란 암벽(독수리 바위라고 부른다. 이는 앞의 암벽보다도 훨씬 커 도저히 타고 오를 수는 없었다)을 정세용 변호사님께서 우회로를 찾아 오르니 드디어 2내지 3평 남짓한 눈 덮인 평지가 나타났는데 그곳이 바로 이 능선의 정상이었다.

능선의 정상까지 오르는 것은 주간 산행보다도 몇 배 힘들었다. 원래 이 능선은 주간에도 등산로로 잘 사용되지 않는 길이었기 때문이다. 그런데도 우리가 무사히 생환할 수 있었던 것은 다행히 눈이 오고 난 후 누군가가 이 능선을 탄 적이 있었는지 눈 위에 발자국이 있어 그것으로 길을 짐작하여 전진할 수 있었고, 겨울밤인데도 바람이 없어 추위가 훨씬 덜 했으며, 무엇보다도 보름달이 떠 있어 사방이 은은한 빛의 세계에 편입되어 있었기 때문이다. 그곳에서 우리의 다소 무모하기조차 했던 등정을 자랑삼고, 살아 있음과 조난당하지 아니하였다는 데에 위로하고 정상주를 한두 잔.

그곳부터는 그야말로 설국(雪國)이었는데, 배인구 판사님은 조금 가다가 조그만 평지에 드러누워 마치 러브스토리의 한 장면을 연출하려는 듯하였으나 곧 포기하였다. 눈이 얼어 있었기 때문이다. 처음 평평한 지역은 눈이 얼어 있어 그래도 걸을 만 하였다. 그러나 얼마 지나지 않아 영취산 옆봉(1,045m봉)에서 신불산 정상까지는 U자형으로 능선이 이어져 있고 그 능선 중앙에 두 봉을 잇는 길이 있었는데 우리는 그 능선에서 보자면 옆면으로 올라온 셈이어서 사람들이 다녀서 눈이 다 녹아 버린 길까지는 눈 속에 파묻히며 전진해야 했다. 눈이 얼마나 많이 쌓였든지 그곳은 억새 평원인데 1미터가 족히 넘을 억새가 잡풀처럼 고개만 겨우 내밀고 있었다. 우리 일행은 눈에 푹푹 빠지면서 제각기 큼직한 구멍을 만들며 흩어져서 길을 개척했다. 무릎 이상으로 눈 속으로 빠지니 나름대로 안 빠지는 방법을 강구했는데, 나중에야 눈 위를 걷는 것보다 기는 것이 조금 덜 빠지고 괜찮은 방법이라는 것이 중론이었다. 그러나 심 변호사님은 자기도 그 방법을 써 보았는데 별 도움이 안 되더라고 하면서 왜 그런지 모르겠다고 했다.

드디어 인간이 만든 불빛조차 지워지고 달, 별, 눈, 산, 밤이 만들어 내는 수묵화 속에 우리만이 있게 되었다. 하늘에는 둥근달이 영취산 쪽 능선 위에서 오로온좌를 호위병처럼 거느리고 깨끗이 씻은 빛을 비추고 북두칠성은 신불산 위에서 그 봉우리로 물을 쏟아 내듯이 맑은 빛을 내리고 있었다. 땅에서는 배내 쪽으로 능동산, 재약산, 수미봉으로 이어지는 산세가 그 정상에는 눈이 내려앉은 채로 올라갔다 내려갔다 하면서 병풍처럼 서 있고, 우리가 양쪽으로 서 있던 신불산과 1,045미터봉은 다시 그쪽으로 눈을 덮어 쓴 채로 썰매 타듯 내려가고 있었다.

"아! 그래서 이곳을 영남알프스라고 하는구나" 하는 배 판사님의 탄성, 내가 영남알프스라고 불리는 산들을 수회 가 보았지만 비로소 이 산들을 알프스라고 하는 이유를 눈 덮인 그 시간에 발견하게 된 것이다. 우리 일행은 합심하여 둥근달을 보며 야호 세 번.

우리는 두 봉의 가운데쯤(이를 신불재 내지 신불고개라고 한다)에서 배냇골로 가는 길을 잡아 내려가기 시작했는데 여전히 눈밭이었다. 다행히 길이 나 있어 내려가는 것은 한결 쉬웠다. 조금 가파른 언덕길 같은 달빛 비치는 눈길을 내려가며 송철호 변호사님께서 "산촌에 눈이 쌓인 어느 날 밤에 촛불을 밝혀두고 혼자 울리라"며 멋들어진 가곡을 연거푸 몇 곡을 하셨다. 노래 잘하는 것도 복이다. 이 얼마나 어울리는 풍광인가. 정세용 변호사님께서는 "이 멋진 곳을 두고 어찌 그리들 빨리 내려가냐"며 "내일 재판도 없는데 오늘 안 갈란다" 하시며 못내 아쉬워 하셨다.

눈길이 끝나고 아직도 축축하게 젖은 낙엽 길을 들어설 때쯤 계곡의 물소리가 들리기 시작하더니 곧 넓은 자갈밭에 통나무집이 있는 곳에 도착하였다. 배냇골(배내는 한자로 梨川이라고 하는데 개울 옆으로 야생 배나무가 많이 자란다 하여 그렇게 부른다고 한다)에 도착한 것이다. 하산 기념으로 송철호 변호사님의 '달밤'을 한 곡 듣고 박수.

한때 이곳에 집을 가지고 계셨다던 박상호 변호사님의 안내로 막걸리를 한잔 하러 산장에 들렀는데, 파전에 막걸리가 얼마나 달던지. 막걸리 잔 속에 우리의 달, 별, 눈, 산과 정을 담아 마시고 배냇골의 깊은 오지에서 울산으로 빠져나오니 새벽 1시가 넘었다.

등불을 끄고 자려하니
휘영청 창문이 밝으오
문을 열고 내어다 보니
달은 어여쁜 선녀같이
내 뜰 위에 찾아온다.
달아 달아 내 사랑아.
내 그대와 함께
이 한 밤을, 이 한 밤을
얘기하고 싶구나.

(김태오 시, 나운영 곡, 「달밤」)

변호사 개업

　울산에서 판사생활을 2년 한 후 향판 신청을 했다. 향판이란 서울 쪽으로 올라가지 않고 지역 법관으로 계속 근무하는 판사를 말한다. 대부분의 판사들이 서울 근무를 지망하기 때문에 인사 적체가 심한데, 지역 법관을 신청하면 판사를 할 동안에는 그 지역에서만 근무하여 서울로의 인사 적체를 많이 완화하는 기능을 한다. 통상 부산, 대구, 광주 출신들은 지역 연고가 확실하니 굳이 서울로 올라갈 이유가 없어 향판 내지 지역 법관으로 지내는 경우가 많다. 나는 지역과 가까운 창원으로 인사 신청을 하여 창원법원으로 가게 되었다.

　창원에서는 김진영 부장님을 모시고 민사 재판을 하면서 더불어 가사 단독을 맡았다. 김진영 부장님은 부친도 부산 법조에 알아주는 법조인 출신이셨는데, 법률뿐 아니라 다양한 분야에 해박한 지식을 갖추고 있었고 특히 불가에 조예가 깊으셨다. 간혹 선승의 기운이 느껴지기도 했는데, 나중 판사직을 그만 두고 곧바로 변호사를 개업하지 않고 전국 사찰을 1년 동안 돌아다니실 정도였다. 그 당시 법관들의 전관예우가 문제될 때였는데 자발적으로 1년 개업을 안 한 특이한 경우라 중앙 언론에 기사가 나오기도 하였다. 내가 만나본 사람 중 가장 선한 분이셨다.

창원법원에서 내가 맡은 가사단독 사건은 주로 이혼소송이 많았다. 그 외에도 가족 친족 간의 여러 사건들을 맡았는데, 가장 기억에 남는 것은 부모가 자식들에게 부양료를 청구하는 사건이었다. 민법 제974조에서는 직계혈족 및 그 배우자 간 부양의무를 규정하고는 있지만, 친부모가 자식들을 상대로 부양료를 청구하는 경우는 극히 드물다. 대개의 경우 자식이 부모를 봉양하는 것은 법 이전에 도덕의 문제이기 때문에 자식들이 알아서 부양하고, 설령 부모들이 부양을 받지 못하더라도 이를 소송으로까지 가지는 않기 때문이다. 그런데 정식으로 법원에 부양료 청구를 한 것이다. 결국 부모 자식 간에 매달 몇 십만 원을 지급하기로 조정되었지만, 부모 자식 간의 달라지는 세태풍속을 보는 것 같아서 쓸쓸한 사건이었다.

창원법원으로 갈 당시에는 창원에서 몇 년 근무하다 내 고향 통영지원에서 판사를 할 생각도 없지 않았다. 그런데 부모님들이 문제였다. 아버지는 어머니와 사별한 후 약 2년을 혼자 사셨는데, 자식들이 모두 외지에 있고 당신도 50대 중반이라 혼자만 살아가실 수가 없었다. 그리하여 형제들이 의논하여 새어머니를 모셨지만, 생활은 변변하지 않았다. 나도 워낙 없이 시작한 살림이라 판사 월급으로 그럭저럭 생활은 꾸려나갈 수 있었지만 부모님을 여유롭게 모실 형편은 도저히 되지 않았다. 판사라는 직업이 내 개인으로서는 명예롭고 영광된 것이었지만, 가족들에겐 힘든 직업이었다. 결단하지 않을 수 없었다.

변호사로 개업하기로 결심하니, 개업지를 정해야 했다. 통상은 자기가 근무하던 곳에서 개업하여 이른바 전관예우를 받는 게 관행이었다. 전관예우라는 게 현직 판사들이 전직 판사라고 특별히 잘 보아주기 때문이 아니라, 의뢰인이 당연히 같이 근무하던 판사니까 조금이라도 잘 봐주지 않을까 하는 기대와 소개하는 사람들이 말하기 편하니 하는 말이다. 같은 값이면 방금 그 법원에서 근무하다 개업한 변호사가 아무래도 다른 변호사보다 낫지 않겠는가 생각하는 게 인지상정일 것이다. 그래도 이에 대하여 논란이 많아 요즘은 아예 법으로 1년 동안 개업 직전 근무한 법원, 검찰청 앞에서는 개업을 금지했다. 그러나 그 당시에는 이런 제한이 없어, 창원지방법원 앞에서 개업하는 것은 아무런 문제가 되지 않았다.

하지만 나는 고민 끝에 깨끗하게 내 고향 통영에서 개업하자고 결론 지었다. 창원에서 개업하면 시장 규모도 크고 전관예우도 좀 받아 돈이야 많이 벌겠지만, 내 목표가 돈이 아니라 정치인 이상 처음부터 고향에 가서 봉사하는 게 길게 보아서는 더 옳은 선택이라고 생각했다. 그 길이 창원지방법원에서 같이 근무하던 동료 판사들에게도 면목이 서는 일이기도 했다.

사무실은 옛 통영지원이 있던 세병관 앞 문화동에 얻었다. 통영지원은 세병관을 중심으로 한 통제영 복원 공사 때문에 이미 용남면으로 이전하였지만, 용남면에서는 변호사 사무실을 구할 수가 없었기 때문이다. 법률사무소 일을 거의 책임질 사무장은 김용택 사무장을 모셨다. 김용택 사무장은 이후 내가 변호사 업무를 하는 동안 늘 나와 함께 하였다. 감사한 일이다. 개업식에는 신명균 창원지방법원장님뿐 아니라, 윤재윤 부장님, 김진영 부장님 외 많은 동료 판사님들과 지인들이 참석해서 축하해 주었다. 그날 마침 비가 내려 손님들이 "개업식 때 비가 오면 돈을 많이 번다"고 덕담을 많이 해주셨다.

개업을 하고 난 후 통영 변호사회가 놀라운 일을 하나 이루어 내었다는 걸 알게 되었다. 그것은 이른바 법조 브로커 관행을 한상열, 김광주 변호사 등이 나서서 근절시켰다는 것이다. 예전에는 변호사에게 사건을 소개해 주면 수임료 일부를 수고비조로 떼어 주는 관행이 있었다. 그리하여 소개 시켜 주는 사람은 이로써 돈을 벌고, 변호사는 사건을 수임하니 누이 좋고 매부 좋은 관행이었다. 그러나 이는 명백히 불법이었고, 의뢰인들은 소개하는 사람(브로커)의 농간에 놀아나는 경우가 허다했다. 브로커와 소개 받은 변호사에겐 좋은 일이나 국민 입장에서는 당연히 손해 보는 일이었다. 이에 대하여 법조계에서 왕왕 문제가 터져 나왔고, 이를 근절하려는 노력이 많았다. 그런데 나중에 들어보니 통영에서도 이런 불법적인 관행이 있었고, 이를 근절하기 위해 서로 얼굴을 붉혀가며 싸워 결국 모든 회원들이 이런 관행을 하지 않기로 서약까지 하였다는 것이다. 그런 까닭에 나는 개업 이래 한 번도 이런 일 때문에 시달리지 않았다. 선배 변호사님들 덕택이고 고마운 일이다.

개업하고 첫 손님으로 남편의 간통 현장을 잡아 이혼 소송을 하겠다는 의뢰인을 맞이했다. 개업 첫날, 오늘밤 남편 간통 현장을 잡고 내일 당장 이혼 소송을 내겠다고 찾아온 것이다. 그런데 며칠 연락이 안 와서 알아보니 간통 현장을 못 잡아 포기했다는 것이다. 요즘 이혼 사건은 반드시 간통 현장을 잡지 않아도 그런 의심을 살 만한 행동만으로도 이혼이 가능하지만, 그 당시에는 이혼 사유를 엄격히 보았기 때문에 그런 사단이 벌어진 것이다.

변호사로서 내 명성을 알리게 된 것은 거제 지역의 조직폭력배 사건에서 1심 무죄를 이끌어 낸 것이다. 내가 개업할 당시인 1999년은 거제가 지금처럼 크지 않을 때여서 거제에는 변호사가 한 명도 없었을 때였다. 거제 모 호텔을 중심으로 하는 조직폭력배들이 범죄단체(조직폭력단체) 아무개 파를 결성하여 거제 인근에서 폭력, 공갈, 폭행 등을 일삼고 다닌다며 십여 명이 연루되어 구속되었던 사건이다. 그중 절반 정도를 내가 맡았는데, 그중 범죄단체구성(대개는 두목, 부두목, 행동대장, 행동대원 체계로 만들어져 있다)에 관하여 치열하게 사실관계와 법리를 다투었다.

마침 기소한 김기현 검사가 사법연수원 동기로 나이도 엇비슷하여 친구처럼 지내는 사이였지만 법정에서 치열한 공방이 있었다. 선고 기일 판결이 어떻게 날까 궁금해서 내가 직접 법정에 가보았다(통상은 직원이 가서 선고 결과를 듣고는 보고 한다). 개별적인 범죄에 대하여는 유죄가 선고되었지만, 범죄단체구성에 대하여는 무죄가 선고되었다. 법정이 술렁거렸다. 하지만 개별범죄에 대하여는 형량을 일반적인 경우보다 높게 선고하였는데, 재판부가 범죄단체구성에 관하여 무죄를 선고하면서도 양형에서는 검사 편을 들어준 것이었다.

당연히 검사가 항소하였고, 나중에 알아보니 항소심에서는 범죄단체구성에 대하여도 유죄가 선고되었다. 김기현 검사가 1심에서 범죄단체구성에 대하여 무죄가 선고되자 농반 진반으로 "어이 김 변호사, 사례금 많이 받았지?"라고 물었다. 그런데 사실 그 사건으로 금전적으로 그렇게 큰 이익은 얻지 못했다. 그 당시에는 그게 그렇게 큰 사건이고 다른 변호사라면 얼마나 받았을지 신출내기 변호사가 알 리가 없었기 때문이다. 심지어 두목으로 기소된 처가 와서 울면서 사례금을 깎아 달래서 그렇게 해주었다. 그래도 이 사건으로 거제에 내가 알려지고 우리 사무실 일의 60퍼센트 이상이 거제에서 나올 정도로 성가를 높였다.

헌법사 산책

　제18대 국회의원 선거에서 아쉽게 패배한 후 통영으로 와서 변호사를 다시 개업하였다. 마음이 어찌 아프지 않겠냐마는 아직 젊었고 새로운 환경에 적응할 용기도 충분히 있었다. 변호사일은 빠르게 자리를 잡았다. 그러나 대외적인 활동은 쉽게 나서지 못했다. 그저 형식적인 것이었다. 그나마 내게 위안이 되었던 것은 국회의원 시절 쓰기 시작한 헌법사에 대한 저술 활동이었다. 퇴근 이후에 헌법사 책을 쓰면서 그나마 세상의 번잡한 일을 잊고 나름의 창조적 활동을 통하여 의미 있는 시간들을 만들어 갈 수 있었다.

　사실 『헌법사 산책』이란 책은 내가 국회의원 시절 노무현 대통령이 헌법 개정을 주장하면서 이에 대한 자료를 수집하는 과정에서 착안된 것이었다. 그 당시 노무현 대통령은 단임제 대통령제의 한계를 절감하고 1987년에 개정된 현행 헌법을 바꾸자고 제안하였다. 특히 문제가 된 것은 5년 단임제였다. 1987년 당시에는 장기 집권을 막기 위하여 5년 단임제를 시행하였으나, 민주화된 지금에는 오히려 그 단임제가 대통령의 책임정치를 막는다는 것이었다. 이른바 원포인트 개헌론이었다.

　나는 원칙적으로 개헌에 찬성하는 입장이었다. 그러나 5년 단임제를

4년 중임제로 바꾼다는 일반의 생각과는 달리 아예 우리나라도 의원내각제로 바꾸어야 한다고 생각하였다. 그것은 의원내각제야말로 책임정치를 가능하게 하고 대화와 타협이라는 민주주의 이상에 근접할 뿐 아니라 장차 통일과정에서도 필요한 정치시스템이라고 생각하였기 때문이다.

노무현 대통령 당시 가장 큰 문제점은 대통령이 스스로 대통령이 하고 싶지 않을 정국에도 하지 않을 수 없었고, 국민에게 자신의 재신임을 묻고 싶어도 물을 방법이 없었다. 대통령제는 대통령의 인기가 바닥이라도 그 임기 동안 자신이 사임하지 않으면 대통령을 바꿀 방법이 없다. 그러나 의원내각제는 수상과 그 정부가 국민으로부터 신뢰를 잃으면 언제든지 선거를 통하여 새로운 정부를 구성할 수 있다. 따라서 국민에게 언제든 책임지는 정부 구성이 가능하다. 그리고 의원내각제를 하면 우리 사회에 내재된 다양한 목소리를 내는 정당이 만들어질 수 있고, 정부 구성은 이런 여러 정당이 연합하여 할 수 있으므로 자연스럽게 대화와 타협의 정치가 가능하다. 게다가 북한과의 통일을 생각해 볼 때 북한 주민에게 그들 나름의 이해를 잘 반영시킬 수 있는 정부 형태는 당연히 의원내각제가 대통령제보다 낫다고 생각한다.

그리하여 이런 생각을 가다듬기 위해 현대 민주주의가 시작되었다는 영국의 마그나 카르타부터 각국의 헌법의 역사까지를 아우르는 자료를 섭렵하게 되었고, 결국 이를 한 권의 책으로 낼 생각에까지 이르게 된 것이다. 또 굳이 내가 이 자료들을 책으로 묶기로 한 것은 국내 어디에도 헌법의 역사를 정치적 관점에서 해설한 책은 드물 뿐 아니라 우리나라와 각국의 헌법 역사를 개괄한 책은 한 권도 없었기 때문이다. 사실 헌법은 각국의 정치적 투쟁, 소용돌이의 성과물을 문서화한 것이다. 그러니 우리가 아는 서양 근대사의 중요한 혁명 이후에는 반드시 새로운 헌법이 제정되었고, 그것이 오늘날 우리나라 헌법에 반영되었다. 그리고 우리나라의 큰 역사적 변곡점에도 반드시 헌법 개정은 있어 왔다. 그리하여 헌법은 이념적으로는 그 시대정신을 표현한 것이지만 정치적으로는 그 당시 정치 상황(민주주의 발전과정)을 정확히 반영한 것이다. 그런데 우리나라의 헌법 관련 책들은 이론적으로 헌법에 접근한 것들은 많으나 그 헌법이 나오게 된 정치적 배경과 역사에 관한 책은 전무하다시피 했다. 그래서 내가 이 일을 하기로 한 것이다.

헌법사 산책은 내가 방위병 시절에 인연을 맺었던 후배가 경영하는 도서출판 산수야에서 간행되었다. 원고를 본 후배가 내용이 좋다며 정식 계약을 통해 자신의 출판사에서 출판하자고 제안하여 그렇게 한 것이다. 후배는 정치인들이 자신을 알리기 위해 독자들이 전혀 관심도 없는 일회성 책들을 내는 것을 볼 때마다 아쉽게 생각했는데, 나의 책은 그와는 전혀 다른 차원의 책이라며 반겨주었다.

나는 헌법사 산책을 출판하였다는 것이 나름 내 인생에 있어 가장 의미 있는 활동 중 하나였다고 생각한다. 비록 대중적인 책이 아니라 일반인들이 접근하기엔 어려운 책이 되었지만(기실 나는 쉽게 쓴다고 썼는데, 결국 헌법이라는 전문 분야 책이 되다 보니 그렇게 되었다. 그래서 주위 사람들은 산책은 무슨 산책, 암벽등반 정도는 되겠다며 너스레를 놓았다), 법대 시절에 헌법을 공부하고, 좋아했고, 의정활동을 하면서 정치 현장에 있지 않았더라면 쓰기 어려운 나만의 책이기 때문이다. 그리고 분명 헌법을 공부하는 후배들에겐 좋은 참고 자료가 될 수 있을 것이라 확신한다. 그리하여 도서관이나 대형서점 한편에 아직도 비치되어 있는 이 책을 보면 마치 내 자식을 보는 듯하여 기쁘다.

책을 낸지도 몇 년이 지났고, 책에 나오는 주요 국가들 중 헌법이 개정된 나라들도 몇 있다. 게다가 좀 더 대중들에게 읽히기 쉽게, 내가 각국 헌법이 개정된 역사석 현장을 찾아가 취재하는 형식으로 개정했으면 좋겠다는 생각을 갖고 있었다. 그러나 하늘이 내게 그런 기회를 주지는 않을 것 같다. 훗날 누구라도 이 책을 뿌리 삼아 헌법을 죽은 법전이 아니라 살아 있는 역사 교과서로 멋지게 새로 만드는 사람이 나왔으면 하는 것이 나의 작은 소망이다.

통영행복복지포럼

통영행복복지포럼이 창립총회를 연 것은 2011년 11월이었다. 그해 8월 무상 급식과 관련하여 오세훈 전 서울시장이 자신의 진퇴를 걸고 주민투표를 실시하려 하였으나, 참가율의 저조로 투표함 개표조차 못하고 패하였다. 이후 안철수가 급부상하였고, 안철수는 박원순에게 서울시장 후보직을 양보함으로 박원순은 10월 보궐선거에서 시장으로 당선되었다. 한나라당은 이건희 회장 손자까지 무상 급식하는 것이 맞느냐며 맞섰지만, 시대의 흐름은 이미 무상 급식 쪽으로 급속히 기울고 있었다. 시대가 변한 것이다. 이제껏 정치에서 복지란 2차적인 것이었다. 항상 경제 성장과 일자리가 먼저였다. 그러나 이제 복지가 국민의 제일 관심사가 되어 버린 것이다. 한나라당은 이런 흐름을 놓쳤고, 그 결과 정치적으로 대통령 다음으로 중요한 서울시장 자리를 야권에 넘겨준 것이다.

이에 대한 반성으로 복지를 전면에 내세워 마산의 안홍준 국회의원을 중심으로 한국행복복지 경남포럼이 결성되었고, 그 지회의 성격으로 통영에서도 통영행복복지포럼이 창립된 것이다. 창립총회에서 통영요식업협회 강성중 회장이 상임대표, 강혜원 의원과 정상기 통영새마을지회장이 공동대표로 선임이 되었고, 사무국장은 강근식 전 의원이 맡기로 하였다. 나는 상임고문으로 참가하였다. 나는 이날 창립총회에서 다음과 같은 취지로 이 포럼의 발족을 축하하였다.

이제 우리 대한민국은 부조건적인 성장에만 매달리지 못하는 나라가 되었습니다. 이미 세계 10위권의 경제대국이 되었고, 전자, 조선, 자동차 등 여러 분야에서는 전 세계에서 손꼽히는 기술력을 가진 나라가 되었습니다. 그런 까닭에 국민들은 이제 '파이를 키워야만 파이를 나누어 먹을 수 있다'라는 성장 위주의 사고방식에서 '키워 놓은 파이를 얼마나 적절하게 나누어야 하는지'에 관하여 논의하기 시작하였습니다.

이런 현상은 온 나라를 정치적 분열로 몰아넣은 전면 무상 급식 문제에서 잘 드러났습니다. 오세훈을 상징으로 하는 사람들은 전면 무상 급식이 파퓰리즘이라고 하면서, 서울시장직을 건 주민투표를 강행하였습니다. 그러나 그 결과는 참담한 패배와 더불어 안철수, 박원순이라는 새로운 정치적 아이콘을 만들어 내었습니다. 그럼 무엇이 문제가 되었을까요?

국민은 이제 정부가 경제 성장이라는 것에 함몰되어 그 뒤에 있는 더불어 사는 삶, 인간다운 삶에 대한 진지한 성찰을 하지 못한다고 생각했기 때문입니다. 눈에 보이는 물질적 성과인 4대강 사업이나 한강 르네상스가 아닌, 국민들을 인간답고 행복하게 살기 위한 진정한 복지시스템에 대하여 정부와 서울시가 관심이 없다고 생각했기 때문입니다.

이제 정치의 패러다임이 바뀌어야 합니다. 국민의 세금으로 경제 성장의 인프라를 만들어 내는 데만 함몰될 것이 아니라, 국민의 세금으로 국민을 인간답고 행복한 삶을 향유할 수 있도록 하는 복지시스템을 만들어 내는 데 더 큰 관심을 가져야만 합니다.

그렇다고 이런 사고의 전환이 단지 국민의 세금을 퍼주기만 하는 식으로 흘러가서는 안 됩니다. 개인의 삶도 번 돈을 자신의 수입과 상관없이 흥청망청 쓰면 언젠가는 망하듯이 국가나 도시도 이와 다를 바 없습니다. 더불어 잘 사는 사회를 만들되, 아무런 노력도 하지 않은 사람들이 노력하는 사람들과 똑같이 살아가는 것을 용납하여서는 안 됩니다. 이와 같이 한편으로 노력하는 사람이 성공할 수 있도록 북돋우어 주면서도, 이런 경쟁에서 뒤처진 사람들도 최소한의 인간적인 행복을 누리며 살 수 있도록 하는 시스템을 만들어 내는 것. 이것이 오늘 출발하는 통영행복복지포럼의 사명과 임무가 되어야 할 것입니다.

사실 이런 정치적 패러다임의 극적인 변화는 그 이듬해 새누리당(옛 한나라당)의 대통령 후보가 된 박근혜가 완성하였다. 이명박 후보는 경제를 살릴 후보라는 뚜렷한 이미지로 당선되었지만, 박근혜 후보는 '경제민주화'라는 대선 슬로건과 함께 야당보다 더 과감한 복지정책을 쏟아 내었다. 무상 급식으로 급격히 기울어가던 복지 논쟁에서 오히려 승기를 잡은 것이다. 이로써 지방 선거에서 복지정책으로 재미를 보았던 야권이 선거의 가장 큰 판인 대선에서는 오히려 손해를 본 셈이 되었다.

이제 정치는 복지정책을 중심으로 흘러가게 된 것이다. 내 스스로도 이제 정치를 한다는 것이 지역개발에만 매몰되는 것이 아니라 지역 주민들의 삶의 질을 향상시키는 일에도 헌신하여야 하는 것임을 깨닫는 계기가 되었다. 그러나 통영 지역의 한계와 우리의 능력으로서는 통영

행복복지포럼 차원에서 복지 정책을 연구한다는 것은 불가능한 일이었다. 그리하여 우리의 능력 안에서 할 수 있는 일을 찾은 것이 지역의 소외된 장소와 이웃을 찾아 봉사하는 것이었다. 행복나눔봉사단(단장 김경애)을 만든 것이다.

행복나눔봉사단의 활동은 제19대 국회의원 선거가 끝난 2012년 6월부터 시작하였다. 우선 바닷가에 있는 쓰레기를 치우는 작업부터 하기로 하고, 산양읍 곤리의 바닷가 청소에 나섰다. 해안가 쓰레기의 90퍼센트는 폐스티로폼과 각종 음료수 병이었다. 폐스티로폼은 인근의 양식장에서 나온 것이고, 각종 음료수 병은 선박 위에서 버려졌거나 육지에서 유입된 것 같았다. 폐스티로폼은 각종 밧줄과 엉켜 있어 수거에 곤란을 겪었지만, 스티로폼을 그물 망태기에 모아 두면 시청에서 이를 수거하여 재활용하니 그나마 다행이었다. 이런 스티로폼 폐기물 문제 때문에 당국에서는 이를 대체할 부자를 개발 보급한다고 했던 것 같은데, 현장에서는 아직도 스티로폼이 해안가 오염의 주범 노릇을 하고 있었다.

이런 해안가 정화 작업이 손쉬우면서도 꼭 필요한 봉사활동이어서 행복나눔봉사단의 주된 활동이 되었다. 그러나 이외에도 행복나눔봉사단은 자생원의 원생들에게 영화를 보여 주고 점심을 같이 하기도 했고, 강구안에서 시민과 관광객들에게 떡국을 나누는 행사도 하였으며, 종합사회복지관에서 점심 배식행사도 하였다.

내가 이런 봉사활동에 참여하면서 놀란 것은 봉사단 단원들 대부분은 또 다른 봉사 단체에 가입하여 이미 평소부터 여러 봉사활동을 하고 있었다는 것이다. 이 분들은 한 달에 최소 한두 번씩은 지체장애인들의 목욕봉사, 각 동에서 하는 무료 급식 활동, 각종 행사의 안내 봉사 등 여러 종류의 봉사를 마치 천직인양 열심히 하고 있었다. 또 이런 분들은 대개가 봉사활동에 이골이 나서 쓰레기 줍는 일이든 어떤 일이든 자신이 먼저 나서고 적극적이었다. 내겐 신선한 충격이었다. 무슨 정치적 목적이나 경제적 이익을 바라지도 않고 오로지 봉사활동 자체에서 보람을 찾는 이런 분들이야말로 우리 사회를 밝고 맑게 유지시키는 샘물과 같은 분들이었다.

나 또한 이런 봉사활동을 통해서 내가 얼마나 자신만의 인생을 살아왔는지를 반성하게 되었다. 고등학교 시절 RCY를 통한 봉사활동 이후 이렇게 직접 몸으로 봉사활동을 지속적으로 해본 것은 처음이었다. 한 달 네 번의 주말 중 내가 좋아하는 등산 대신에 한 번이라도 이런 봉사활동을 하는 것이 얼마나 보람된 것인지를 온 몸으로 느낄 수 있었다. 돈으로 환산되지 않는 이런 보람이야말로 우리 봉사단에서 열심히 일하시는 분들의 마음일 것이라고 생각했다.

선진국이 된다는 것은 단지 경제력만으로 되는 것은 아닐 것이다. 여기에는 선진국에 걸맞은 국민의 생애 주기에 따른 복지시스템이 잘 갖추어져 있어야 한다. 그리고 더 중요한 것은 든든한 중산층이 있어서 이들이 더불어 사는 삶의 가치를 이해하고 이를 실행해 나가는 문화가 형성되어야 한다. 이런 점에서 볼 때 행복나눔봉사단에 참여한 봉사단원들의 봉사정신과 활동이야말로 우리나라가 든든한 선진국으로 나가게 하는 다리를 만들어 가는 것이라 생각한다. 봉사야말로 인간이 자기를 뛰어넘어 자신의 삶을 풍요롭게 하는 최고 아름다운 일이다. 내가 이런 통영행복복지포럼에 상임고문으로 함께한 것을 자랑스럽게 생각한다.

암 진단

마른하늘에 날벼락이란 것이 이런 것일 게다. 내가 B형 간염이라 간암의 위험 있다는 것은 알았지만, 서울아산병원에서 2013년 9월 2일 며칠간의 입원검사 이후 간내 담도암인데 암이 척추까지 번져 있어 수술이 불가능하다는 이야기를 들었을 땐 정신이 아득하였다. 간암이라면 내가 평소 B형 간염 보균자인데 술을 많이 먹고 다녔으니 그래도 수긍이 갈 것인데, 간내 담도암이 도대체 무엇이란 말인가. 나는 이 말을 그때 처음 들었다.

담도란 간세포 분비물인 담즙(일종의 소화분비액)이 운반되는 경로를 말하는데, 여기에 암이 발생하면 담도암이 된다고 한다. 간 내의 담도에서 암이 발생하면 간내 담도암, 간 밖의 담도에서 발생하면 간외 담도암이라고 한다. 담도암의 발생원인은 민물고기를 먹어서 간디스토마(간흡충)가 담도에 기생하는 바람에 나타나는 것이 우리나라 담도암의 10퍼센트에 해당하고, 나머지 담도에 결석이 생겼거나 선천적으로 담도에 이상이 있는 경우라고 한다. B형 간염이나 C형 간염, 간경변(간경화)은 간암의 위험인자이지만 담도암의 위험인자이기도 하다고 한다.

나는 B형 간염 보균자라서 6개월에 한 번씩 초음파 검사를 받아왔다.

지난 1월에는 별 문제가 없었다. 그런데 휴가를 보내고 8월 12일 정기검진의 초음파 검사에서 간에 지저분한 영상이 나타나는데, 전형적인 간암 모양도 아니고 간경변도 없으며 혈액 조사에선 간암 관련 수치가 나타나지 않는다고 했다. 그래서 혹시 암이 아니라 단순 종양 같은 것이 아닌가 하는 기대도 했는데, 간내 담도암에다 그것도 전이가 이미 일어난 것이라 하니 처음에 드는 느낌은 황당하다는 생각뿐이었다.

외과 주치의가 수술이 불가능하니 종양내과로 전과하여 항암치료를 받으라고 하면서, 예약한 날짜가 일주일 뒤였다. 그래서 퇴원하고 내려오는데, 후배 문현호 약사가 부산대 병원에서 간암 말기 환자를 바이러스 요법으로 치료한 허정 교수팀을 만나보라고 권유하여 만나보았다. 그러나 그는 자신이 실험한 것은 간암 말기 환자여서 간내 담도암인 내게는 맞지 않고 또 임상실험을 한 것이기 때문에 현재는 그 백신도 구할 수가 없다고 말해 주었다.

서울아산병원에서 9월 12일에 실시한 1차 조직검사는 간에서 몇 군데 조직을 떼 내어 확인하였는데, 암이 발견되지 않았다. 주치의는 1년에 한두 번 이런 경우가 생기는데, PET영상 결과(척추까지 암 영상이 나타난 결과)가 없었다면 암이 아닌 다른 것을 의심할 수도 있을 것이지만 영상 결과는 암인 것이 너무나 명백하기 때문에 다시 조직검사를 하자고 권했다. 10월 9일에 재입원하여 내시경을 통하여 림프절에서 조직을 채취하여 조직검사를 하였다.

조직검사 결과는 우리 가족이 미국 서부여행을 다녀온 후인 10월 30일에 알았다. 주치의를 만나기 전에 조직검사 결과지를 신청하여 보니 이미 그곳에 담도암이라는 것이 적혀 있었다. 주치의는 당연히 항암치료를 권유하였다. 그러나 나는 담도암이 수술이 불가능할 경우에는 항암치료밖에 없는데, 항암치료도 별 효과가 없다는 것을 알고 있었다. 책에 보니, 나와 같이 수술이 불가능할 경우 젬시타빈이나 시스플라틴을 병용하여 항암치료를 하는데 이 치료는 암을 없애는 것이 아니라 암을 더 이상 진행하지 않게 하는 것이 목적이었다. 그런데 이것도 효과 지속기간이 8개월이라, 그 이후에는 다시 다른 약제를 써 항암치료를 하는데 그 효과는 알 수 없다는 것이다. 게다가 요즘은 많이 나아졌다고는 하나 항암치료는 근본적으로 암세포뿐 아니라 일반세포까지 죽여 면역체계까지 무너뜨리는 부작용을 동반하는 치료방법이다. 몇 달 더 살려고 내 몸을 완전히 망가뜨려가면서 항암치료를 할 필요가 있을까? 주치의인 김규표 교수도 항암치료 여부는 환자의 가치관에 따른 것이라며 굳이 항암치료를 강권하지는 않았다. 나는 항암치료를 포기하고 단지 암의 경과를 보기 위해 2달 뒤 CT촬영만 해 보기로 했다.

결국 나의 경우에는 현대의학으로는 고칠 수 없는 불치의 병으로 판명난 것이다. 내가 암에 걸렸다는 소문은 확진도 되기 전에 온 시내에 번졌다. 심지어 이미 내가 죽었다는 소문도 횡행하였다. 개인적으로 아는 분들은 안부 전화를 하고, 자신이 아는 치료법을 알려주고, 암을 극복한 사람들을 소개시켜 주기도 하였다. 그리고 치료하는데 보탬이 되라고 격려금을 주기도 하였다. 참으로 고마운 마음이다. 사실 나도 내 절친한 친구가 몇 년 전에 간암으로 더 이상 치료가 불가능하다는 소식을 듣고 어찌해야 할지 몰라 당황하고 안타깝던 기억이 있다. 지금 나의 상황을 지켜보는 지인들도 그와 같은 마음이라는 것을 충분히 이해하고, 그러므로 감사하게 생각한다.

나는 9월, 10월 두 달 동안 암에 대해 생각하면서 현대의학으로 어쩔 수 없다면 나의 운명을 차분히 받아들이겠다고 결심했다. 현대의학으로 어쩔 수 없다고 판명난 사람도 식이요법이나 대체의학 등으로 살아난 사람도 있고 또 그것이 화제가 되어 방송에 나오기도 한다. 그러나 내가 보기에는 그런 경우는 대개가 일단은 수술을 통하여 암 덩어리를 들어낸 경우가 태반이었다. 암 치료는 크게 수술, 방사선 치료, 항암 치료가 있고, 그 외 식이요법을 포함한 대체의학이 있다. 암이 발생된 장기에서 암세포 덩어리를 잘라내는 수술은 적군의 주력부대를 섬멸하는 것으로 비유하자면, 방사선 치료는 공군력으로 적을 제압하는 것이고 항암화학요법은 치열한 백병전을 통하여 적과 싸우는 것이며, 나머지 식이요법 등은 이런 현대의학으로도 치유되지 않는 미세한 암세포들을 잡는 것이라고 한다. 그러니 암이 적군이라면 적의 주력부대를 섬멸하는 수술을 하지 못한 상태에서 식이요법이나 대체의학으로 암이 낫는다는 것은 그야말로 기적이 아닐 수 없는 일이다.

그리고 나는 치료가 불가능하다면 죽을 때까지 되지도 않는 치료를 위해 온갖 심폐소생술이나 기타 연명치료를 거부하기로 하였다. 오늘날 죽음을 앞두고 환자의 가족들은 끝까지 최선을 다한다는 명목으로 환자에게 온갖 시술을 다해 본다고 한다. 그러나 내가 보기에 그것은 환자를 진정으로 위하는 길이 아닌 것 같다. 환자가 마지막 가는 길에 이 세상이 아름답고 인생은 행복하였다고 생각하고 편안히 갈 수 있도록 하여야지, 환자에게 극심한 고통을 주면서 끝까지 연명치료를 한다는 것은 가족들의 자기 위안일 뿐 환자의 행복은 아닐 것 같다. 그래서 나는 마지막 몇 달 고통을 줄이는 통증치료를 원할 뿐 연명치료는 어떤 형식으로도 받지 않을 것이다.

처음부터 사람에게 정해져 있는 운명이야 있겠냐마는, 세월이 지나고 인생을 마무리할 즈음에는 지나온 과거는 더 이상 되돌릴 수 없기 때문에 한 사람의 운명이 드러나 보일 수밖에 없다. 그 운명에 대하여 내 개인이 얼마나 직접 만들었는지, 아니면 우주의 섭리가 얼마나 배여 있는지, 또 살면서 인연을 맺은 사람들의 영향이 얼마나 있었는지 혹은 우리가 알지 못하는 어떤 힘이 작용하였는지 알 수는 없다. 그러나 그 운명은 내가 받아들일 수밖에 없고, 지금의 나는 이 운명을 받아들고 내게 남겨진 시간들을 선택하여야만 한다.

어찌 아쉽지 않겠는가. 천수를 누리지 못하는 것이. 그러나 어찌하랴 이것이 내 운명이고, 그래도 48년 넘게 이 아름다운 지구에 태어나 인간으로 살 기회가 있었다는 것만으로도 이 광대한 우주의 기적 같은 일이었으니 그저 감사할 따름이다. 그러니 남은 날들은 완전히 하루하루가 축복이라고 여기고 즐겁게 살아갈 일이다.

에필로그

인생은 한바탕 여행과 같다. 우리가 꼭 이 여행을 오고 싶어서 온 것은 아니지만, 하늘이 마치 우리에게 준 선물과 같이 이 여행을 떠나왔다. 어릴 적엔 아무 생각 없이 살아가다 청소년기를 거쳐 어른이 되면서 우리는 '나'라는 확고한 자아를 가지게 되고 우주 안에서 유일무이한 존재가 된다. 그러나 그러면서도 우리는 나 혼자만이 아니라 숱한 또 다른 나와 만나 서로 협력하기도 하고 경쟁, 갈등하기도 하면서 각자 나름의 인생길을 걷는다. 그리하여 때로는 기쁨으로 넘쳐나기도 하지만 때로는 슬픔의 순간들을 견뎌내야만 하기도 한다.

점점 수명이 늘어나는 오늘날로 보자면 비교적 젊은 시절에 삶이라는 이 여행을 마무리할 수도 있다고 생각하니 아쉬움이 남는 것은 어쩔 수 없다. 마치 즐거운 여행길을 더 가고 싶은데 돌아가야만 하는 심정과 같다. 그러나 "머무르지 않으면서 늘 움직이는 것만 있을 수 없고, 움직이지 않으면서 늘 머무르는 것만도 없다(未有常行而不住, 未有常住而不行)"는 마조선사의 말처럼, 모든 여행은 끝이 있기에 여행인 것이다. 또 나의 육체는 먼지가 되어 우주의 한 부분이 되었다가 또 그 나름의 전혀 새로운 여행을 할 것이다. 그러니 너무 슬퍼만 할 일은 아니다.

내가 불치의 병에 걸렸다고 하자 많은 사람들이 내게 도움을 주었다. 형제들은 내가 부채를 남기지 않도록 도와주었을 뿐 아니라 부모님의 부양을 걱정하지 않도록 조치를 취하여 주었다. 통영 변호사 지회에서는 내가 변호사를 그만두고 투병 생활에 전념할 수 있도록 회원들의 정성을 모아 주었고, 지인들도 이리저리 투병비를 건네주었다. 많은 분들이 내 병에 좋다는 약재를 구해 주었고, 이런 저런 치료법을 소개해 주기도 하였다. 종교를 가지신 분들은 안타까운 마음으로 교회에 출석하여 예수님의 은혜를 받으라거나, 유명한 사찰의 스님을 소개해 주기도 하였다. 그리고 많은 분들이 위로와 격려의 말을 전해 주었고, 또 많은 분들이 차마 말을 못하고 안타까워 한다는 이야기를 들려주었다. 정말 무어라 감사해야 할지 모를 일이었고, 그래도 인생은 따뜻한 것임을 느끼게 해주었다. 이 자리를 빌려 다시 감사드린다.

이 책을 통하여 인생을 정리하고 인생에 대한 나의 생각을 갈무리해 보니, 삶에 대한 나의 생각도 많이 바뀌어 왔다는 것을 알게 되었다. 특히 20대의 치열했던 자기 극복에의 의지가 사라지는 대신 40대에 들어 나와 내 주위를 긍정하는 삶으로 바뀌었다. 청춘의 시대에는 후회, 반성, 패배, 죽음 같은 말들이 전혀 나와는 상관없는 것이라 생각되고 따라서 더 높은 곳을 향한 빛나는 눈동자만이 인생에 의미를 가져다주는 것이라 여겼다. 그러나 장년의 시대에 이르러 인생의 빛나는 부분만이 아니라 그 그림자를 보게 되고, 그 그림자마저 인생의 한 부분으로 수용하면서 생각이 많이 바뀐 것 같다. 어느 것이 옳은 것일까? 20대의 도전 없는 삶이 무미건조한 것이듯, 40대의 자기 긍정 없는 삶 또한 불행한 일일 것이다. 그러니 어느 것은 옳고 어느 것은 그르다는 생각 자체가 잘못된 것이리라. 다 그 시절에 맞는 생각과 사상으로 치열하게 자신의 삶을 살아가는 방편일 뿐일 것이다.

나의 인생 여행길은 기적과 같은 일이 없다면 곧 끝날 것 같다. 2011년 현재 우리나라 남자의 평균수명이 77.6년이니, 나는 다른 사람들과 비교하자면 무려 30년이나 손해를 보는 셈이다. 그러나 후회나 여한은 없다. 이 아름다운 우주를 나라는 자아를 통하여 보고 듣고 느끼며 살아왔다는 것만으로도 감사하다. 어렸을 적엔 바닷가 시꺼먼 소년으로 철없이 지내다 학창 시절엔 친구들과 잘 어울리며 열심히 공부했고, 청년 시절엔 뜨겁게 사랑하고 내일을 위해 도전하며 가정을 이루었고, 장년 시절엔 사회에 나아가 내 능력껏 이웃에 봉사하며 가족과 더불어 살았다. 그런 가운데 그 시절마다 그 시절이 주는 즐거움을 누리며 살아왔다. 나는 하늘이 내게 허락한 삶에 대해 감사할 따름이다.

마지막으로 이 책에서 일일이 거명을 못 했으나 나와 인연을 맺어 넓디넓은 이 우주에서 나와 함께 재미있는 여행을 같이 해 준 여러분들에게도 진심으로 감사드린다. 늘 즐겁고 행복한 인생 여행길 되시기를. 나 또한 얼마나 남았는지 모를 이 여행을 즐겁고 행복하게 지낼 것을 다짐한다.

인생은 한바탕 여행과 같고 우주의 리듬 속에 피었다 지는 찰나와 같다. 두려워하거나 슬퍼할 것도 없이, 사랑하며 땀 흘리고 기뻐함으로 우리의 삶을 노래하자. 인간으로 태어나 나라는 자아를 얻어 이 우주를 쳐다볼 수 있었다는 것만으로도 감사한 일이다. 참으로 감사한 일이다.

인생은 한바탕 여행
우주의 리듬 속 피었다 지는 찰나
두려워하거나 슬퍼할 것 없다.

내가 이뤄야 하는 것
최선을 다한 나의 인생
그 끝은 하늘의 뜻, 나의 운명이니
옹골진 오늘을 기도하라.
잠든 나를 깨워
삶을 노래하고 헌신하라.

타인 또한 여행객
다만 잠들어 춤출 뿐
미워하거나 노여워할 것 없으니
먼저 인사하고 사랑하라.
이는 고독한 자신을 이긴 징표이니
이해하고 사랑하므로 행복하다.

노동은 내 삶의 줄기
인류가 더불어 숨 쉬는 곳
인생의 참맛은 하는 일에 있으니
할 일을 기뻐하라.
내가 살아 있고 남을 도움이니
땀 흘리고 노력하므로 꽃이 핀다.

인생은 한바탕 여행
우주의 리듬 속 피었다 지는 찰나
사랑하고 땀 흘리며 기뻐하라.